Tracy Chevalier

La jeune fille
à la perle

*Traduit de l'américain
par Marie-Odile Fortier-Masek*

D0813037

Quai Voltaire

Titre original :

GIRL WITH A PEARL EARRING

© *Tracy Chevalier, 1999.*
© *Quai Voltaire/La Table Ronde, 2000.*

Tracy Chevalier est américaine et vit à Londres depuis 1984 avec son mari et son fils.

Pour mon père.

1664

Ma mère ne m'avait pas dit qu'ils allaient venir : elle ne voulait pas que j'aie l'air inquiet, m'expliqua-t-elle plus tard. Cela m'étonna, moi qui croyais qu'elle me connaissait bien. Au regard des personnes étrangères, je paraissais calme. Enfant, je ne pleurais pas. Seule ma mère remarquait la façon dont je contractais la mâchoire et j'écarquillais des yeux déjà grands.

J'étais à la cuisine en train de hacher des légumes quand j'entendis des voix provenant de l'entrée, la voix d'une femme, aussi étincelante que cuivre bien astiqué, et celle d'un homme, aussi dense et sombre que le bois de la table sur laquelle je travaillais. C'était là des voix comme nous n'en entendions pas souvent chez nous. Des voix rappelant de somptueux tapis, des livres, des perles, des fourrures.

Heureusement que je m'étais donné tant de mal pour nettoyer l'entrée !

La voix de ma mère — une marmite, une bonbonne — se rapprochait de moi. Ils se rendaient à la cuisine. Je rangeai les poireaux que j'étais en train de couper, posai le couteau sur la table, m'essuyai les mains à mon tablier et pinçai mes lèvres pour les lisser.

Ma mère apparut à l'entrée, elle me décocha du regard une double mise en garde. La femme derrière elle dut rentrer la tête à cause de sa taille, elle était plus grande que l'homme qui la suivait.

Dans ma famille, tout le monde était petit, y compris mon père et mon frère.

Bien que la journée fût calme, on eût dit que la femme avait été prise dans une bourrasque. De sa coiffe de guingois s'échappaient de minuscules boucles blondes qui s'agitaient sur son front telles des abeilles; elle les chassa plusieurs fois avec impatience. Son col aurait eu besoin d'être redressé, il n'était pas aussi raide qu'il aurait pu l'être. Elle repoussa sa cape grise sur ses épaules et je vis que sous sa robe bleu foncé un bébé s'annonçait. Il arriverait d'ici la fin de l'année.

Le visage de la femme rappelait un plat d'argent ovale, tantôt étincelant, tantôt terne. Ses yeux étaient deux boutons brun clair, teinte que j'avais rarement vue associée à des cheveux blonds. Elle faisait mine de m'examiner sans parvenir à concentrer son attention, son regard voletant par toute la pièce.

« C'est donc la fille, dit-elle d'un ton abrupt.

— C'est Griet, ma fille », répondit ma mère. Je saluai respectueusement l'homme et la femme.

« Disons qu'elle n'est pas bien grande, est-elle assez forte ? » Au moment où la femme se tournait vers l'homme, un pan de sa cape entraîna le couteau dont je venais de me servir, il alla tournoyer sur le sol.

La femme poussa un cri.

«Catharina», dit l'homme avec calme. Il prononça son nom comme s'il avait un morceau d'écorce de cannelle dans la bouche. La femme s'arrêta, faisant effort pour se dominer.

Je m'approchai, ramassai le couteau, frottai la lame avant de le poser sur la table. Dans sa chute, le couteau avait déplacé les légumes, je remis en place un morceau de carotte.

L'homme m'observait de ses yeux gris comme la mer. Son visage allongé, anguleux, reflétait la sérénité alors que celui de son épouse était aussi changeant que chandelle au vent. Il ne portait ni barbe ni moustache, d'où cette apparence nette que j'appréciai. Une houppelande noire couvrait ses épaules, sa chemise était blanche et son col de fine dentelle. Son chapeau était enfoncé sur sa chevelure couleur de brique défraîchie par les intempéries.

«Que faisiez-vous là, Griet?» demanda-t-il.

Sa question me surprit, mais je n'en laissai rien paraître.

«Je coupais des légumes pour la soupe, Monsieur.»

J'avais l'habitude de disposer les légumes en cercle, par catégorie, comme les parts d'une tarte. Il y avait cinq parts : choux rouge, oignons, poireaux, carottes et navets. Je m'étais servie d'une lame de couteau pour délimiter chaque part et j'avais placé une rondelle de carotte au centre.

L'homme tapota sur la table. «Est-ce dans cet

ordre qu'ils iront dans la soupe ? me demanda-t-il
en étudiant le cercle.

— Non, Monsieur. » J'hésitais, je n'aurais pu
expliquer pour quelle raison je les avais arrangés
de la sorte. Je m'étais dit que ça devrait être
comme ça, un point c'est tout, mais j'avais trop
peur d'avouer ça à un monsieur.

« Je vois que vous avez mis de côté les légumes
blancs, reprit-il en montrant les navets et les
oignons. Tiens, ceux de couleur orange ne voisi-
nent pas avec ceux de couleur pourpre, pourquoi
ça ? » Il ramassa une tranche de chou et un bout
de carotte, les secoua dans sa main comme des
dés.

Je regardai ma mère, elle hocha discrètement
la tête.

« Les couleurs jurent parfois quand elles sont
côte à côte, Monsieur. »

Il fronça les sourcils, de toute évidence il ne
s'attendait pas à cette réponse. « Dites-moi, vous
passez beaucoup de temps à disposer les légumes
avant de faire la soupe ?

— Oh non ! Monsieur », répondis-je confuse,
je ne voulais pas qu'il crût que je gaspillais mon
temps. Du coin de l'œil, j'entrevis un mouvement.
Ma sœur Agnès nous épiait, tapie derrière le montant de la porte. En entendant ma réponse, elle
avait secoué la tête. Il était rare que je mente. Je
baissai les yeux.

L'homme tourna légèrement la tête, Agnès disparut. Il laissa retomber les morceaux de carotte
et de chou parmi leurs semblables. Le chou se
retrouva en partie avec les oignons. J'aurais voulu

tendre la main pour le remettre à sa place. Je me retins, ce qu'il devina. Il me mettait à l'épreuve.

«Assez bavardé comme ça», déclara la femme. Si agacée fût-elle par l'attention qu'il me portait, c'est moi qu'elle fustigea du regard. «Nous disons donc à demain?» Elle se tourna vers l'homme avant de sortir majestueusement de la pièce, suivie par ma mère. L'homme jeta un dernier coup d'œil à ce qui devait être la soupe, puis il me salua de la tête et suivit les femmes.

Lorsque ma mère revint, j'étais assise à côté du cercle que formaient les légumes. J'attendis qu'elle parle. Bien que nous fûmes en été et qu'il fît chaud à la cuisine, elle était recroquevillée sur elle-même comme pour se garantir des frimas.

«Tu entreras demain à leur service. S'ils sont contents de toi, tu gagneras huit florins par jour. Tu logeras chez eux. »

Je gardai le silence.

«Voyons, Griet, ne me regarde pas comme ça, poursuivit ma mère. Il le faut, maintenant que ton père a perdu son travail.

— Où habitent-ils?

— À l'angle de l'Oude Langendijck et de Molenpoort.

— Tu veux dire le Coin des papistes? Ils sont catholiques?

— Tu pourras rentrer à la maison le dimanche, ils y consentent. »

Ma mère plaça ses mains autour des navets, les fit glisser, ramassant au passage une partie du chou et des oignons, puis elle laissa tomber le tout dans une marmite d'eau qui attendait sur le feu.

Fini, les belles parts de tarte que j'avais arrangées avec tant de soin !

*

Je grimpai l'escalier pour aller trouver mon père. Il était assis sous les combles, près de la fenêtre, la lumière effleurait son visage. Faute de mieux, c'était sa façon de voir, maintenant.

Mon père était artiste céramiste. Ses doigts étaient bleus à force de peindre cupidons, damoiselles, soldats, bateaux, enfants, poissons, fleurs ou animaux sur des carreaux blancs avant de les vernir, de les passer au four et de les vendre. Un jour, le four avait explosé, le privant et de ses yeux et de son commerce. Il avait eu de la chance. Deux de ses compagnons étaient morts.

Je m'assis près de lui et lui pris la main.

« J'ai entendu, dit-il, sans me donner le temps d'ouvrir la bouche. J'ai tout entendu. » Ses oreilles compensaient des yeux qui n'étaient plus.

Je ne trouvais rien à dire qui ne parût pas un reproche.

« Je te demande pardon, Griet, j'aurais voulu mieux faire pour toi. » On pouvait lire certaine tristesse à l'endroit où se trouvaient jadis ces paupières que le docteur avait à jamais cousues.

« Mais c'est un homme honnête et bon. Il te traitera bien. »

Il n'ajouta rien au sujet de la femme.

« Comment pouvez-vous en être aussi sûr, père ? Vous le connaissez ?

— Ne sais-tu pas qui il est ?

— Non.

— Ne te rappelles-tu pas le tableau que nous avons vu il y a quelques années, à l'hôtel de ville, où Van Ruijven l'avait exposé après l'avoir acheté ? C'était une vue de Delft depuis les portes de Rotterdam et de Schiedam. Le ciel y tenait une très grande place et le soleil éclairait certains édifices.

— Et du sable avait été ajouté à la peinture pour donner un aspect rugueux à la brique et aux toits, ajoutai-je. De grandes ombres s'étiraient sur le canal et de minuscules personnages s'activaient sur le rivage près de chez nous.

— C'est ça. » Les orbites de mon père s'élargirent comme s'il avait encore ses yeux et contemplait à nouveau le tableau.

Je m'en souvenais avec précision. Je me revoyais pensant au nombre de fois où je m'étais arrêtée à cet endroit précis sans jamais voir Delft avec les yeux de ce peintre.

« Vous voulez dire que cet homme, c'était Van Ruijven ?

— Le mécène ? » Le père partit d'un petit rire. « Non, non, mon enfant, ce n'était pas lui. C'était le peintre. Vermeer. C'était Johannes Vermeer et son épouse. Tu es censée faire le ménage de son atelier. »

*

Aux quelques affaires que je devais emporter, ma mère ajouta une coiffe, un col et un tablier de rechange afin que je puisse chaque jour laver l'un,

porter l'autre, et paraître ainsi toujours impeccable. Elle me donna aussi un peigne en écaille en
forme de coquille ayant appartenu à ma grand-
mère, parure trop raffinée toutefois pour une servante. Elle ajouta à cela un livre de prières afin que
je puisse m'évader du catholicisme ambiant si j'en
éprouvais le besoin.

Tandis que nous préparions mes affaires, ma
mère m'expliqua pourquoi je devais aller travailler chez les Vermeer. «Tu sais que ton nouveau maître est à la tête de la Guilde de Saint-Luc
et qu'il l'était l'an dernier, lors de l'accident de
ton père?»

Je hochai la tête, encore tout étonnée d'avoir
pour patron un tel artiste.

«La Guilde veille sur les siens du mieux qu'elle
peut. Tu te rappelles la boîte dans laquelle ton père
mettait de l'argent chaque semaine depuis des
années? Eh bien, cet argent est destiné à des artisans dans le besoin, comme c'est à présent notre
cas. Hélas, vois-tu, cette aide ne va pas bien loin,
d'autant que Frans est en apprentissage et qu'il ne
ramène rien. Nous n'avons pas le choix. Nous
n'accepterons pas de vivre de la charité d'autrui
tant que nous pourrons nous débrouiller d'une
autre façon. Ton père ayant entendu dire que ton
nouveau maître cherchait une servante pour faire
le ménage de son atelier sans rien déplacer, il a soumis ton nom en pensant qu'en sa qualité de directeur de la Guilde, et compte tenu des circonstances,
Vermeer nous viendrait sans doute en aide.»

Je passais et repassais dans ma tête ce que ma
mère venait de dire.

«Comment peut-on faire le ménage d'une pièce sans rien déplacer?

— Bien sûr qu'il te faudra bouger certains meubles ou objets mais tu devras veiller à les remettre à leur endroit précis afin de donner l'impression que rien n'a été déplacé. Comme tu le fais pour ton père maintenant qu'il n'y voit plus.»

Après l'accident de mon père, nous avions appris à placer les objets là où il était sûr de les trouver. Faire cela pour un aveugle et faire cela pour un homme aux yeux de peintre étaient choses bien différentes.

*

Agnès ne mentionna pas la visite. Ce soir-là, quand je me glissai dans le lit à côté d'elle, elle demeura silencieuse. Elle contemplait le plafond. Une fois la chandelle éteinte, la pièce était si sombre que je ne pouvais rien voir. Je me tournai vers elle.

«Tu sais, je n'ai aucune envie de m'en aller, mais il le faut.»

Silence.

«Vois-tu, nous avons besoin de cet argent. Nous n'avons rien maintenant que père ne peut plus travailler.

— Huit florins par jour, ce n'est pas grand-chose.» Agnès avait la voix rauque, sa gorge semblait voilée de toiles d'araignée.

«Cela permettra à la famille d'avoir du pain. Et un peu de fromage. C'est déjà quelque chose.

— Et moi, je me retrouverai toute seule. Tu m'abandonnes. D'abord Frans, et puis toi. »

De nous tous, Agnès avait été la plus bouleversée par le départ de Frans l'année précédente. Ils avaient eu beau être comme chien et chat, Frans parti, elle avait boudé dans son coin pendant des jours. Âgée de dix ans, elle était la plus jeune de nous trois, aussi ne savait-elle pas ce que c'était la vie sans Frans et moi.

« Nos parents seront toujours là. Et je reviendrai le dimanche. Rappelle-toi aussi que le départ de Frans n'avait rien d'une surprise. » Nous savions depuis des années qu'à l'âge de treize ans notre frère commencerait son apprentissage. Notre père s'était donné beaucoup de mal pour mettre de côté de quoi le payer et il répétait sans cesse que Frans apprendrait là-bas une autre facette du métier et qu'à son retour père et fils ouvriraient une faïencerie.

Désormais, notre père passait ses journées assis près de la fenêtre et jamais plus il ne parlait d'avenir.

Après l'accident, Frans était resté deux jours à la maison. Depuis, il n'était pas revenu. Je l'avais revu pour la dernière fois le jour où je m'étais rendue à la fabrique, à l'autre bout de la ville. Il m'avait paru épuisé, ses bras étaient couverts de brûlures à force de retirer des carreaux de faïence du four. Il m'avait raconté qu'il travaillait des petites heures du matin jusqu'à des heures souvent si tardives qu'il était trop las pour dîner. « Notre père ne m'avait jamais dit que ce serait aussi dur, avait-il marmonné non sans quelque ressentiment. Père se plaisait à dire que son apprentissage lui avait formé le caractère.

— Sans doute était-ce vrai, répliquai-je. Cela a fait de lui ce qu'il est maintenant. »

*

Le lendemain matin, au moment où j'allais partir, mon père vint à la porte d'entrée d'un pas traînant, avançant à tâtons le long du mur. J'embrassai ma mère et Agnès. « Dimanche sera vite là », dit ma mère.

Mon père me tendit un petit paquet enveloppé dans un mouchoir. « Ça te rappellera la maison et nous tous », dit-il.

De tous les carreaux de faïence qu'il avait peints, c'était mon préféré. La plupart de ceux que nous avions à la maison avaient un défaut, certains étaient ébréchés ou taillés de travers, sur d'autres le motif s'était estompé, le four ayant été trop chaud. Celui-là, mon père l'avait mis de côté pour nous. Il représentait deux petites silhouettes, un jeune garçon et une fille plus âgée. À la différence des enfants que l'on représente en général sur les carreaux, ceux-ci ne jouaient pas, ils se promenaient. On aurait pu les prendre pour Frans et moi. De toute évidence, mon père avait pensé à nous en le peignant. Le jeune garçon devançait un peu la fille, mais il s'était retourné pour lui parler. Il avait un visage espiègle, les cheveux ébouriffés. La fille portait sa coiffe à ma façon, pas comme les autres filles qui, elles, la nouaient sous le menton ou dans la nuque. J'avais une prédilection pour une coiffe blanche dont le large bord encadrait mon visage. Elle me couvrait complètement les cheveux et retombait en pointes sur mes joues, cachant ainsi mon expression à quiconque me regardait de profil. Je me servais de pelures de pomme de terre pour empeser ma coiffe.

Je m'éloignai de la maison, portant mes affaires dans un tablier. Il était encore tôt. Les voisines nettoyaient devant chez elles, jetant des seaux d'eau sur les marches et dans la rue. Désormais, Agnès ferait ça, ainsi qu'une bonne partie de mes autres tâches. Elle aurait moins de temps pour jouer dans la rue ou le long des canaux. Sa vie à elle aussi changerait.

Les gens me saluaient de la tête et me regardaient passer non sans une pointe de curiosité. Personne ne me demanda où j'allais, personne ne me dit un mot gentil. Ils n'y étaient pas tenus, ils savaient ce qui arrive aux familles quand l'homme perd son travail. Voilà donc un sujet de conversation : la jeune Griet placée comme servante ! Le père a fait tomber la famille bien bas ! Toutefois, ils ne se gausseraient pas. La même chose pourrait aussi bien leur arriver.

J'avais pris cette rue toute ma vie, sans jamais avoir à ce point conscience de laisser la maison derrière moi. Après avoir tourné au coin de la rue, et m'être ainsi dérobée à la vue de ma famille, il me fut plus aisé de marcher d'un pas assuré en regardant autour de moi. La matinée était encore fraîche, le ciel d'un gris pâle et mat recouvrait Delft tel un drap que le soleil de l'été n'était pas encore assez haut pour dissiper. Le canal que je longeai était un miroir de lumière blanche moirée de vert. Plus le soleil deviendrait intense, plus le canal s'assombrirait, jusqu'à prendre la couleur de la mousse.

Frans, Agnès et moi venions souvent nous asseoir au bord de ce canal. Nous y jetions cailloux, bouts de bois et même, un jour, un carreau de faïence en morceaux, nous plaisant à imaginer ce qu'ils pourraient rencontrer au fond, non point des poissons, mais des créatures dotées d'innombrables yeux, d'écailles, de mains et de nageoires. Frans avait l'art d'inventer les monstres les plus inattendus. Agnès était effrayée. J'arrêtais toujours le jeu, ayant trop tendance à voir les choses telles qu'elles étaient pour en inventer d'autres. analepse

Des bateaux glissaient sur le canal, en direction de la place du Marché. Ce n'était toutefois pas jour de marché, jour où le canal était si encombré que l'on n'en voyait plus l'eau. Un chaland apportait du poisson d'eau douce aux étals du pont Jeronymous. Un autre, chargé de briques, voguait au ras de l'eau. L'homme qui le menait à l'aide d'une gaffe me cria bonjour. Je me contentai de le saluer de la tête de sorte que le bord de ma coiffe cache mon visage.

Après avoir franchi le canal, je me retrouvai sur la grande place du Marché qui, à cette heure matinale, grouillait de gens se rendant chez le boucher, chez le boulanger ou allant faire peser du bois à la bascule publique. Les enfants faisaient des courses pour leurs parents, les apprentis pour leurs maîtres, les servantes pour les familles chez qui elles travaillaient. Les sabots des chevaux et les roues des voitures résonnaient sur les pavés. À ma droite, se dressait l'hôtel de ville avec sa façade dorée, dont les visages de marbre blanc contemplaient la place depuis les claveaux au-dessus des fenêtres. À ma gauche, on apercevait la Nouvelle-Église, où j'avais été baptisée seize ans plus tôt. Sa tour, haute et étroite, me rappelait une volière en pierre. Un jour, notre père nous y avait fait grimper. Je ne devais jamais oublier le spectacle qu'offrait Delft au-dessous de nous. Chacune de ces étroites maisons de brique, chacun de ces toits rouges en pente raide, chacun de ces canaux verdâtres, chacune de ces portes demeurerait à jamais dans mon esprit, minuscule mais distinct. Je me revois demandant à mon père si chaque ville hollandaise ressemblait à cela. Il ne put me répondre, ne s'étant jamais rendu dans une autre ville, pas même à La Haye, à deux heures de marche.

J'allai jusqu'au centre de la place. Les pavés formaient une étoile à huit branches au centre d'un cercle. Chaque branche pointait vers un quartier de Delft. Cette étoile représentait pour moi le cœur même de la ville, en fait, le cœur même de ma vie. Frans, Agnès et moi avions joué dans cette étoile depuis que nous étions en âge de courir seuls au marché. Dans notre jeu préféré, l'un de nous choisissait une branche de l'étoile, tandis que l'autre lançait un mot tel que cigogne, église, brouette, fleur, qu'importe. L'objet de notre recherche étant ainsi déterminé, nous nous précipitions dans la direction indiquée par l'étoile. Nous avions ainsi exploré la majeure partie de Delft.

Restait une branche que nous n'avions jamais suivie. Je n'étais jamais allée dans le Coin des papistes, quartier où vivaient les catholiques. La maison où je devais travailler n'était qu'à une dizaine de minutes de chez nous, à peine le temps qu'il fallait pour faire chauffer une bouilloire d'eau, mais je n'étais jamais passée devant.

À vrai dire, je ne connaissais pas de catholiques. Ils n'étaient pas nombreux à Delft et il n'y en avait ni dans notre rue ni parmi les commerçants que nous fréquentions, non que nous les évitions, mais plutôt qu'ils restaient entre eux. Disons qu'ils étaient tolérés dans cette bonne ville, mais n'étaient pas censés faire étalage de leur foi. Leurs offices religieux étaient célébrés dans l'intimité, dans des endroits modestes qui, vus de l'extérieur, ne ressemblaient pas à des églises.

Mon père avait travaillé avec des catholiques, il m'avait dit qu'ils n'étaient pas différents de nous. Qu'ils étaient plutôt moins guindés. Ils aimaient manger, boire, chanter et s'amuser. À l'entendre, on aurait presque pu croire qu'il les enviait.

Je suivis la direction vers laquelle pointait l'étoile, traversant la place plus lentement que quiconque car j'hésitais à laisser derrière moi sa rassurante familiarité. Je traversai le canal, remontai le vieux quai, l'Oude Langendijck. À ma gauche, le canal longeait la rue, il la séparait de la place du Marché.

À l'endroit où l'Oude Langendijck rejoignait Molenpoort, j'aperçus quatre fillettes assises sur un banc à côté d'une porte ouverte. Elles étaient alignées par ordre de taille, de l'aînée, sans doute de l'âge d'Agnès, à la benjamine, environ quatre ans. Une de celles du milieu tenait sur ses genoux un bon gros bébé qui devait sans doute ramper et trotterait d'ici peu.

Cinq enfants, pensai-je, et un autre pour bientôt.

L'aînée soufflait des bulles de savon à l'aide d'une coquille fixée au bout d'un bâtonnet évidé, me rappelant un jouet que mon père avait improvisé pour nous. Ses sœurs bondissaient pour crever les bulles sitôt qu'elles apparaissaient. La fillette qui tenait le bébé ne pouvait guère bouger, aussi n'attrapait-elle qu'une bulle par-ci par-là, bien qu'elle fût assise à côté de celle qui les soufflait. La plus jeune, qui, de par sa taille, était aussi la plus éloignée, n'avait aucune chance d'atteindre les bulles, en revanche, celle qui la précédait en âge était la plus vive de toutes, elle se précipitait après les bulles et refermait prestement ses paumes autour d'elles. Elle avait la chevelure la plus flamboyante des quatre, aussi rousse que le mur de brique derrière elle. La plus jeune et celle qui tenait le bébé étaient aussi blondes et frisées que leur mère, tandis que l'aînée était du même roux que le père.

Je regardai la fillette aux cheveux cuivrés attraper les bulles et les crever au moment où elles allaient éclater sur les dalles grises et blanches disposées en diagonale devant la maison. Elle me donnera du fil à retordre, celle-là, pensai-je. « Mieux vaudrait les crever avant qu'elles atteignent le sol, sinon il faudra relaver ces dalles. »

L'aînée baissa le bâtonnet. Quatre paires d'yeux

me regardèrent avec ce même regard qui ne laissait planer aucun doute sur leur parenté. Je retrouvai chez elles divers traits de leurs parents, yeux gris par-ci, yeux noisette par-là, visages anguleux, gestes impatients.

« Vous êtes la nouvelle servante ? demanda l'aînée.

— On nous a demandé de vous guetter, interrompit la fille à la chevelure écarlate sans même me donner le temps de répondre à sa sœur.

— Cornelia, va chercher Tanneke, lui demanda l'aînée.

— Vas-y toi, Aleydis », ordonna à son tour Cornelia à la benjamine. Cette dernière me regarda avec de grands yeux gris mais ne bougea pas.

« J'y vais. » L'aînée avait dû estimer qu'après tout mon arrivée était importante.

« Non, j'y vais moi. » Cornelia se leva d'un bond, devançant sa sœur aînée, me laissant seule avec les deux fillettes les plus calmes.

Je regardai le bébé, il se tortillait sur les genoux de son aînée. « C'est un petit frère ou une petite sœur ?

— Un petit frère, répliqua la fillette, d'une voix aussi douce et moelleuse qu'un oreiller en plumes. Il s'appelle Johannes. Ne l'appelez jamais Jan. » Elle dit ces derniers mots comme s'il s'agissait là d'un refrain familier.

« Je vois. Et vous, comment vous appelez-vous ?

— Lisbeth. Et elle, c'est Aleydis. » La benjamine me sourit. Les quatre sœurs portaient de jolies robes marron, des coiffes et des tabliers blancs.

« Et votre sœur aînée, comment s'appelle-t-elle ?

— Maertge. Surtout ne l'appelez jamais Maria. Maria, c'est le nom de notre grand-mère. Maria Thins. La maison est à elle. »

Le bébé se mit à pleurnicher. Lisbeth le fit sauter sur ses genoux.

Je regardai la maison. Elle était certes plus imposante que la nôtre, mais elle était moins impressionnante que je ne l'avais craint. Elle avait deux étages et un grenier, alors que la nôtre n'avait qu'un étage et un grenier minuscule. Située à l'angle de Molenpoort, elle paraissait un peu plus spacieuse que ses voisines, moins à l'étroit que de nombreuses maisons de Delft prises dans ces enfilades de façades en brique longeant les canaux, dont les cheminées et les toits en gradins se reflétaient dans l'eau verte. Les fenêtres du rez-de-chaussée étaient très hautes et on apercevait, au premier étage, trois fenêtres serrées les unes contre les autres, alors que les autres maisons de la rue n'en avaient que deux.

La tour de la Nouvelle-Église était juste en face de la maison, le canal l'en séparait. Une drôle de vue pour une famille catholique, qu'une église dans laquelle ils ne mettront jamais les pieds, pensai-je.

« Alors, c'est vous la servante, n'est-ce pas ? » entendis-je derrière moi.

La femme sur le pas de la porte avait un visage large, grêlé jadis par la variole. Elle avait le nez bulbeux et mal formé, ses lèvres épaisses dessinaient une bouche en cul de poule. On aurait dit que ses yeux bleu clair retenaient un coin de ciel. Elle portait une robe gris-brun et un chemisier blanc, une coiffe nouée serré autour de sa tête et un tablier moins propre que le mien. Elle gênait le passage, Maertge et Cornelia durent la pousser pour se faufiler. Les bras croisés, elle m'examinait comme si elle attendait que je lui lance un défi.

Elle voit déjà en moi une menace, pensai-je. Elle me tyrannisera si je la laisse.

« Je m'appelle Griet, lui dis-je calmement. Je suis la nouvelle servante. »

La femme se campa sur son autre hanche. « Dans ce cas, tu ferais bien d'entrer », me dit-elle au bout d'un moment. Elle recula dans la pénombre, dégageant l'entrée.

Je franchis le seuil.

De mes premiers instants dans l'entrée, je garderai à jamais le souvenir de ces tableaux. Je m'arrêtai, serrant mon baluchon, et les regardai, ahurie. J'avais déjà vu des tableaux, jamais toutefois je n'en avais vu autant dans une pièce. J'en comptai onze. Le plus grand représentait deux hommes presque nus luttant corps à corps. Ne reconnaissant pas un récit de la Bible, j'en vins à me demander s'il ne s'agissait pas là de quelque légende catholique. Les sujets des autres tableaux étaient plus familiers, natures mortes, paysages, bateaux en mer, portraits. Ils semblaient avoir été peints par différents artistes. Je me demandai lesquels étaient l'œuvre de mon nouveau maître. Aucun ne correspondait à ce à quoi je me serais attendue de lui.

Je devais découvrir par la suite qu'aucun n'avait été peint par mon maître ; il était rare, en effet, qu'il gardât chez lui ses tableaux une fois terminés. Il était marchand de tableaux autant qu'artiste, d'où ces toiles accrochées aux murs de toutes les pièces ou presque, y compris celle où je dormais. Il y en avait plus d'une cinquantaine, mais ce nombre variait selon qu'il les échangeait ou les vendait.

« Allons, viens, pas besoin de rester là à rêvasser ! » La femme s'éloigna d'un pas pressé dans un long couloir qui menait jusqu'à l'arrière de la maison. Je la suivis, elle entra soudain dans une pièce sur la gauche. Sur le mur face à nous était accroché un tableau plus grand que moi. Il représentait le Christ en Croix, entouré de la Vierge Marie, de Marie Madeleine et de saint Jean. Je m'efforçai de ne pas le regarder, mais ses dimensions et son sujet m'impressionnèrent. « Les catholiques ne sont pas si différents de nous », avait dit mon père, nous n'avions toutefois pas ce genre de tableau dans nos maisons, nos églises, ni nulle part ailleurs. Chaque jour, il me faudrait voir ce tableau.

Cette pièce resterait toujours pour moi la pièce de la Crucifixion. Jamais je ne m'y sentis à l'aise.

Ce tableau me surprit tellement que, jusqu'à ce qu'elle parle, je ne remarquai pas la femme qui se tenait dans le coin de la pièce. « Eh bien ! ma fille, dit-elle. En voilà du nouveau pour toi ! » Confortablement assise dans un fauteuil, elle fumait la pipe. Ses dents avaient bruni à force d'en mordiller le tuyau. Ses doigts étaient tachés d'encre. Le reste du personnage, que ce soit sa robe noire, son col de dentelle ou sa coiffe blanche bien amidonnée, était impeccable. Bien que son visage ridé parût sévère, ses yeux couleur de noisette avaient une expression enjouée.

Elle semblait le genre de vieille femme taillée pour leur survivre à tous.

C'est la mère de Catharina, me dis-je tout à coup. En plus de la couleur de ses yeux et de cette fine boucle grise qui s'échappait de sa coiffe de la même manière qu'elle s'échappait de la coiffe de sa fille, on sentait en elle une femme habituée à veiller sur ceux moins aptes à se débrouiller qu'elle, à veiller sur Catharina. Je comprenais maintenant pourquoi on m'avait amenée à elle plutôt qu'à sa fille.

Si désinvolte son regard pût-il paraître, rien ne lui échappait. À sa façon de plisser les yeux, je compris qu'elle lisait mes pensées, aussi détournai-je la tête afin que ma coiffe cache mon visage.

Maria Thins tira une bouffée de sa pipe et partit d'un petit rire. « C'est bien, ma fille, dans cette maison, mieux vaudra que tu gardes tes états d'âme pour toi. Tu vas donc travailler pour ma fille. Elle est allée faire des courses. Tanneke que tu vois ici te montrera la maison, elle t'expliquera tes tâches. »

J'acquiesçai de la tête. « Oui, Madame. »

Tanneke, qui se tenait auprès de la vieille femme, me bouscula pour passer. Je la suivis, les yeux de Maria Thins rivés sur moi. Je l'entendis rire à nouveau.

Tanneke commença par m'emmener à l'arrière de la maison, où se trouvaient la cuisine, la buanderie et deux remises. La buanderie donnait sur une cour minuscule, encombrée de linge blanc qui séchait.

« Il va falloir que tu repasses ça pour commencer », annonça Tanneke. Je me retins de lui répondre que le linge n'avait pas été suffisamment blanchi par le soleil de la mi-journée.

Revenant dans la maison, elle me montra un trou au milieu du plancher de l'une des remises, avec une échelle pour y descendre. « C'est ici que tu dormiras, annonça-t-elle. Pour le moment, laisses-y tomber tes affaires, tu t'installeras plus tard. »

C'est à contrecœur que je lâchai mon baluchon dans ce trou obscur, pensant aux pierres qu'Agnès, Frans et moi jetions dans le canal, en quête de monstres. Mes affaires atterrirent avec un bruit sourd sur le sol de terre battue. J'avais l'impression d'être un pommier perdant ses fruits.

Je suivis Tanneke dans le vestibule, d'où l'on accédait à toutes les pièces, beaucoup plus nombreuses que chez nous. Près de la salle de la Crucifixion où Maria Thins était assise se trouvait une petite chambre avec des lits d'enfant, des vases de nuit, des petites chaises et une table sur laquelle étaient posés pêle-mêle objets en faïence, chandeliers, éteignoirs et vêtements.

« C'est ici que dorment les filles », marmonna Tanneke, peut-être embarrassée par un tel désordre.

Plus loin dans le couloir, elle ouvrit une porte et je vis une grande pièce, la lumière y entrait à flots par les fenêtres de la façade, jouant sur les dalles rouges et grises. « La grande salle, grommela-t-elle. C'est la chambre des maîtres. »

*

Leur lit était garni de rideaux en soie verte.
J'aperçus un grand buffet marqueté d'ébène, une
table en bois blanc que l'on avait poussée contre les
fenêtres et des chaises en cuir espagnol, là encore
ce furent les tableaux qui retinrent mon attention.
Il y en avait davantage sur les murs de cette pièce
que nulle part ailleurs. J'en comptai dix-neuf. Il
s'agissait surtout de portraits de membres des deux
familles. On voyait aussi un tableau de la Vierge
Marie et un autre représentant l'adoration des
Mages. Je les regardai non sans certain malaise.

« Et maintenant, passons à l'étage. » Tanneke
me devança pour grimper les marches raides,
puis elle mit un doigt sur ses lèvres. Je la suivis en
faisant le moins de bruit possible. Une fois là-
haut, je regardai autour de moi et je remarquai
la porte fermée. Derrière cette porte, c'était le
silence, ce silence, je le savais, c'était lui.

Je restai là, les yeux rivés à la porte, n'osant bouger de peur qu'elle ne s'ouvre et qu'il ne sorte.

Tanneke se pencha vers moi en murmurant :

« C'est ici que tu feras le ménage, la jeune maîtresse t'expliquera ça plus tard. Ces pièces-là, vois-
tu, ajouta-t-elle en désignant du doigt des portes à
l'arrière de la maison, ce sont les chambres de *ma*
maîtresse. Je suis la seule à y pénétrer pour en
faire le ménage. »

Nous redescendîmes sur la pointe des pieds.
De retour à la buanderie, Tanneke me dit : « Tu
devras faire la lessive de toute la maison. » Elle me

montra un monceau de vêtements. De toute évidence, j'aurais du mal à rattraper le retard accumulé pour la lessive. « Il y a une citerne dans la cuisine, mais mieux vaut que tu ailles au canal chercher l'eau, elle est à peu près propre par ici.

— Tanneke, lui demandai-je tout bas, vous faisiez ça toute seule ? La cuisine, le ménage et la lessive de toute la maison ? »

J'avais choisi les mots qu'il fallait. « *Et* aussi une partie des courses. » Tanneke se rengorgeait de son propre zèle. « En général, la jeune maîtresse les fait presque toutes, mais quand elle est enceinte elle ne mange plus ni viande ni poisson cru. Et c'est souvent, ajouta-t-elle en un murmure. Tu devras donc te rendre au marché pour acheter la viande et le poisson, ça sera une autre de tes tâches. » Là-dessus, elle me laissa à la lessive. Avec moi, nous étions dix à la maison, dont un bébé qui se salissait plus que nous tous. Chaque jour, je devrais faire la lessive, l'eau et le savon me crevasseraient les mains, j'aurais le visage tout rouge à force de me pencher au-dessus de la lessiveuse bouillonnante, j'aurais les bras brûlés par le fer à repasser. Mais j'étais nouvelle et j'étais jeune, aussi devais-je m'attendre à ce que l'on me donne les tâches les plus dures.

Le linge devrait tremper pendant une journée avant que je puisse le laver. Dans le débarras par lequel on accédait à la cave, je trouvai deux brocs en étain et une bouilloire en cuivre. Je pris les brocs et suivis le long couloir jusqu'à l'entrée de la maison.

Les fillettes étaient toujours assises sur le banc.

C'était au tour de Lisbeth de souffler les bulles de savon car Maertge donnait au jeune Johannes du pain trempé dans du lait. Cornelia et Aleydis couraient après les bulles. En me voyant, toutes s'arrêtèrent et me regardèrent non sans certaine curiosité.

« Vous êtes la nouvelle servante ? déclara la rouquine.

— Oui, Cornelia. »

Cornelia ramassa un caillou et le lança, il traversa la rue et alla finir sa course dans le canal. Elle avait le bras tout griffé, elle avait, sans aucun doute, taquiné le chat de la maison.

« Où allez-vous dormir ? s'enquit Maertge, en essuyant ses doigts pleins de bouillie sur son tablier.

— À la cave.

— Nous aimons bien la cave, dit Cornelia. Tiens, si on allait y jouer ? »

Elle se précipita dans la maison, mais n'alla pas bien loin : voyant que personne ne la suivait, elle revint vers nous, l'air mécontent.

« Aleydis, dis-je en tendant la main à la benjamine, pourriez-vous me montrer à quel endroit je peux descendre chercher de l'eau au canal ? »

Elle me prit la main, leva la tête et me regarda. Ses yeux gris brillaient comme deux pièces de monnaie. Nous traversâmes la rue, Cornelia et Lisbeth nous suivaient. Aleydis m'amena à un escalier qui descendait jusqu'à l'eau. Tandis que nous nous penchions pour repérer l'endroit, je serrais bien fort sa main, comme je serrais jadis celles de Frans et d'Agnès dès que nous étions près de l'eau.

« Ne vous approchez pas du bord », ordonnai-

je. Obéissante, Aleydis recula. Cornelia, elle, me
suivit alors que je descendais les brocs.

« Franchement, Cornelia, vous avez l'intention
de m'aider à porter les brocs d'eau ? Sinon, allez
rejoindre vos sœurs. » Elle me regarda, puis elle
commit une erreur fatale. Si elle avait haussé les
épaules ou si elle avait hurlé, passe encore, j'aurais
su que je l'avais matée. Mais elle se mit à rire.

Je tendis la main et la giflai. Son visage devint
écarlate, mais elle ne pleura pas. Elle remonta les
marches en courant. Aleydis et Lisbeth me regardèrent, l'air grave.

J'eus alors le pressentiment qu'il en serait de
même avec sa mère, à la seule différence qu'elle,
je ne pourrais pas la gifler.

Je remplis les brocs et les rapportai en haut des
marches. Cornelia s'était éclipsée. Maertge était
toujours assise avec Johannes. J'emportai un des
brocs à la cuisine où j'allumai un feu, puis je remplis la bouilloire en cuivre et la mis à chauffer.

Quand je revins, Cornelia avait réapparu, son
visage était encore rouge. Ses sœurs et elle
jouaient avec des toupies sur les dalles grises et
blanches. Aucune ne leva la tête pour me regarder.

Le broc que j'avais laissé n'était plus là. Je l'aperçus qui flottait, retourné, à hauteur des marches,
tout juste hors de ma portée.

« Oui, vous me donnerez du fil à retordre ! »
murmurai-je. Je cherchai en vain un bâton pour
me permettre de récupérer le broc. Je remplis à
nouveau l'autre, le rapportai à l'intérieur, détournant la tête pour que les fillettes ne voient pas

mon visage. Je le posai sur le feu à côté de la bouilloire, puis je ressortis, cette fois avec un balai.

Cornelia lançait des pierres sur le broc, sans doute dans l'espoir de le faire couler.

« Je vous giflerai encore une fois si vous n'arrêtez pas ça.

— Et moi je le dirai à notre mère. Les servantes n'ont pas le droit de nous gifler. » Cornelia lança un autre caillou.

« Vous voulez que j'aille raconter à votre grand-mère ce que vous avez fait ? »

Le visage de Cornelia refléta une certaine crainte. Elle lâcha les cailloux.

Un chaland arrivait sur le canal, il se dirigeait vers l'hôtel de ville. Je reconnus l'homme qui le guidait, je l'avais croisé plus tôt ce matin-là. Déchargé de ses briques, le chaland flottait beaucoup plus haut. L'homme sourit en m'apercevant.

Je rougis. « S'il vous plaît, monsieur, commençai-je. Pourriez-vous m'aider à récupérer ce broc ?

— Tiens, tiens, tu me regardes maintenant que tu as besoin de moi ! En voilà un changement ! »

Cornelia m'observait avec curiosité.

Je ravalai mon orgueil. « Je n'arrive pas à l'atteindre, peut-être que vous pourriez… »

L'homme se pencha, repêcha le broc, le vida et me le tendit. Je descendis les marches en courant pour le prendre.

« Oh ! merci, je vous en suis tellement reconnaissante ! »

Il ne le lâchait pas. « Est-ce tout ce que ça me vaut ? Pas même un baiser ? »

L'homme me saisit par la manche. D'un geste vif, je lui arrachai le broc.

«Pas cette fois», lançai-je, d'un ton aussi désinvolte que je le pouvais, ce genre de conversation n'étant pas mon fort.

Il se mit à rire. «Chaque fois que je passerai par ici, je guetterai les brocs à la dérive, n'est-ce pas, ma petite demoiselle?» Il adressa un clin d'œil à Cornelia. «Les brocs et les baisers.» D'un coup de gaffe, il éloigna le bateau.

En remontant les marches menant à la rue, je crus entrevoir un mouvement à l'étage, derrière la fenêtre centrale, celle de la pièce où il se tenait. Je regardai avec attention mais je ne vis rien d'autre que le reflet d'un coin de ciel.

*

Catharina revint au moment où je dépendais le linge qui séchait dans la cour. J'entendis d'abord ses clefs tinter dans le couloir. Réunies en un imposant trousseau, celles-ci pendaient au-dessous de sa taille, rebondissant contre sa hanche. Si peu confortable cela fût-il, elle les portait avec grande fierté. Je l'entendis à la cuisine donner des ordres à Tanneke et au jeune garçon qui avait rapporté les courses. Elle leur parlait d'un ton cassant.

Je continuai à dépendre et à plier draps, serviettes, taies d'oreiller, chemises, chemisiers, tabliers, mouchoirs, cols et coiffes. Ils avaient été accrochés sans soin, entassés les uns contre les autres, aussi étaient-ils encore humides par endroits. On ne les avait pas secoués avant de les accrocher, d'où les nombreux faux plis. Il me faudrait repasser pendant toute la journée ou presque si je voulais que le linge soit présentable.

Catharina apparut sur le seuil. Elle avait chaud et paraissait lasse, bien que le soleil ne fût pas encore très fort. Son chemisier ressortait de sa robe bleue et son peignoir vert était tout froissé. Ses mèches blondes étaient plus folles que jamais, d'autant qu'elle ne portait pas de coiffe pour les dompter. Ses boucles se rebellaient contre les peignes qui les retenaient en un chignon.

À la voir, on aurait dit qu'elle avait besoin d'aller s'asseoir un moment au bord du canal, afin que la vue de l'eau l'apaise et la rafraîchisse.

Je ne savais comment me comporter à son égard, je n'avais jamais été servante et nous n'en avions jamais eu chez nous. Il n'y en avait pas non plus dans notre rue, personne n'ayant les moyens de s'en offrir une. Je rangeai le linge dans une corbeille au fur et à mesure que je le pliais puis je la saluai. « Bonjour, Madame. »

Elle fronça les sourcils, je compris que j'aurais dû la laisser parler la première. Il me faudrait être sur mes gardes.

« Tanneke vous a montré la maison ? demanda-t-elle.

— Oui, Madame.

— Très bien, vous savez donc quelles sont vos tâches et je compte sur vous pour vous en acquitter. » Elle hésitait, comme si elle ne trouvait pas ses mots, il me vint alors à l'esprit qu'elle n'en savait guère plus long sur son rôle de maîtresse que moi sur mon rôle de servante. Sans doute Tanneke avait-elle été formée par Maria Thins, dont elle suivait sûrement encore les ordres, sans tenir compte de ce que Catharina pouvait lui dire.

Je devrais l'aider sans en avoir l'air.

« Tanneke m'a expliqué qu'en dehors de la lessive vous souhaitiez que j'aille chaque jour acheter la viande et le poisson, Madame », insinuai-je discrètement.

Le visage de Catharina s'éclaira. « Oui, elle vous emmènera au marché sitôt la lessive terminée. Par la suite, vous vous y rendrez seule. Et vous ferez d'autres courses pour moi quand j'en aurai besoin, ajouta-t-elle.

— Oui, Madame. » J'attendis un instant, voyant qu'elle se taisait, je tendis le bras pour décrocher une chemise d'homme en lin.

Catharina regarda la chemise. « Demain, je vous montrerai les pièces du haut dont vous devrez faire le ménage. De bonne heure. Ce sera votre première tâche de la matinée », dit-elle tandis que je pliais la chemise. Là-dessus, elle disparut dans la maison, sans me laisser le temps de lui répondre.

Après avoir rentré le linge, je pris le fer, le nettoyai et le mis à chauffer sur le poêle. À peine avais-je commencé à repasser que Tanneke arriva et me tendit un panier pour faire les courses. « Nous allons de ce pas chez le boucher, annonça-t-elle. Je vais avoir besoin de la viande. » Je l'avais entendue s'affairer à la cuisine et j'avais perçu une odeur de panais en train de rôtir.

Catharina était assise sur le banc devant la maison. Lisbeth était à ses pieds, sur un tabouret.

Johannes dormait dans son berceau. Elle peignait les cheveux de Lisbeth et en retirait les poux. Cornelia et Aleydis cousaient auprès d'elle. « Non, Aleydis, disait Catharina, tire bien le fil, c'est trop lâche. Montre-lui, Cornelia. »

Je n'aurais pas cru qu'étant ensemble elles puissent être aussi calmes.

Maertge accourut du canal. « Vous allez chez le boucher ? Dites, maman, je peux les accompagner ?

— Si tu promets de rester avec Tanneke et de lui obéir. »

J'étais contente que Maertge vienne avec nous. Tanneke se méfiait encore de moi, mais la joie de vivre et la vivacité de Maertge nous aideraient à développer un rapport d'amitié.

Je demandai à Tanneke depuis combien de temps elle était au service de Maria Thins.

« Oh ! depuis des années, me répondit-elle. Quelques années avant que notre jeune maître se marie et vienne habiter ici avec son épouse. Quand j'ai commencé, je n'étais pas plus âgée que toi. Quel âge as-tu ?

— Seize ans.

— Eh bien, moi, j'ai débuté ici à l'âge de quatorze ans, rétorqua Tanneke, l'air triomphant. J'ai passé la moitié de ma vie à travailler ici. »

À sa place, je ne m'en serais jamais vantée. Son travail l'avait à ce point usée qu'on lui donnait davantage que ses vingt-huit ans.

Le marché à la viande se trouvait derrière l'hôtel de ville, au sud puis à l'ouest de la place du Marché. Il comprenait trente-deux étals, Delft comptant trente-deux bouchers depuis des générations. Il grouillait de ménagères et de servantes en train de choisir, de marchander et d'acheter pour leur famille, tandis que les hommes allaient et venaient, transportant des carcasses. De la sciure avait été répandue sur le sol pour absorber le sang, elle collait aux semelles et aux ourlets des robes. Il y traînait une odeur de sang qui me donnait le frisson, j'aurais pourtant dû y être habituée car, à une époque, je m'y rendais chaque semaine. J'étais malgré tout heureuse de me retrouver dans des lieux familiers. En me voyant passer devant son étal, le boucher dont nous étions clients avant l'accident survenu à mon père m'appela. Je lui souris, soulagée d'apercevoir un visage connu. C'était là mon premier sourire de la journée.

Il était étrange, en une seule matinée, de rencontrer autant d'inconnus et de devoir faire face à autant de nouveautés, et cela en dehors de l'univers qui jusque-là était ma vie. Autrefois, toute nouvelle rencontre se passait en présence de ma famille et des voisins. Si je devais m'aventurer quelque part, c'était en compagnie de Frans ou de mes parents, aussi me sentais-je en sécurité. Le neuf et l'ancien croisaient leurs trames, comme dans la reprise d'une chaussette.

Au début de son apprentissage, Frans me confia qu'il avait failli s'enfuir, non que le travail fût trop pénible mais parce qu'il ne pouvait plus supporter pareil dépaysement. Ce qui l'avait retenu avait été de se dire que notre père avait investi toutes ses économies dans son apprentissage et qu'il l'aurait renvoyé sur-le-champ chez son maître s'il était rentré à la maison. Qui plus est, il se serait senti encore plus désemparé s'il était allé ailleurs.

« Je viendrai vous voir quand je serai seule », murmurai-je au boucher avant de me hâter de rejoindre Tanneke et Maertge.

Elles s'étaient arrêtées à un étal situé un peu plus loin. Ce boucher-là était un bel homme aux boucles blondes grisonnantes, aux yeux bleus et vifs.

« Pieter, je vous présente Griet, dit Tanneke. À l'avenir, c'est elle qui viendra acheter la viande. Vous mettrez ça sur notre compte, comme d'habitude. »

J'essayai de garder les yeux sur son visage, mais je ne pus m'empêcher de remarquer son tablier éclaboussé de sang. Notre boucher, lui, avait toujours un tablier propre lorsqu'il vendait, en changeant sitôt qu'il était taché.

« Ah ! » Pieter m'examina comme si j'étais un poulet dodu qu'il envisageait de rôtir. « Alors, Griet, qu'aimerais-tu aujourd'hui ? »

Je me tournai vers Tanneke. « Quatre livres de côtelettes et une livre de langue », ordonna-t-elle.

Pieter sourit. « Et vous, mademoiselle, qu'en pensez-vous ? demanda-t-il à Maertge. N'est-ce pas que je vends la meilleure langue de Delft ? »

Maertge approuva de la tête et se mit à rire en contemplant l'étalage de rôtis, côtelettes, langues, pieds de porc et saucisses.

« Vois-tu, Griet, tu t'apercevras que j'ai la meilleure viande et aussi les balances les plus honnêtes de tout le marché ! dit Pieter en pesant la langue de bœuf. Tu n'auras pas à te plaindre de moi. »

Je regardai son tablier et me retins de lui répondre. Pieter mit dans mon seau les côtelettes et la langue, il m'adressa un clin d'œil et passa au client suivant.

Nous nous rendîmes ensuite au marché aux poissons. Des mouettes planaient au-dessus des étals, guettant les têtes et les viscères de poisson que les poissonniers jetaient dans le canal. Tanneke me présenta à leur poissonnier, différent du nôtre, lui aussi. Je devais faire alterner chaque jour viande et poisson.

Lorsque nous repartîmes du marché, je n'avais aucune envie de retourner chez eux, de retrouver Catharina, les enfants sur le banc, je voulais rentrer chez nous, surprendre ma mère dans sa cuisine et lui donner le seau rempli de côtelettes. Nous n'avions pas mangé de viande depuis des mois.

*

À notre retour, Catharina peignait les cheveux de Cornelia. Elles ne prêtèrent pas attention à moi. J'aidai Tanneke à préparer le repas, je retournai la viande sur le gril, j'allai chercher couverts, assiettes et verres pour mettre la table dans la grande salle, je coupai le pain.

Le repas prêt, les enfants rentrèrent. Maertge rejoignit Tanneke à la cuisine tandis que les autres s'asseyaient dans la grande salle. Je venais de mettre la langue dans le garde-manger situé dans une remise — Tanneke l'ayant laissée dehors, un des chats avait failli s'y intéresser — quand il appa-

rut, venant du dehors, dans l'embrasure de la
porte, au fond du long couloir, coiffé de son chapeau et vêtu de sa houppelande. Je demeurai
immobile, il s'arrêta, l'effet de contre-jour m'empêchait de voir son visage, je ne pouvais savoir si
c'était moi qu'il regardait. Au bout d'un moment,
il disparut dans la grande salle.

Tanneke et Maertge servirent le repas tandis
que je m'occupais du bébé dans la salle de la
Crucifixion. Le service terminé, Tanneke me
rejoignit. Nous eûmes droit au même repas que
la famille : des côtelettes, des panais, du pain et
de la bière. Même si la viande de Pieter n'était pas
meilleure que celle de notre boucher, j'en appréciai le goût après m'en être passée si longtemps.
Ici, nous avions droit à du pain de seigle au lieu
de ce pain brun, bon marché, que nous avions à
la maison, quant à la bière, elle était moins allongée d'eau.

N'ayant pas servi à table, je ne le vis pas. De temps
à autre, sa voix me parvenait, en général après celle
de Maria Thins. À leur ton, il était clair qu'ils s'en-
tendaient bien.

Après avoir débarrassé la table, Tanneke et moi
passâmes la serpillière à la cuisine et dans les
remises. Les murs de la cuisine et de la buanderie
étaient peints en blanc, la cheminée était recouverte de carreaux bleu et blanc, en faïence de
Delft, représentant d'un côté des oiseaux, d'un
autre des bateaux et un peu plus loin des soldats.
Je les étudiai de près, aucun n'avait été peint par
mon père.

Je repassai presque toute la journée dans la

buanderie, m'arrêtant pour ranimer le feu, pour
aller chercher du bois ou pour mettre le nez dans
la cour, en quête d'une bouffée d'air frais. Les
filles jouaient tant au-dehors qu'au-dedans, rentrant à l'occasion pour me regarder repasser, pour
attiser le feu ou même pour taquiner Tanneke
qu'elles avaient surprise en train de somnoler à la
cuisine tandis que Johannes rampait à ses pieds.
Je ne les sentais pas encore très à l'aise avec moi,
peut-être avaient-elles peur que je ne les gifle.
Cornelia me regardait d'un œil noir, elle ne s'at-
tarda pas dans la buanderie. Maertge et Lisbeth
prirent le linge que j'avais repassé et le rangèrent
dans le placard de la grande salle où leur mère
faisait la sieste. «Le mois avant l'arrivée du bébé,
elle passera la plus grande partie de ses journées au
lit, soutenue par des oreillers», me confia Tanneke.

Maria Thins était montée dans ses appartements après le repas. À un moment, toutefois, je
l'entendis dans le couloir. Je levai la tête, elle
m'observait depuis l'entrée. Elle ne dit rien, je me
remis donc à repasser, ignorant sa présence. Un
peu plus tard, je l'entrevis qui saluait quelqu'un
de la tête avant de s'éloigner d'un pas traînant.

Il avait un visiteur. Je perçus deux voix
d'hommes dans l'escalier. Plus tard, les entendant redescendre, je glissai un coup d'œil par la
porte entrebâillée pour les voir sortir. L'homme
qui était avec lui avait la mine replète et il portait
une grande plume blanche à son chapeau.

À la tombée de la nuit, nous allumâmes des
chandelles. Tanneke et moi partageâmes pain,
fromage et bière avec les enfants dans la pièce de

la Crucifixion, tandis que les autres mangeaient
de la langue dans la grande salle. Je pris soin de
m'asseoir le dos tourné au tableau. J'étais si lasse
que j'avais du mal à penser. Chez mes parents,
même si la besogne était dure, elle n'était pas
aussi épuisante que dans une maison étrangère
où tout était nouveau pour moi, où j'étais
contrainte d'être sur mes gardes et ne pouvais me
détendre. Chez nous, je pouvais rire avec ma
mère, Agnès ou Frans. Ici, il n'y avait personne
avec qui je puisse rire.

Je n'étais pas encore descendue dans la cave où
je devais dormir. Je pris une bougie mais, trop
épuisée ce soir-là pour explorer les lieux, je me
contentai de trouver un lit, un oreiller et une couverture. Ayant laissé la porte de la trappe ouverte
pour avoir un peu d'air frais, j'enlevai mes chaussures, ma coiffe, mon tablier et ma robe, récitai
rapidement mes prières et me couchai. J'allais
souffler la bougie quand je remarquai le tableau
accroché au pied de mon lit. Je me rassis, cette
fois bien réveillée : il s'agissait d'un autre tableau
du Christ en croix. De plus petites dimensions
que celui qui était là-haut, il était encore plus
troublant. Dans sa souffrance, le Christ avait
rejeté la tête en arrière et les yeux de Marie
Madeleine étaient révulsés. Je me couchai, mal à
l'aise, incapable d'en détacher mon regard. Je ne
me voyais pas dormant dans cette pièce avec ce
tableau. J'aurais voulu le décrocher, mais n'osai
pas. À la fin, j'éteignis la bougie, ne pouvant me
permettre de gaspiller des bougies en cette première journée chez mes nouveaux maîtres. Je me

recouchai, les yeux rivés sur l'endroit où je savais que le tableau était accroché.

Épuisée comme je l'étais, je passai une mauvaise nuit. Je me réveillai souvent, cherchant le tableau du regard. Même si je ne pouvais rien voir sur le mur, le moindre détail demeurait gravé dans mon esprit. Le jour commençant à pointer, le tableau réapparut, j'eus alors la certitude que la Vierge Marie me regardait.

*

En me levant ce matin-là, je m'efforçai de détourner mon regard du tableau et d'étudier plutôt ce que renfermait la cave, à la faveur du demi-jour qui se glissait par la fenêtre du débarras au-dessus de moi. Il n'y avait pas grand-chose à voir en dehors de quelques chaises recouvertes de tapisserie empilées les unes sur les autres, d'autres sièges mal en point, d'un miroir et de deux autres tableaux, des natures mortes, adossés au mur. Quelqu'un le remarquerait-il si je remplaçais la Crucifixion par une nature morte ?

Cornelia, à coup sûr. Et elle irait le dire à sa mère.

J'ignorais ce que Catharina, ou aucun d'eux, pensait du fait que j'étais protestante. Devoir moi-même en être consciente me faisait un curieux effet. Jamais jusqu'ici je ne m'étais trouvée en minorité.

Je tournai le dos au tableau, je montai à l'échelle. D'une des pièces du devant me parvint le bruit des clefs de Catharina. J'allai la trouver.

Elle se déplaçait avec lenteur, comme si elle était encore à moitié endormie. En me voyant, elle se redressa. Elle me devança dans l'escalier, le gravit en prenant son temps, vu sa corpulence, s'accrochant à la rampe pour se hisser.

Arrivée à l'atelier, elle chercha la clef dans son trousseau, déverrouilla la porte et l'ouvrit. La pièce était plongée dans l'obscurité, les volets étaient fermés, je ne la devinais qu'à peine, à la faveur des stries lumineuses qui filtraient entre les lattes. Elle sentait l'huile de lin, une odeur propre et âpre qui me rappela celle des vêtements de mon père, le soir, à son retour de la faïencerie. On aurait dit un mélange de bois et de foin frais coupé.

Catharina resta sur le seuil de la porte. Je n'osai la précéder. « Allez, ouvrez les volets ! ordonnat-elle après un silence gêné. Pas ceux de la fenêtre sur votre gauche. Juste ceux de la fenêtre du milieu et de la fenêtre la plus éloignée. Et pour la fenêtre du milieu, n'ouvrez que les volets du bas. »

Je traversai la pièce, me faufilant le long d'un chevalet et d'un siège pour atteindre la fenêtre du milieu. J'ouvris la fenêtre du bas, puis je repoussai les volets. Catharina m'épiant depuis le seuil de la porte, je ne pus regarder le tableau sur le chevalet. Une table avait été poussée contre la fenêtre de droite. Une chaise avait été placée dans l'angle de la pièce, son dossier et son siège étaient en cuir repoussé à motifs de fleurs jaunes et de feuilles.

« Ne déplacez surtout rien de ce qui est là-bas, me rappela Catharina. C'est ce qu'il est en train de peindre. »

Même sur la pointe des pieds, je n'aurais pu atteindre la fenêtre du dessus et les volets. Il me faudrait donc grimper sur la chaise, ce que je ne pouvais faire en sa présence. Elle me mettait mal à l'aise à guetter ainsi, depuis le pas de la porte, que je commette la moindre erreur.

Je réfléchis à la façon de m'y prendre.

Le bébé me tira d'affaire, il se mit à pleurnicher. Catharina me voyant hésiter, elle perdit patience et finit par descendre s'occuper de Johannes.

Je me hâtai de grimper avec précaution sur le cadre en bois de la chaise, j'ouvris la fenêtre du haut, me penchai et repoussai les volets. En jetant un coup d'œil dans la rue au-dessous de moi, j'aperçus Tanneke en train de frotter les dalles devant la maison. Elle ne me vit pas, mais un chat qui la suivait à pas feutrés sur les dalles humides s'arrêta et leva le nez.

J'ouvris ensuite la fenêtre et les volets du bas, et je redescendis de la chaise. Quelque chose bougea en face de moi. Je m'arrêtai, pétrifiée. Le mouvement s'arrêta. C'était moi, dont un miroir accroché au mur entre les deux fenêtres me renvoyait l'image. Je me regardai. J'avais l'air inquiet de quelqu'un pris en faute, mais mon visage était baigné de lumière, ce qui me donnait un teint radieux. J'écarquillai les yeux, surprise, puis m'éloignai.

Disposant d'un moment, je parcourus l'atelier du regard. Spacieuse et carrée, la pièce était toutefois moins longue que la grande salle d'en bas. Une fois les fenêtres ouvertes, elle était lumineuse avec ses murs blanchis à la chaux et ses dalles de

marbre gris et blanc disposées en croix. Une rangée de carreaux en faïence de Delft représentant
des amours protégeait le bas du mur des ardeurs
de nos serpillières. Ceux-là non plus n'étaient pas
l'œuvre de mon père.

Si spacieuse qu'elle fût, cette pièce ne conte-
nait que peu de meubles. On remarquait le chevalet et la chaise devant la fenêtre centrale et
la table devant celle de droite, dans l'angle de la
pièce. À côté de la chaise sur laquelle j'étais grim-
pée se trouvait une autre chaise, près de la table.
Cette dernière était en cuir non travaillé, fixé par
de gros clous en cuivre. Deux têtes de lion étaient
sculptées en haut des montants. Contre le mur le
plus éloigné, derrière la chaise et le chevalet, on
apercevait un petit bahut sur lequel étaient dispo-
sés des pinceaux et un de ces couteaux à la lame
en forme de diamant, prévue pour nettoyer les
palettes. À côté du buffet, un bureau disparaissait
sous les papiers, les livres et les gravures. Deux
autres chaises, ornées elles aussi de têtes de lion,
avaient été placées contre le mur près de l'entrée.

Cette pièce était en ordre, elle semblait exempte
de la confusion de la vie quotidienne. On la sentait
différente des autres pièces, on se serait presque
cru dans une autre maison. La porte fermée, il
devenait difficile d'entendre les cris des enfants,
le cliquetis des clefs de Catharina, le va-et-vient de
nos balais sur le sol.

Armée de mon balai, de mon seau d'eau et de
mon chiffon à poussière, j'entrepris le ménage
de l'atelier. Je commençai par le coin où avait été
disposé le décor du tableau, consciente que je ne

devais rien déplacer. Je m'agenouillai sur la chaise pour essuyer la fenêtre que j'avais eu tant de mal à ouvrir, j'époussetai aussi le rideau jaune qui pendait sur le côté, l'effleurant à peine pour ne pas en déranger les plis. Les vitres étaient sales, elles auraient besoin d'être lavées à l'eau chaude, mais j'ignorais s'il voulait ou non qu'elles fussent propres. Il me faudrait poser la question à Catharina.

J'époussetai ensuite les chaises, j'astiquai les clous en cuivre et les têtes de lion. De toute évidence, la table n'avait pas été nettoyée convenablement depuis un certain temps. Quelqu'un s'était contenté d'un coup de chiffon autour des objets qui étaient posés dessus, une houppette, une coupe d'étain, une lettre, un pot en céramique noire, une pièce d'étoffe bleue jetée en désordre et dont un pan retombait sur le côté, il faudrait les déplacer si l'on voulait vraiment essuyer la table. Comme me l'avait dit ma mère, je devrais trouver un moyen de déplacer les objets et de les remettre à leur endroit précis, donnant ainsi l'illusion que personne n'y avait jamais touché.

La lettre était placée près de l'angle de la table. Si je posais le pouce le long d'un des bords du papier, l'index sur le long d'un autre et faisais pivoter ma main en gardant le petit doigt rivé au bord de la table, je devrais pouvoir déplacer la lettre, épousseter et la replacer à l'endroit indiqué par ma main.

Les doigts plaqués sur les bords, retenant mon souffle, je retirai la lettre, époussetai et la replaçai prestement. J'avais le vague sentiment qu'il me fallait faire vite. Je reculai pour vérifier : la lettre paraissait au bon endroit, lui seul, toutefois, aurait pu en être sûr.

Quoi qu'il en soit, s'il s'agissait de ma mise à l'épreuve, il me faudrait en passer par là.

Je mesurai de la main la distance entre la lettre et la houppette puis, après avoir posé les doigts pour en circonscrire l'emplacement, je retirai la houppette, époussetai et la replaçai en prenant soin de vérifier que la distance entre la lettre et elle n'avait pas changé. Je fis de même avec la coupe.

C'est ainsi que je nettoyai en donnant l'impression de ne rien déplacer. Je situai chaque objet par rapport à ceux qui l'entouraient et par rapport à l'espace entre eux. Si ceux qui étaient sur la table ne me posèrent pas problème, avec les meubles ce fut plus difficile, il me fallut avoir recours à mes pieds, à mes genoux, et à mes épaules et à mon menton dans le cas des chaises.

Je ne savais comment m'y prendre avec la pièce d'étoffe bleue jetée en désordre sur la table. Si je la déplaçais, jamais je ne parviendrais à lui faire reprendre ses plis précis. Je décidai de ne pas y toucher pour le moment, espérant qu'il n'y verrait rien pendant un jour ou deux, me donnant ainsi le temps d'élaborer un moyen d'en retirer la poussière.

Avec le reste de la pièce, je pouvais me permettre d'être moins minutieuse. J'époussetai, balayai, lavai le sol, les murs, les fenêtres, les meubles avec la satisfaction de m'attaquer à une pièce ayant besoin d'un bon nettoyage. À l'autre bout, en face de la table et des fenêtres, une porte ouvrait sur une remise encombrée de tableaux, de toiles, de chaises, de coffres, d'assiettes, de bassins, d'un portemanteau et d'une étagère pleine de livres. Je nettoyai là aussi, remettant un peu d'ordre là-dedans.

Jusque-là, j'avais évité de nettoyer autour du chevalet. Sans trop savoir pourquoi, j'éprouvais une certaine appréhension à regarder le tableau qui était dessus. À la fin, n'ayant plus rien à faire, j'époussetai le tabouret face au chevalet puis le chevalet lui-même, en m'efforçant de ne pas regarder le tableau.

Toutefois, quand j'entrevis le satin jaune, je dus m'arrêter.

J'étais encore là à contempler le tableau quand me parvint la voix de Maria Thins.

« On ne voit pas ça tous les jours, n'est-ce pas ? »

Je ne l'avais pas entendue entrer. Elle se tenait sur le pas de la porte, légèrement voûtée, vêtue d'une jolie robe noire au col de dentelle.

Je ne sus que répondre et ne pus m'empêcher de me tourner à nouveau vers le tableau.

Maria Thins se mit à rire. « Tu n'es pas la seule à oublier tes manières devant un de ses tableaux, ma fille. » Elle vint se placer à côté de moi. « Oui, il a bien réussi celui-là. C'est l'épouse de Van Ruijven. » Je reconnus le nom du mécène que mon père avait mentionné. « Disons qu'elle n'est pas belle, mais qu'il la rend belle, ajouta-t-elle. Ça devrait se vendre un bon prix. »

C'était le premier de ses tableaux que je voyais,

aussi resterait-il celui dont je me souviendrais le mieux, même parmi ceux dont je suivrais les progrès depuis la pose de la sous-couche jusqu'aux dernières touches.

Une femme se tenait devant une table, elle était tournée vers un miroir accroché au mur de sorte qu'on la voyait de profil. Elle portait une veste de somptueux satin jaune, bordé d'hermine et, selon le goût du jour, un nœud rouge s'épanouissait en cinq boucles sur ses cheveux. Sur la gauche, une fenêtre l'éclairait, la lumière jouait sur son visage, soulignant la courbe délicate de son front et de son nez. Elle passait son collier de perles autour de son cou. Elle le nouait, les mains à hauteur du visage. En extase devant l'image que lui renvoyait le miroir, elle ne semblait pas avoir conscience d'être observée. À l'arrière-plan, sur un mur d'une étincelante blancheur, on apercevait une vieille carte et, dans la pénombre du premier plan, on reconnaissait la table sur laquelle étaient posés la lettre, la houppette et les autres objets que j'avais époussetés.

J'aurais voulu porter cette veste et ces perles. J'aurais voulu connaître l'homme qui l'avait ainsi représentée. Je me revis en train de me regarder dans le miroir et j'eus honte.

Maria Thins paraissait heureuse de contempler ce tableau en ma présence. Il était étrange de le voir devant son propre décor. Pour les avoir époussetés, je connaissais chacun des objets sur la table ainsi que leur relation les uns par rapport aux autres, la lettre posée au bord de la table, la houppette négligemment placée à côté de la coupe en étain, l'étoffe bleue jetée en désordre près du pot en céramique sombre. Tout semblait identique, mais plus net, plus pur. Voilà qui tournait en dérision mes talents de ménagère.

Je notai alors une différence. Je retins mon souffle.

« Que se passe-t-il, ma fille ?

— Dans le tableau, on ne voit pas de têtes de lion sur la chaise à côté de la femme, dis-je.

— Non, et il fut un temps, vois-tu, où un luth était posé sur cette chaise. Il effectue beaucoup de changements. Il ne se contente pas de peindre ce qu'il voit, mais ce qui conviendra le mieux. Dis-moi, ma fille, crois-tu que ce tableau est achevé ? »

Je la regardai étonnée. Sa question devait être un piège, mais je ne pouvais imaginer un changement susceptible de l'améliorer.

« Il ne l'est pas ? bredouillai-je.

— Il y travaille depuis trois mois, ronchonna Maria Thins. À mon avis, il en a encore pour deux mois. Tu verras. » Elle regarda autour d'elle. « Tu as fini le ménage, n'est-ce pas ? Très bien, ma fille, dépêche-toi, tu as encore beaucoup à faire. Il ne va pas tarder à venir voir comment tu t'en es tirée. »

Je jetai un dernier coup d'œil au tableau, mais à force de l'étudier aussi intensément je sentis que quelque chose m'échappait. Cela revenait à regarder une étoile dans un ciel nocturne. Pour peu que je la fixe du regard, j'avais peine à la voir, mais sitôt que je la regardais du coin de l'œil, elle se mettait à briller de tous ses feux.

Je ramassai mon balai, mon seau et mon chiffon à poussière. Lorsque je sortis de la pièce, Maria Thins contemplait le tableau.

*

J'allai remplir les brocs au canal, les posai sur le feu puis je partis à la recherche de Tanneke. Je la trouvai dans la chambre des filles où elle aidait Cornelia à s'habiller, tandis que Maertge donnait un coup de main à Aleydis et que Lisbeth, elle, se débrouillait seule. Tanneke n'était pas de bonne humeur. Elle chercha à attirer mon attention mais feignit de ne pas me voir quand j'essayai de lui parler. À la fin, je me campai devant elle, lui imposant ma présence. « Tanneke, je vais aller au marché aux poissons, qu'aimeriez-vous que je rapporte aujourd'hui ?

— Pourquoi y vas-tu si tôt ? Nous y allons toujours plus tard. » Tanneke s'entêtait à ne pas me regarder. Elle nouait des rubans blancs dans les cheveux de Cornelia, les parant ainsi d'une étoile à cinq branches. « J'ai le temps, l'eau est en train de chauffer, aussi avais-je pensé m'y rendre maintenant », répondis-je. Je n'ajoutai pas que les meilleurs morceaux partaient vite et tôt, même si le boucher ou le poissonnier avaient promis d'en mettre de côté pour la famille. Elle devait savoir ça. « Qu'aimeriez-vous que je rapporte ?

— Pas envie de poisson aujourd'hui. Va donc acheter un rôti de mouton chez le boucher. » À peine Tanneke eut-elle achevé de nouer les rubans, que Cornelia se redressa d'un bond, me bousculant pour passer. Tanneke se détourna, elle ouvrit un coffre, elle cherchait quelque chose. J'observai son dos large, moulé dans sa robe gris-brun.

Elle était jalouse de moi. J'avais fait le ménage de l'atelier, pièce où elle n'était pas admise, où personne, en dehors de Maria Thins et moi, ne pouvait pénétrer.

Tanneke se redressa, un bonnet à la main, et me dit : «Le maître a fait une fois mon portrait, tu sais. Il m'a représentée en train de verser du lait. Tout le monde a dit que c'était son plus beau tableau.

— J'aimerais le voir, répondis-je. Est-il encore ici ?

— Oh ! non, Van Ruijven l'a acheté. »

Je réfléchis un instant. «Ainsi donc, repris-je, l'un des hommes les plus riches de Delft prend chaque jour plaisir à vous contempler. »

Tanneke eut un grand sourire et son visage grêlé par la variole parut encore plus large. Ces quelques mots bien choisis eurent tôt fait de changer son humeur. C'était tout simplement à moi de savoir trouver les mots…

Je me hâtai de partir avant que son humeur ne s'aigrît à nouveau. «Puis-je venir avec vous ? me demanda Maertge.

— Et moi ? ajouta Lisbeth.

— Pas aujourd'hui, répondis-je avec fermeté. Vous commencerez par déjeuner puis vous aiderez Tanneke. » Je ne voulais pas que cela devienne pour elles une habitude de m'accompagner, je voulais que cela récompense leur obéissance.

J'éprouvais aussi le besoin de marcher dans des

rues familières sans avoir à mes côtés un constant et volubile rappel de ma nouvelle vie. En arrivant sur la place du Marché, après avoir laissé derrière moi le Coin des papistes, je poussai un soupir de soulagement. Je ne m'étais pas rendu compte de la façon dont je me tenais sur mes gardes dès que j'étais avec la famille.

Avant d'aller trouver Pieter, je m'arrêtai chez le boucher que je connaissais, il m'accueillit avec un grand sourire. «Tiens, on daigne enfin me dire bonjour! Alors, dis-moi, hier, tu étais trop grande dame pour pratiquer les gens de mon espèce?» me lança-t-il, taquin.

Je commençai à expliquer ma nouvelle situation, mais il m'interrompit. «J'ai appris ça, bien sûr. Tout le monde en parle. Jan, la fille du faïencier, est allée travailler chez le peintre Vermeer! Et puis, je m'aperçois qu'au bout d'une journée elle est trop fière pour parler à ses vieux amis!

— Il n'y a rien de bien glorieux à se retrouver servante. Mon père en a honte.

— Ton père n'a tout simplement pas eu de chance. Personne ne lui reproche quoi que ce soit. Tu n'as pas à avoir honte, ma chère enfant. Sauf, bien sûr, de ne plus acheter ta viande chez moi!

— Je crains de ne plus guère avoir le choix. C'est à ma maîtresse de décider.

— Oh! c'est évident! Si je comprends bien le fait que tu sois cliente de Pieter n'a rien à voir avec son beau gaillard de fils?»

Je fronçai les sourcils. «Je n'ai jamais rencontré son fils. »

Le boucher partit d'un éclat de rire. «Tu le rencontreras, tu le rencontreras. Allons, je te laisse. Quand tu verras ta mère, dis-lui de venir me dire bonjour. Je vais mettre quelque chose de côté pour elle. »

Je le remerciai et longeai les étals jusqu'à celui de Pieter. Il parut étonné de me voir. «Tu es déjà là? Tu étais donc si pressée de revenir chercher de cette langue de bœuf?

— Aujourd'hui, j'aimerais un rôti de mouton, s'il vous plaît.

— Dis-moi, Griet, n'était-ce pas la meilleure langue de bœuf que tu aies jamais goûtée? »

Je refusai de lui octroyer le compliment qu'il quémandait. «Mes maîtres l'ont mangée, répondis-je. Ils n'ont rien dit. » Derrière Pieter, un jeune homme était occupé à découper un quartier de bœuf, il se retourna. Il devait être le fils car, bien qu'il fût plus grand que le père, il avait les mêmes yeux bleus. Ses cheveux blonds étaient longs et fournis, des boucles encadraient un visage qui me rappelait un gros abricot. Seule ombre au tableau, son tablier taché de sang.

Son regard vint se poser sur moi comme un papillon sur une fleur, je ne pus m'empêcher de rougir. Les yeux rivés sur le père, je réitérai ma demande de rôti de mouton. Pieter fourragea dans sa réserve et il en tira un rôti qu'il posa sur le comptoir. Deux paires d'yeux m'observaient.

Le rôti était grisâtre sur les côtés. Je reniflai la viande. «Ce n'est pas frais, déclarai-je, sans ménagement. Madame ne serait pas trop contente que vous vous attendiez à ce que sa famille mange une viande de ce genre. » Le ton de ma voix était plus hautain que je ne l'aurais souhaité, sans doute était-ce nécessaire. Père et fils me dévisagèrent. Je soutins le regard du père tout en essayant de ne pas voir le fils.

Pieter se tourna enfin vers son fils. « Pieter, va donc me chercher ce rôti qu'on a mis de côté sur le chariot.

— Mais il est pour… » Pieter fils s'arrêta net. Il disparut et revint avec un autre rôti qui, je le vis tout de suite, était de meilleure qualité. J'approuvai de la tête. « C'est tout de même mieux. »

Pieter fils enveloppa le rôti et le mit dans mon seau. Je le remerciai. En m'en allant, je surpris le regard qu'échangèrent père et fils. Même alors, je compris plus ou moins ce qu'il voulait dire, et aussi ce qu'il voudrait dire pour moi par la suite.

*

À mon retour, Catharina était assise sur le banc, elle donnait à manger à Johannes. Je lui montrai le rôti. Elle approuva de la tête. Au moment où j'allais entrer, elle dit à voix basse : « Mon mari a inspecté l'atelier et il a apprécié la façon dont le ménage a été fait. » Elle ne me regarda pas.

« Merci, Madame. » Je pénétrai dans la maison, jetai un coup d'œil sur une nature morte composée de fruits et d'un homard, et me dis, ainsi donc, je vais vraiment rester ici.

Le reste de la journée se passa à peu près comme la matinée. Et comme se passeraient les jours suivants. Après avoir fait le ménage de l'atelier et m'être rendue au marché pour y acheter le poisson ou la viande, je me remettais à la lessive. Un jour, je triais le linge, le mettais à tremper et en retirais les taches, le lendemain, je le frottais, le rinçais, le mettais à bouillir et l'essorais avant de l'étendre pour que le soleil de midi le blanchisse, le jour suivant, je le repassais, le raccommodais ou le pliais. À un moment ou à un autre, il fallait toujours que je m'arrête pour aider Tanneke au repas de midi. Celui-ci terminé, nous faisions la vaisselle et rangions. J'avais alors un peu de temps pour me reposer et coudre sur le banc qui était devant la maison ou sur celui qui était dans la cour. Après cela, je terminais ce que j'avais entrepris dans la matinée, puis j'aidais Tanneke au repas du soir. Notre journée achevée, nous passions une dernière fois la serpillière afin que tout soit propre le lendemain matin.

Le soir, je recouvris la Crucifixion accrochée au pied de mon lit avec le tablier que j'avais porté dans la journée. Du coup, je dormis mieux. Le lendemain, j'ajoutai le tablier à la lessive de la journée.

*

Le deuxième jour, lorsque Catharina ouvrit la porte de l'atelier, je lui demandai si je devrais faire les vitres.

« Et pourquoi pas ? me répondit-elle sèchement. Veuillez ne pas m'importuner avec des questions sans importance.

— C'est à cause de la lumière, Madame, expliquai-je. Si je les lavais, cela pourrait changer tout le tableau. Vous voyez ? »

Non, elle ne voyait pas. D'ailleurs, elle ne pénétrerait pas, ou ne pourrait pas pénétrer, dans cette pièce pour regarder le tableau. Jamais, semblait-il, elle n'entrait dans l'atelier. Le jour où Tanneke serait de bonne humeur, je lui demanderais pourquoi. Quoi qu'il en soit, Catharina descendit demander à son mari si je pouvais faire les vitres et me cria de ne pas y toucher.

Lorsque je fis le ménage de la pièce, je ne remarquai rien qui suggérât qu'il y fût venu. Aucun objet n'avait été déplacé, les palettes étaient propres, le tableau n'avait apparemment pas changé, mais je sentais malgré tout qu'il avait été là.

Au cours de mes deux premiers jours dans cette maison de l'Oude Langendijck, je l'avais très peu vu. Je l'entendais parfois dans l'escalier ou le couloir, qui s'amusait avec les enfants ou parlait avec tendresse à Catharina. Le son de sa voix me donnait l'impression de marcher au bord d'un canal sans être sûre de mes pas. J'ignorais la façon dont il me traiterait chez lui, ferait-il ou non attention à ma façon de couper les légumes dans sa propre cuisine ?

Jusqu'ici, aucun monsieur n'avait montré autant d'intérêt à mon égard.

Lors de mon troisième jour chez eux, je me retrouvai nez à nez avec lui. Peu avant le déjeuner, alors que j'allais rechercher une assiette que Lisbeth avait laissée dehors, je me heurtai presque à lui alors qu'il arrivait dans le couloir avec Aleydis dans ses bras.

Je reculai. Aleydis et lui me regardèrent de leurs mêmes yeux gris. Je ne saurais dire s'il me sourit ou non. Il était difficile de croiser son regard. Je pensai à la femme du tableau en train de se contempler, je m'imaginai portant perles et satin jaune. Elle n'aurait pas de peine à attirer le regard d'un monsieur. Quand je parvins à lever les yeux jusqu'aux siens, il ne me regardait plus.

Le lendemain, je vis la femme elle-même. En rentrant de chez le boucher, je remarquai un homme et une femme qui marchaient devant moi sur l'Oude Langendijck. Une fois à notre porte, il se tourna vers elle, s'inclina puis poursuivit son chemin. Une longue plume blanche ornait son chapeau, il devait être le visiteur aperçu quelques jours plus tôt. Ayant entrevu son profil, j'avais noté qu'il portait une moustache et avait un visage rebondi bien assorti à son corps. Il souriait comme s'il allait s'abandonner à quelque flatterie. La femme entra dans la maison sans me laisser le temps de voir son visage, mais je reconnus les cinq boucles de ruban rouge dans ses cheveux. Je ralentis et j'attendis près de la porte d'entrée d'entendre ses pas dans l'escalier.

Elle redescendit plus tard, alors que je rangeais des vêtements dans le placard de la grande salle. La voyant entrer dans la pièce, je me levai. Elle tenait dans ses bras la veste jaune. Le ruban était toujours dans ses cheveux.

«Oh! s'exclama-t-elle. Où est Catharina?

— Elle s'est rendue à l'hôtel de ville avec sa mère, Madame. Des affaires de famille.

— Je comprends. Peu importe, je la verrai une

autre fois. J'ai ceci pour elle.» Elle arrangea la veste sur le lit et laissa tomber le collier de perles par-dessus.

«Oui, Madame.»

Je ne parvenais pas à détacher mon regard d'elle. J'avais l'impression de la voir tout en ne la voyant pas. C'était là une étrange sensation. Comme l'avait dit Maria Thins, elle n'était pas aussi belle qu'à la faveur de l'éclairage du tableau. Toutefois, elle était belle, sans doute pour la simple raison que je me la rappelais ainsi. Elle me regardait d'un air perplexe, se disant qu'elle devait me connaître puisque je la dévisageais avec une telle familiarité. Je parvins à baisser les yeux. «Je lui dirai que vous êtes passée, Madame.»

Elle acquiesça d'un signe de tête, mais parut gênée. Elle jeta un coup d'œil sur les perles posées sur la veste. «Je crois que je vais les laisser avec lui, dans l'atelier», déclara-t-elle en reprenant le collier. Elle ne me regarda pas, mais j'avais lu sa pensée : on ne confiait pas des perles à une servante. Lorsqu'elle fut partie, son visage sembla s'attarder tel un parfum.

*

Le samedi suivant, Catharina et Maria Thins emmenèrent Tanneke et Maertge acheter les légumes et les provisions de la semaine. J'avais très envie de les accompagner, espérant y rencontrer ma mère et ma sœur, mais on me demanda de rester à la maison pour y surveiller les plus jeunes et le bébé. Il ne fut pas aisé d'empêcher les benjamines de se sauver au marché. Je les y aurais volontiers emmenées, mais je n'osai laisser la maison vide. Nous nous contentâmes donc de regarder les chalands passer sur le canal. Chargés de choux, de porcs, de fleurs, de bois, de farine, de fraises ou de fers à cheval lorsqu'ils se rendaient au marché, ils étaient vides au retour, les bateliers pouvaient ainsi compter leur argent et boire tout à loisir. J'appris aux fillettes des jeux auxquels je jouais avec Agnès et Frans, elles m'en apprirent d'autres de leur invention. Elles firent des bulles de savon, jouèrent à la poupée, coururent après leurs cerceaux tandis que j'étais assise sur le banc avec Johannes sur mes genoux.

Cornelia semblait avoir oublié l'incident de la gifle. Elle se montra enjouée, aimable, elle me fut d'un grand secours avec Johannes et m'obéit. « Voulez-vous m'aider ? » me demanda-t-elle en essayant de grimper sur un tonneau abandonné dans la rue par les voisins. Elle me regardait de ses yeux noisette aussi grands qu'innocents. Je m'aperçus que je cédais à sa douceur, tout en sachant que je ne pouvais lui faire vraiment confiance. La plus intéressante des quatre sœurs, elle était aussi la plus changeante, bref, la meilleure et la pire… Elles triaient leur collection de coquillages en des tas de différentes couleurs, quand il sortit de la maison. Je serrai très fort le bébé, je pouvais sentir ses côtes fragiles sous mes doigts. Il poussa un cri, j'enfouis mon nez contre son oreille pour cacher mon visage.

« Oh ! papa ! Je peux aller avec vous ? » supplia Cornelia, bondissant pour attraper sa main. Je ne pouvais voir l'expression de son visage : l'inclinaison de sa tête et le bord de son chapeau me la cachaient.

Lisbeth et Aleydis laissèrent là leurs coquillages. « Moi aussi ! » s'écrièrent-elles à l'unisson, en saisissant son autre main.

Il secoua la tête, j'entrevis son expression amusée. « Pas aujourd'hui, car je vais chez l'apothicaire.

— Vous allez chercher des fournitures pour peindre, papa ? s'enquit Cornelia, toujours accrochée à sa main.

— Entre autres. »

Entendant pleurer le jeune Johannes, il me regarda. Gênée, je fis sauter le bébé dans mes bras.

Il semblait vouloir me dire quelque chose, mais au lieu de cela il se débarrassa des filles et s'en alla sur l'Oude Langendijck.

Il ne m'avait pas adressé la parole depuis notre discussion sur la couleur et la forme des légumes.

*

Je m'éveillai de très bonne heure ce dimanche, impatiente de rentrer chez nous. Il me fallut attendre que Catharina déverrouille la porte d'entrée. Entendant qu'on l'ouvrait, je sortis dans le couloir et trouvai Maria Thins la clef à la main.

« Ma fille est fatiguée aujourd'hui, me dit-elle en se rangeant sur le côté pour me laisser passer. Elle va se reposer quelques jours. Peux-tu te débrouiller sans elle ?

— Bien sûr, Madame », répondis-je, non sans préciser : « Et j'irai vous trouver si j'ai des questions. »

Maria Thins se mit à rire. « Ah ça ! on peut dire que tu es une petite finaude, ma fille. Tu sais prendre le vent, toi. Qu'importe, un peu d'astuce peut toujours servir par ici. » Elle me tendit quelques pièces de monnaie, mes gages pour les jours où j'avais travaillé. « Ça y est, te voilà partie, tu vas pouvoir raconter à ta mère des tas d'histoires sur nous. »

Je m'échappai avant qu'elle n'en rajoute, traversai la place du Marché, croisant les fidèles qui se rendaient aux services du petit matin à la Nouvelle-Église. Je me dépêchai le long des canaux qui menaient chez nous. Je tournai dans ma rue, qui me parut toute différente après moins d'une semaine d'absence. La lumière semblait plus vive, moins nuancée, le canal plus large. Les platanes qui le bordaient se tenaient parfaitement immobiles, telles des sentinelles me faisant la haie d'honneur.

Agnès était assise sur le banc devant notre maison. En m'apercevant, elle se précipita dans la maison en criant : « Elle est ici ! » Elle courut ensuite au-devant de moi et me prit par le bras. « Alors, comment c'est là-bas ? me demanda-t-elle sans même prendre le temps de me dire bonjour. Ils sont gentils avec toi ? Tu as beaucoup de travail ? Il y a des filles ? La maison est très grande ? Où dors-tu ? Tu manges dans de belles assiettes ? »

Je ris, refusant de répondre à aucune de ses questions avant d'avoir embrassé ma mère et salué mon père. C'est avec fierté que je remis à ma mère les quelques pièces de monnaie que j'avais dans la main, tout en sachant que ce n'était pas grand-chose. Après tout, c'était pour cela que je travaillais. Mon père nous rejoignit dehors. Je lui tendis les mains pour le guider vers le porche. En s'asseyant sur le banc, il passa le pouce sur mes paumes. «Tu as les mains toutes gercées, me dit-il. Elles sont rêches et usées. Tu portes déjà les marques du rude labeur.

— Ne vous inquiétez pas, répondis-je calmement. Beaucoup de lessive m'attendait parce qu'ils n'avaient pas assez d'aide avant mon arrivée. Ça s'arrangera vite. »

Ma mère les examina à son tour. «Je vais mettre de la bergamote à macérer dans de l'huile, dit-elle. Ça devrait t'aider à retrouver des mains toutes douces. Agnès ira en cueillir avec moi à la campagne.

— Raconte! supplia Agnès. Parle-nous d'eux! »

Je leur décrivis ma vie là-bas, gardant pour moi certains détails tels que ma fatigue le soir, le tableau de la Crucifixion accroché au pied de mon lit, la gifle que j'avais envoyée à Cornelia ou le fait que Maertge et ma sœur Agnès avaient le même âge. À part cela, je leur dis tout.

Je transmis à ma mère le message du boucher. «C'est très aimable à lui, dit-elle. Mais il sait bien que nous n'avons pas de quoi nous offrir de la viande et que je n'accepterai pas ce genre de charité.

— Je ne pense pas qu'il y voie de la charité, repris-je. À mon avis, il fait cela par amitié. »

Elle ne répondit pas, mais il était clair qu'elle ne retournerait pas chez le boucher.

Elle sourcilla mais ne dit mot en m'entendant mentionner les nouveaux bouchers, Pieter père et fils.

Après cela, nous nous rendîmes au culte, où je me retrouvai entourée de visages familiers parlant un langage qui m'était familier. Assise entre Agnès et ma mère, je sentis peu à peu mon dos se détendre et mon visage se libérer du masque que j'avais porté toute la semaine. J'étais au bord des larmes.

À notre retour, ma mère et Agnès refusèrent mon aide pour préparer le déjeuner. J'allai tenir compagnie à mon père sur le banc. Il resta là, durant toute notre conversation, la tête fièrement relevée, offrant son visage à la tiédeur du soleil.

«Et maintenant, Griet, parle-moi de ton nouveau maître. Tu l'as à peine mentionné.

— Je ne l'ai pas beaucoup vu, pus-je lui répondre en toute honnêteté. Ou bien il est dans son atelier, et personne ne doit l'y déranger, ou bien il est sorti.

— Il s'occupe de la Guilde, sans doute. Mais tu as pénétré dans son atelier, tu nous as parlé de ta façon de faire le ménage et d'établir des repères pour tout remettre en place, mais tu n'as rien dit du tableau auquel il travaille. Décris-le-moi.

— Je ne sais pas si je parviendrai à vous donner l'impression de le voir.

— Essaie toujours. Que veux-tu, je n'ai plus vraiment matière à penser en dehors de souvenirs, et j'aurais plaisir à imaginer un tableau peint par un maître, même si mon esprit n'en recrée qu'une piètre imitation. »

Je m'efforçai donc de lui décrire la femme nouant son collier de perles, les mains suspendues dans les airs, tandis qu'elle se contemple dans le miroir, la coulée de jour qui baigne son visage et sa veste jaune, la pénombre du premier plan qui la sépare de nous.

Mon père écouta avec grande attention, mais son visage ne s'illumina que lorsque j'ajoutai : « La lumière sur le mur à l'arrière-plan est si chaleureuse qu'en la regardant vous croiriez avoir le soleil sur le visage. »

Il hocha la tête et sourit, heureux d'enfin comprendre.

« Somme toute, conclut-il, ce que tu préfères dans ta nouvelle vie, c'est d'avoir accès à l'atelier. »

C'est même la seule et unique chose que j'en apprécie, me dis-je.

Lorsque nous déjeunâmes, je m'efforçai de ne pas comparer ce repas avec ceux de la maison du Coin des papistes, mais je m'étais déjà habituée à la viande et au bon pain de seigle. Ma mère avait beau être meilleure cuisinière que Tanneke, le pain brun était sec et les légumes braisés semblaient fades, sans gras de viande pour les relever. La salle à manger était, elle aussi, différente, on n'y voyait ni dalles en marbre, ni épais rideaux de soie, ni chaises en cuir repoussé. Tout était simple et propre, sans ornementation superflue. J'aimais cette pièce parce que je la connaissais mais j'avais maintenant pris conscience de son austérité.

À la fin de la journée, je trouvai dur de prendre

congé de mes parents, plus dur que la première fois car je savais où je m'en retournais. Agnès m'accompagna jusqu'à la place du Marché. Sitôt seule avec elle, je lui demandai comment elle se sentait.

«Abandonnée», me répondit-elle, un mot bien triste pour une fille de dix ans. Elle qui s'était montrée enjouée pendant toute la journée avait soudain perdu son entrain.

«Je reviendrai chaque dimanche, promis. Et peut-être pourrai-je de temps en temps passer te dire un rapide bonjour en rentrant de chez le boucher ou de chez le poissonnier, répondis-je.

— À moins que je puisse te rejoindre quand tu vas faire les courses…», suggéra-t-elle, reprenant son entrain.

Nous nous arrangeâmes pour nous retrouver plusieurs fois au marché à la viande. J'étais toujours heureuse de la voir, du moment que j'étais seule.

*

Je commençais à me familiariser avec la maison de l'Oude Langendijck, Catharina, Tanneke et Cornelia étaient d'humeur changeante, mais, en général, elles me laissaient faire mon travail en paix. Peut-être fallait-il voir là l'influence de Maria Thins. Cette dernière avait, en effet, décidé, pour des raisons connues d'elle seule, que j'étais utile à la maisonnée et les autres, enfants y compris, avaient suivi son exemple.

Sans doute le linge lui avait-il paru plus propre

et plus blanc depuis que j'assumais la responsabilité de la lessive. Ou la viande lui avait-elle paru
plus tendre maintenant que je la choisissais. Ou
lui avait-il paru plus heureux dans un atelier
propre. Les deux premières constatations étaient
exactes. Quant à la dernière, je n'aurais pu dire.
Quand lui et moi finîmes par nous parler, cela
n'avait rien à voir avec mes talents ménagers.

Soucieuse de ne pas me créer d'ennemies, je
veillais à décliner tout compliment relatif à une
maison mieux tenue. Maria Thins appréciait-elle
la viande ? Je suggérais que les talents de cuisinière
de Tanneke en étaient cause. Maertge trouvait-
elle son tablier plus blanc qu'auparavant ? Je disais
qu'il fallait remercier le soleil d'été particulièrement intense en ce moment.

Dans la mesure du possible, j'évitais Catharina.
Il était clair qu'elle m'avait prise en grippe dès
l'instant où elle m'avait vue en train de couper les
légumes dans la cuisine de ma mère. Le bébé
qu'elle attendait n'arrangeait pas son humeur, il
la rendait gauche, elle n'avait plus rien à voir avec
la gracieuse maîtresse de maison qu'elle s'imaginait être. Ajoutez à cela que l'été était chaud et
que le bébé était débordant d'énergie. Il lui donnait des coups de pied dès qu'elle marchait,
du moins le prétendait-elle. Au fur et à mesure
qu'elle s'élargissait, elle errait dans la maison l'air
las, affligé. Elle restait au lit de plus en plus tard,
aussi Maria Thins avait-elle dû lui prendre les
clefs. C'était désormais elle qui, chaque matin,
m'ouvrait l'atelier. Tanneke et moi commençâmes à assumer de plus en plus des tâches de

Catharina, surveillant les filles, faisant les courses, changeant les couches de Johannes.

Un jour où Tanneke était de bonne humeur, je lui demandai pourquoi ils ne prenaient pas d'autres servantes. « Avec une maison aussi grande, et compte tenu de la fortune de votre maîtresse et des tableaux du maître, dis-je, ne pourraient-ils pas engager une autre servante ? Ou une cuisinière ?

— Hum, grommela Tanneke. Ils arrivent à peine à te payer. »

Cela m'étonna, les pièces de monnaie que je serrais dans ma main chaque semaine étaient si peu… Il me faudrait des années de travail pour pouvoir m'offrir quelque chose d'aussi beau que la veste jaune que Catharina gardait négligemment pliée dans son placard. Il ne semblait pas possible qu'ils puissent être à court d'argent.

« Bien sûr, ils s'arrangeront pour payer une nourrice pendant les quelques mois qui suivront la naissance, poursuivit Tanneke d'un ton désapprobateur.

— Pourquoi ?

— Pour nourrir le bébé, bien sûr.

— Notre maîtresse ne prévoit pas de nourrir elle-même son bébé ? demandai-je bêtement.

— Elle ne pourrait pas avoir autant d'enfants si elle les nourrissait elle-même. Ça vous empêche d'en avoir, tu sais, si tu leur donnes le sein.

— Oh ! m'exclamai-je, percevant mon ignorance en la matière. Elle veut d'autres enfants ? »

Tanneke partit d'un petit rire. « Je me demande parfois si elle ne remplit pas la maison d'enfants pour la seule raison qu'elle ne peut pas la remplir d'autant de domestiques qu'elle le voudrait. » Elle baissa la voix. « Notre maître ne peint pas assez pour qu'ils puissent s'offrir des servantes, vois-tu. Il peint, en général, trois tableaux par an. Parfois juste deux. C'est pas comme ça qu'on s'enrichit.

— Il ne peut pas peindre plus vite que ça ? » Je savais, tout en disant ces mots, que cela lui était impossible. Il peindrait toujours à son rythme.

« Parfois, Madame et la jeune maîtresse ne sont pas d'accord. La jeune maîtresse voudrait qu'il peigne davantage, mais ma maîtresse dit qu'aller plus vite serait sa fin.

— Maria Thins est une femme pleine de sagesse. »

J'avais appris que je pouvais dire ce que je pensais devant Tanneke du moment que c'était à la louange de Maria Thins. Tanneke était d'une loyauté à toute épreuve envers sa maîtresse. En revanche, elle se montrait peu patiente à l'égard de Catharina, et, les jours où elle était de bonne humeur, elle me donnait des conseils.

« Ne t'inquiète pas de ce qu'elle te dit, me recommanda-t-elle. Ne laisse rien paraître de ce que tu penses quand elle te parle, puis fais comme bon te semblera, ou comme ma maîtresse ou moi te dirons de faire. Elle ne vérifie jamais rien, elle ne remarque jamais rien. Elle se contente de nous donner des ordres parce qu'elle sent qu'il le faut, mais nous savons qui est notre véritable maîtresse et elle le sait aussi. »

Tanneke était souvent mal disposée à mon égard, mais j'avais appris à ne pas prendre cela trop à cœur, car ses bouderies ne duraient jamais longtemps. Elle était d'humeur volage, sans doute à force d'être prise entre Catharina et Maria Thins depuis tant d'années. Elle avait beau me recommander sur un ton péremptoire d'ignorer ce que disait Catharina, elle-même ne donnait pas l'exemple. Le ton dur de Catharina l'atteignait et, si fidèle fût-elle envers Maria Thins, cette dernière ne prenait pas sa défense. Pas une seule fois je n'entendis Maria Thins réprimander sa fille pour quelque motif que ce fût. Dieu sait pourtant si Catharina en aurait eu parfois besoin.

Restait la façon dont Tanneke s'acquittait de ses tâches ménagères. Sans doute sa fidélité compensait-elle sa négligence, tous ces coins et recoins oubliés par la serpillière, la viande brûlée sur le dessus mais crue à l'intérieur, les casseroles mal récurées. Je ne pouvais imaginer les dégâts qu'elle avait dû causer le jour où elle avait essayé de nettoyer son atelier. Il était rare que Maria Thins adressât des reproches à Tanneke, mais elles savaient l'une et l'autre qu'elle le devrait, aussi Tanneke était-elle méfiante et sur la défensive.

Il devint évident pour moi qu'en dépit de sa clairvoyance Maria Thins se montrait indulgente pour ses proches. Son jugement n'était pas aussi dur qu'on aurait pu le croire. Des quatre fillettes, Cornelia était la plus imprévisible, elle me l'avait prouvé dès le premier matin. Lisbeth et Aleydis étaient des enfants gentilles et tranquilles, quant à Maertge elle était en âge de commencer à apprendre son rôle de jeune fille de la maison, ce qui l'apaisait, même s'il lui arrivait de m'injurier tout comme sa mère, Cornelia n'injuriait pas, mais elle était parfois indomptable. La menacer des foudres de Maria Thins, stratagème auquel j'avais eu recours le premier jour, n'était pas toujours efficace. Elle pouvait être drôle et espiègle un moment, puis agressive quelques instants plus tard, comme le chat qui ronronne mord quelquefois la main qui le caresse. Loyale envers ses sœurs, elle n'hésitait pas à les faire pleurer en les pinçant de toutes ses forces. Je me méfiais de Cornelia et ne parvenais pas à avoir pour elle l'affection que j'éprouvais pour ses sœurs.

Le ménage de l'atelier était pour moi une évasion. Maria Thins m'ouvrait la porte et restait parfois quelques minutes afin de voir où en était le tableau, comme s'il s'agissait d'un enfant malade qu'elle soignait. Sitôt qu'elle était partie, j'avais l'atelier à moi seule. Je commençais par regarder autour de moi en quête du moindre changement. Au début, les jours se succédaient sans que rien parût changer, mais sitôt que mes yeux furent accoutumés aux détails de la pièce, je me mis à remarquer des détails tels que les pinceaux réarrangés au-dessus du bahut, un tiroir resté entrouvert, le couteau à la lame en forme de diamant en équilibre sur le rebord du chevalet, une chaise près de la porte qui avait été légèrement déplacée.

Rien toutefois ne changeait dans le coin où il peignait. Je veillais à ne pas déplacer quoi que ce fût, ajustant rapidement mon système de repérage afin d'épousseter cet endroit avec autant de dextérité et d'aisance que le reste de la pièce.

Après m'être entraînée sur d'autres bouts de tissu, j'entrepris de nettoyer l'étoffe bleu sombre et le rideau jaune avec un chiffon humide, le pressant avec soin contre l'étoffe afin d'en absorber la poussière sans déranger les plis.

Quant au tableau, j'avais beau ouvrir les yeux, rien ne semblait jamais changer. Jusqu'au jour où je découvris qu'une perle avait été ajoutée au collier de la femme… Une autre fois, je remarquai que l'ombre du rideau jaune s'était agrandie. Il me sembla aussi que l'un ou l'autre doigt de la main droite avait été déplacé.

La veste de satin jaune commençait à paraître si réelle que j'aurais voulu la toucher.

Je faillis toucher celle qui avait servi de modèle le jour où la femme de Van Ruijven la laissa sur le lit. Je tendis la main pour en caresser le col de fourrure quand, levant la tête, j'aperçus Cornelia qui m'observait, dans l'entrebâillement de la porte. Une de ses sœurs m'aurait demandé ce que je faisais mais Cornelia, elle, s'était contentée de me regarder. Voilà qui était pire que toutes les questions. Voyant retomber ma main, elle avait souri.

*

Un matin, plusieurs semaines après mes débuts chez eux, Maertge insista pour m'accompagner au marché aux poissons. Elle adorait courir sur la place du Marché, regarder autour d'elle, caresser les chevaux, participer aux jeux des autres enfants, goûter le poisson fumé des différents étals. Tandis que j'achetais des harengs, elle me poussa du coude et s'écria : « Oh ! regardez, Griet, regardez ce cerf-volant ! »

Le cerf-volant au-dessus de nos têtes avait la forme d'un poisson doté d'une longue queue. Le vent donnait l'impression qu'il nageait dans l'air, tandis que les mouettes tournoyaient autour de lui. Je l'observais en souriant quand j'aperçus Agnès qui allait et venait autour de nous, les yeux fixés sur Maertge. Je n'avais pas encore avoué à Agnès qu'il y avait une fille de son âge. J'avais peur de l'inquiéter, et qu'elle pourrait être remplacée dans mon affection.

Lors de mes visites à ma famille, je me sentais parfois gênée de leur dire quoi que ce soit. Ma nouvelle vie empiétait sur l'ancienne.

Lorsque Agnès me regarda, je lui répondis par un signe de tête discret, afin que Maertge ne s'en aperçoive pas, me détournant pour mettre le poisson dans mon seau. Je pris mon temps, désemparée devant son air meurtri. J'ignorais comment Maertge réagirait si Agnès me parlait.

Je me retournai, Agnès avait disparu.

Je lui parlerais dimanche. J'avais deux familles maintenant et je devais les garder bien séparées.

Je devais toujours m'en vouloir d'avoir tourné le dos à ma propre sœur.

*

Je suspendais la lessive dans la cour, secouant chaque pièce avant de l'accrocher bien tendue sur la corde, quand Catharina apparut, haletante. Elle s'assit près de la fenêtre, ferma les yeux et soupira. Je ne m'interrompis pas, feignant de trouver naturel qu'elle vînt s'asseoir auprès de moi, mais je sentis mon visage se crisper.

« Sont-ils déjà montés ? me demanda-t-elle soudain.

— Qui ça, Madame ?

— Eux, espèce de sotte ! Mon mari et... Allez voir s'ils sont là-haut. »

J'allai à pas feutrés dans le couloir. Deux paires de pieds gravissaient l'escalier.

« Vous pouvez y arriver ? entendis-je Monsieur demander.

— Oui, bien sûr. Vous savez, ce n'est pas bien lourd, reprit un autre homme d'une voix caverneuse. Juste un peu encombrant. »

Parvenus en haut de l'escalier, ils pénétrèrent dans l'atelier. J'entendis refermer la porte.

« Sont-ils là-haut ? siffla Catharina.

— Ils sont dans l'atelier, Madame, répondis-je.

— Parfait. Maintenant, aidez-moi. » Catharina me tendit la main, je l'aidai à se relever. Je me disais que pour peu qu'elle grossisse encore, elle ne pourrait plus marcher. Elle avança dans le couloir tel un bateau aux voiles pleines, serrant bien fort son trousseau de clefs pour qu'il ne tinte pas, puis elle disparut dans la grande salle.

Je demandai plus tard à Tanneke pourquoi Catharina s'était esquivée.

« Oh ! parce que Van Leeuwenhoek était ici, gloussa-t-elle. C'est un ami de notre maître. Elle a peur de lui.

— Pourquoi ? »

Tanneke rit de plus belle. « Elle a cassé sa boîte ! Elle a voulu regarder à l'intérieur et elle l'a fait tomber. Tu sais comme elle est maladroite ! »

Je revis le couteau de ma mère en train de tournoyer par terre. « Quelle boîte ?

— Il a une boîte en bois dans laquelle on regarde et on voit des choses.

— Quelles choses ?

— Toutes sortes de choses ! » répliqua Tanneke avec impatience. Manifestement, elle ne voulait pas parler de la boîte. « La jeune maîtresse l'a cassée, du coup Van Leeuwenhoek ne veut plus la voir. Voilà pourquoi notre maître refuse de la laisser entrer dans l'atelier en son absence. Sans doute s'imagine-t-il qu'elle va faire tomber un de ses tableaux. »

Je découvris ce qu'était cette boîte le lendemain matin, le jour où il me parla de choses qu'il me fallut de nombreux mois pour comprendre.

En arrivant pour nettoyer l'atelier, je remarquai que le chevalet et le tabouret avaient été poussés sur le côté. Débarrassé de ses papiers et de ses gravures, le bureau les avait remplacés. Une boîte en bois de la taille d'un coffre de rangement était posée au-dessus. Une autre boîte, de plus petite dimension, la prolongeait, un objet rond en ressortait.

Je n'avais pas idée de ce que c'était, je n'osais pas y toucher. Je fis le ménage, en lui jetant de temps en temps un coup d'œil, comme si j'allais soudain en trouver l'usage. Après avoir épousseté l'angle de la pièce, j'achevai le ménage, mon chiffon effleurant à peine la boîte en bois. Je rangeai le débarras, je lavai le sol. Ayant terminé, je me plantai devant la boîte, les bras croisés, puis j'en fis le tour pour l'étudier.

Je tournais le dos à la porte, mais je sentis tout à coup qu'il était là. J'hésitai, valait-il mieux me retourner ou attendre qu'il m'adressât la parole?

Sans doute fit-il grincer la porte car je me retournai alors tout naturellement et me retrouvai face à lui. Il était là, dans l'embrasure de la porte, une longue robe noire recouvrait ses vêtements. Il me considérait avec curiosité, mais sans paraître s'inquiéter pour sa boîte.

«Aimeriez-vous voir ce qu'il y a dedans?» me demanda-t-il. C'était la première fois qu'il m'adressait la parole depuis qu'il m'avait questionnée au sujet des légumes, des semaines plus tôt.

«Oui, Monsieur, répondis-je sans savoir ce à quoi je m'engageais. Qu'est-ce que c'est?

— C'est ce que l'on appelle une chambre noire.»

Ces mots ne voulaient rien dire pour moi. Je m'écartai et le regardai pousser un loquet puis soulever une partie du couvercle à charnière qu'il cala, laissant la boîte entrouverte. J'entrevis au-dessous une plaque de verre. Il se pencha, regarda dans le vide entre le couvercle et la boîte, puis il toucha la partie circulaire, à l'extrémité de la plus petite boîte. On aurait cru qu'il observait quelque chose, même si, à mon avis, il ne devait pas y avoir grand-chose dans cette boîte qui fût digne d'un tel intérêt. Il se releva, regarda un instant le coin de la pièce que je venais de nettoyer avec tant de soin, puis il tendit la main et ferma les volets de la fenêtre du milieu de sorte que la pièce n'était plus éclairée que par la fenêtre située dans l'angle.

Il retira alors sa robe noire.

Mal à l'aise, je me balançais d'un pied sur l'autre.

Il ôta son chapeau, le posa sur le tabouret près du chevalet, puis il se couvrit la tête de la robe noire et se pencha à nouveau au-dessus de la boîte. Je reculai d'un pas et jetai un coup d'œil vers la porte derrière moi. Ces temps derniers, Catharina n'éprouvait guère le désir de monter à l'atelier, mais je me demandais ce que Maria Thins, Cornelia ou quiconque penserait en nous voyant. En me retournant, je gardais les yeux rivés sur ses chaussures, elles reluisaient après mes coups de brosse de la veille.

Il se leva enfin, dégagea sa tête de la robe, laissant apparaître ses cheveux ébouriffés. « Tenez, Griet, c'est prêt. Allez-y, regardez. » Il recula et me fit signe d'approcher. Je restai clouée sur place.

« Monsieur…

— Couvrez-vous la tête avec la robe, comme je vous l'ai montré, l'image sera plus nette. Et regardez-la sous cet angle afin qu'elle ne soit pas inversée. »

Je ne savais que faire. Je crus défaillir à l'idée de me retrouver enfouie sous sa robe, comme aveuglée, que lui serait là à m'observer. Mais il était mon maître. Je lui devais obéissance.

Je gardai le silence et m'approchai de la boîte, là où le couvercle avait été soulevé. Je me penchai pour regarder la plaque de verre laiteux fixée à l'intérieur. Un dessin très flou s'y reflétait.

Il arrangea doucement sa robe sur ma tête de façon à empêcher toute lumière de passer. Encore toute chaude de lui, la robe avait une odeur de brique longtemps exposée au soleil. Je m'appuyai à la table pour me stabiliser et fermai les yeux un instant. J'avais l'impression d'avoir bu trop vite la chope de bière que je prenais le soir avant de me coucher.

« Que voyez-vous ? » l'entendis-je me demander.

J'ouvris les yeux et je vis le tableau sans la femme.

« Oh ! » Je me redressai si vivement que la robe tomba par terre. Je reculai, piétinant l'étoffe.

Je retirai mon pied. « Pardon, Monsieur, je laverai votre robe ce matin.

— Peu importe la robe, Griet. Qu'avez-vous vu ? »

Ma gorge se serra. Je ne savais plus du tout où j'en étais, j'avais un peu peur. L'intérieur de la boîte était comme un piège du diable ou je ne sais quelle invention catholique à laquelle je ne comprenais rien. « J'ai vu le tableau, Monsieur, sauf qu'on n'y voit pas la femme, qu'il est plus petit et que les objets sont… renversés.

— Oui, l'image est projetée à l'envers, droite et gauche y sont également inversées. Il existe des miroirs capables de corriger cela. »

Je ne comprenais pas ce qu'il disait.

« Mais…

— Qu'y a-t-il ?

— Je ne comprends pas, Monsieur. Comment est-ce entré là-dedans ? »

Il ramassa la robe, l'épousseta du revers de la

main, il souriait. Lorsqu'il souriait, son visage rappelait une fenêtre grande ouverte.

« Voyez-vous ceci ? » Il pointait le doigt vers l'objet circulaire à l'extrémité de la plus petite boîte. « On appelle ça un objectif. C'est un morceau de verre taillé d'une certaine façon. Lorsque la lumière provenant de ce décor… dit-il en pointant le doigt vers l'angle de la pièce, le traverse et pénètre dans la boîte, elle projette l'image que nous voyons ici. » Il tapota sur le verre laiteux.

Désireuse de comprendre, je le regardai avec une telle intensité que mes yeux s'embuèrent.

« Qu'est-ce qu'une image, Monsieur ? Ce n'est pas un mot que je connais. »

Quelque chose changea dans son visage comme si, au lieu de regarder par-dessus mon épaule, c'était moi qu'il regardait. « C'est un tableau, une peinture si vous voulez. »

Je hochai la tête. Je voulais avant tout qu'il ait l'impression que je suivais ses explications.

« Vous avez de très grands yeux », me dit-il soudain.

Je rougis. « C'est ce qu'on m'a dit, Monsieur.

— Aimeriez-vous regarder à nouveau ? »

Je n'y tenais pas, mais je n'osais le lui dire. Je réfléchis un instant. « Je regarderai encore une fois, Monsieur, mais à condition que vous me laissiez seule. »

Il parut étonné, puis amusé. « Très bien », dit-il. Il me tendit la robe. « Je serai de retour d'ici quelques minutes et je frapperai avant d'entrer. »

Il me vint à l'esprit de feindre de regarder, mais il aurait tôt fait de s'apercevoir de la tricherie.

En outre, j'étais curieuse. Il m'apparut plus facile d'envisager de regarder à nouveau s'il ne m'observait pas. Je respirai bien à fond puis je regardai dans la boîte. Je vis sur la plaque de verre une timide esquisse du décor dans l'angle. Tandis que je me couvrais la tête de la robe, l'image, pour reprendre le terme qu'il employait, devint de plus en plus nette, je voyais la table, les chaises, le rideau jaune dans l'angle, le mur noir sur lequel était accrochée la carte, le pot en céramique miroitant sur la table, la coupe en étain, la houppette, la lettre. Ils étaient là, assemblés devant mes yeux, sur une surface plane, en un tableau qui n'était pas un tableau. Je touchai le verre avec précaution. Lisse et froid, il ne portait aucune trace de peinture. J'enlevai la robe, l'image devint floue, néanmoins elle était là. Je repassai à nouveau la robe, veillant à ne pas laisser filtrer la lumière et je vis réapparaître ces couleurs, véritables pierreries. Elles paraissaient encore plus brillantes et plus vives sur le verre que dans l'angle de la pièce.

Il me sembla aussi difficile de cesser de regarder dans la boîte que d'éloigner mon regard du tableau de la femme au collier de perles, la première fois que je l'avais vu. Lorsque j'entendis frapper à la porte, j'eus tout juste le temps de me redresser et de laisser la robe retomber sur mes épaules avant qu'il n'entre.

« Avez-vous regardé, Griet ? Avez-vous bien regardé ?

— J'ai regardé, Monsieur, mais je ne sais pas trop ce que j'ai vu. » Je lissai ma coiffe.

« Voilà qui surprend, n'est-ce pas ? J'étais aussi stupéfait que vous la première fois que mon ami me l'a montrée.

— Mais pourquoi regardez-vous cela, Monsieur, alors que vous pouvez regarder votre tableau ?

— Vous ne comprenez pas. » Il tapota sur la boîte. « C'est un outil. Je m'en sers pour mieux voir, cela m'aide à peindre.

— Mais vous vous servez de vos yeux pour voir.

— C'est exact, mais mes yeux ne voient pas toujours tout. »

Je détournai vivement mon regard vers l'angle de la pièce, comme pour découvrir quelque détail inattendu jusque-là invisible, par-derrière la houppette, émergeant des ombres de l'étoffe bleue.

« Dites-moi, Griet, poursuivit-il, croyez-vous que je peins juste ce qui se trouve là dans ce coin ? »

Je jetai un coup d'œil sur le tableau, incapable de répondre. Je me sentis piégée. Quelle que soit ma réponse, ce ne serait pas la bonne.

« La chambre noire m'aide à voir de façon différente, expliqua-t-il. Elle m'aide à mieux voir ce qui est là. »

Devant mon air déconcerté, il dut regretter d'en avoir dit autant à quelqu'un comme moi. Il se retourna et referma la boîte. J'enlevai la robe et la lui tendis.

« Monsieur…

— Merci, Griet, dit-il en la prenant. Avez-vous achevé le ménage de l'atelier ?

— Oui, Monsieur.

— Dans ce cas, vous pouvez aller.

— Merci, Monsieur. » Je me hâtai de rassembler balai et chiffons et je sortis. La porte se referma derrière moi avec un déclic.)

*

Je réfléchis à ce qu'il m'avait dit sur la façon dont la boîte l'aidait à en voir davantage. J'avais beau ne pas comprendre, je savais qu'il avait raison, il me suffisait de regarder son tableau représentant la femme ou de rassembler les souvenirs que j'avais de sa vue de Delft. Il voyait les choses d'une façon différente, ainsi une ville où j'avais toujours vécu semblait-elle une autre ville, ainsi une femme devenait-elle belle quand son visage était baigné de lumière.

Le lendemain, quand je me rendis à l'atelier, la boîte en bois n'y était plus. Le chevalet avait retrouvé sa place. Je jetai un coup d'œil sur le tableau. Si, jusque-là, je n'avais relevé que d'infimes changements, cette fois j'en remarquai un bien évident, la carte, accrochée au mur derrière la femme, avait été retirée du tableau et aussi du décor. Le mur était nu. Le tableau n'en paraissait que plus beau, plus sobre, les contours de la femme ressortaient mieux sur cet arrière-plan beige qu'était le mur. Néanmoins, ce changement me troubla, il était si soudain. Je ne me serais pas attendue à cela de sa part.

Une fois sortie de l'atelier, je me sentis mal à l'aise. Je me rendis au marché à la viande sans regarder autour de moi, ce qui n'était pas dans mes habitudes. Je saluai de la main notre ancien boucher, mais ne m'arrêtai pas lorsqu'il m'appela.

Pieter fils veillait seul sur l'étal. Je l'avais revu une fois ou l'autre depuis ce premier jour, mais toujours en présence de son père, il se tenait alors à l'arrière-plan tandis que Pieter père s'occupait de moi.

« Bonjour, Griet, dit-il. Je me demandais quand vous viendriez. »

Je trouvai bien sot de sa part de me dire cela vu que j'achetais la viande chaque jour à cette heure.

Son regard ne croisa pas le mien.

Je décidai de feindre de n'avoir pas entendu. « Trois livres de viande à pot-au-feu, je vous prie. Auriez-vous encore de ces saucisses que votre père m'a vendues l'autre jour ? Les filles les ont trouvées à leur goût.

— Je crains qu'il n'en reste plus. »

Une cliente vint se mettre derrière moi, elle attendait son tour. Pieter fils jeta un coup d'œil dans sa direction. « Pouvez-vous attendre un instant ? me demanda-t-il à voix basse.

— Attendre ?

— J'aimerais vous demander quelque chose. »

Je m'écartai afin de le laisser servir la femme, ce que je n'appréciai guère, vu l'état de confusion dans lequel je me trouvais, mais je n'avais guère le choix.

Dès qu'il eut terminé et que nous nous retrouvâmes seuls, il me demanda :

« Où habite votre famille ?

— Près de l'Oude Langendijck, dans le Coin des papistes.

— Non, non, votre famille *à vous*. »

Je me sentis toute gênée de mon erreur.

« Près du canal Rietveld, non loin de la porte Koe. Pourquoi me demandez-vous cela ? »

Son regard croisa enfin le mien. « On a signalé des cas de peste dans ce quartier-là. »

Je fis un pas en arrière, les yeux écarquillés. « A-t-on décidé la quarantaine ?

— Pas encore, ça devrait être pour aujourd'hui. »

Je compris après coup qu'il avait dû se renseigner à mon sujet. S'il n'avait pas su où habitait ma famille, il ne lui serait pas venu à l'idée de me parler de la peste.

Je ne me revois pas revenant du marché. Pieter fils dut mettre la viande dans mon seau. Je me souviens qu'à peine de retour je laissai tomber mon seau aux pieds de Tanneke en disant : « Il faut que je voie notre maîtresse. »

Tanneke fouilla dans le seau. « Pas de saucisses et rien pour les remplacer ! Voyons, qu'est-ce qui t'arrive ? Retourne de ce pas au marché !

— Il faut que je voie notre maîtresse ! insistai-je.

— Dis-moi, que se passe-t-il ? » Tanneke flairait quelque chose. « Tu as fait quelque sottise ?

— Il est question que ma famille soit mise en quarantaine. Je dois aller les trouver.

— Oh ! » Tanneke frémit, mal à l'aise. « Dans ce cas, je ne saurais que te dire. Il va falloir que tu lui demandes. Elle est à côté avec ma maîtresse. »

Catharina et Maria Thins étaient dans la salle de la Crucifixion. Maria Thins fumait la pipe. Elles s'arrêtèrent de parler dès que j'entrai.

« Que se passe-t-il, ma fille ? grommela Maria Thins.

— Pardonnez-moi, Madame, dis-je à Catharina, mais j'ai entendu dire que la rue où vit ma famille serait peut-être mise en quarantaine, j'aimerais aller les voir.

— Comment ça ! Pour nous ramener la peste ? rétorqua-t-elle. Certes non ! Êtes-vous folle ? »

Je regardai Maria Thins, ce qui ne fit qu'aviver la colère de Catharina. « J'ai dit non et c'est non, déclara-t-elle, c'est à moi de décider ce que vous pouvez faire ou ne pas faire. L'auriez-vous oublié ?

— Non, Madame, répondis-je en baissant les yeux.

— Vous ne retournerez pas chez vous le dimanche tant que tout danger de contagion n'aura pas été écarté. Et maintenant, filez, nous avons à parler sans que vous traîniez par ici. »

J'emportai la lessive dans la cour et m'assis, tournant le dos à la porte pour ne voir personne. Je pleurai en frottant une robe de Maertge, quand je sentis l'odeur de la pipe de Maria Thins. Je m'essuyai les yeux mais ne me retournai pas.

« Voyons, ma fille, ne sois pas ridicule ! dit calmement Maria Thins derrière moi. Tu ne peux rien faire pour eux et tu dois penser à toi. Tu es une fille intelligente, tu peux comprendre ça. »

Je ne répondis pas. Au bout d'un moment, l'odeur de sa pipe avait disparu.

Il entra le lendemain alors que j'époussetais l'atelier.

« Je suis navré d'apprendre ce qui arrive à votre famille, Griet », dit-il. Je levai les yeux, oubliant mon balai. Son regard était empreint de bienveillance. Je sentis que je pouvais lui demander :

« Monsieur, pourriez-vous me dire si la quarantaine a été décidée ?

— Elle l'a été, hier matin.

— Merci de me l'avoir dit, Monsieur. »

Il me salua de la tête et allait partir quand
je repris : « Puis-je vous demander autre chose,
Monsieur ? Au sujet du tableau. »

Il s'arrêta dans l'embrasure de la porte. « De
quoi s'agit-il ?

— Quand vous avez regardé dans la chambre
noire, ça vous a dit de retirer la carte du tableau ?

— Oui, c'est exact. » Il guettait ma réaction,
comme la cigogne qui a repéré un poisson. « Ça
vous plaît maintenant que la carte n'est plus là ?

— C'est à l'avantage du tableau. » Je ne me
serais pas crue capable de dire une chose pareille,
mais le danger qui menaçait ma famille me rendait téméraire.

En voyant son sourire, je me cramponnai à
mon balai.

*

Je n'arrivais plus à faire du bon travail. Je me
préoccupais davantage du sort de ma famille que
de la propreté des dalles ou de la blancheur des
draps. Si jusqu'ici personne n'avait paru remarquer mes talents ménagers, désormais tout le
monde constatait ma négligence. Lisbeth se plaignait de taches sur son tablier. Tanneke me
reprochait même la poussière quand je balayais.
Catharina se mit plusieurs fois en colère contre
moi pour avoir oublié de repasser les manches de

sa chemise, pour avoir acheté de la morue au lieu de hareng, pour avoir laissé le feu s'éteindre…

« Du calme, ma fille », marmonnait Maria Thins quand elle me croisait dans le couloir.

Il n'y avait que dans l'atelier où j'arrivais à faire le ménage comme avant, avec la précision qui lui était nécessaire.

En ce premier dimanche où je ne reçus pas la permission de rentrer chez nous, je me sentis très perturbée : je ne pouvais me rendre à notre église située dans le quartier, car elle était en quarantaine, et je ne voulais pas non plus rester chez eux, car, quoi que fassent les catholiques le dimanche, je n'avais aucune envie d'être des leurs.

Ils se rendirent en famille à l'église des Jésuites, à l'angle de Molenpoort. Les filles avaient mis leurs belles robes, Tanneke elle-même avait revêtu sa robe de laine beige, c'est elle qui portait Johannes. Catharina avançait avec peine, se tenant au bras de son époux. Maria Thins ferma la porte à clef. Ils disparurent au coin de la rue, je me retrouvai donc devant la maison me demandant ce que je pourrais faire. Les cloches de la tour de la Nouvelle-Église sonnèrent l'heure.

C'est là que j'ai été baptisée, pensai-je, on me laissera sûrement entrer pour le service.

Je me glissai dans cet imposant édifice, telle la souris dans un palais. L'intérieur était sombre et frais, la voûte que soutenaient des piliers ronds et lisses était si élevée que l'on aurait pu la prendre pour le ciel. Derrière l'autel se trouvait la tombe en marbre de Guillaume d'Orange.

Je ne vis aucun visage connu, juste des fidèles

aux vêtements sobres, dont l'étoffe et la coupe étaient beaucoup plus raffinées que ceux que je pourrais jamais porter. J'avais si peur que l'on ne vienne me demander pourquoi j'étais là, que je me cachai derrière un pilier, d'où j'entendais à peine le pasteur. Le service terminé, je m'éclipsai, sans donner à personne le temps de s'approcher de moi. Je fis le tour de l'église et regardai la maison sur l'autre rive du canal. La porte était toujours fermée. Les offices des catholiques doivent être plus longs que les nôtres, me dis-je.

J'allai aussi loin que je le pus en direction de chez mes parents, ne m'arrêtant que lorsqu'une sentinelle me barra le chemin. Le quartier semblait très calme.

« Comment ça va, par là-bas ? » demandai-je au soldat.

Il haussa les épaules, mais ne répondit pas. Il semblait avoir chaud avec son manteau et son chapeau, car il faisait lourd et moite, même si le soleil ne brillait pas.

« Y a-t-il une liste ? De ceux qui sont morts ? » J'avais peine à prononcer ces mots.

« Pas encore. »

Cela ne m'étonna pas, la publication des listes était toujours remise à plus tard et elles étaient, en général, incomplètes. Mieux valait se fier à la rumeur publique. « Sauriez-vous, par hasard… ? Oui, sauriez-vous si Jan le faïencier…

— Je n'ai aucune nouvelle de qui que ce soit. Il va falloir que vous attendiez. »

Le soldat se détourna tandis que d'autres s'approchaient de lui avec les mêmes questions.

J'essayai de parler à un autre soldat qui gardait l'accès à une autre rue. Le soldat se montra plus aimable, mais il ne put me donner aucune nouvelle de ma famille. « Je pourrais me renseigner, mais pas pour rien », dit-il avec un sourire tout en me regardant des pieds à la tête afin que je comprenne bien qu'il ne s'agissait pas d'argent.

« Vous devriez avoir honte de chercher à tirer profit du malheur d'autrui », rétorquai-je.

Cela ne sembla pas le gêner le moins du monde. J'avais oublié que, face à une jeune demoiselle, les soldats n'ont qu'une chose en tête.

De retour à l'Oude Langendijck, je fus soulagée de trouver la maison ouverte. Je m'y glissai et passai l'après-midi cachée dans la cour avec mon livre de prières. Le soir, je me couchai sans dîner, après avoir dit à Tanneke que j'avais mal au ventre.

*

Sitôt que j'arrivai à la boucherie, Pieter fils me prit à part, tandis que son père s'occupait d'une cliente. « Avez-vous des nouvelles de votre famille ? »

Je secouai la tête. « Personne n'a pu m'en donner. » Mon regard ne rencontra pas le sien. L'intérêt qu'il portait à ma famille me donna l'impression que je venais de descendre d'un bateau et que le sol tremblait sous mes pieds.

« Je vais me renseigner pour vous », déclara Pieter. À son ton de voix, il était clair que je ne devais pas l'en dissuader.

« Merci », répondis-je au bout d'un long moment.

Je me demandais ce que je ferais s'il apprenait quelque chose. Contrairement au soldat, il ne me demandait rien, mais je resterais son obligée. Et je refusais d'être l'obligée de qui que ce soit.

«Cela me prendra sans doute plusieurs jours», murmura Pieter avant de tendre à son père un foie de génisse. Il s'essuya les mains à son tablier. J'acquiesçai de la tête, les yeux sur ses mains. Ses ongles étaient ourlés de sang.

Sans doute va-t-il falloir que je m'habitue à voir ça, pensai-je.

Je commençai à attendre les courses quotidiennes avec plus d'impatience encore que le ménage de l'atelier. Je les appréhendais aussi, redoutant par-dessus tout cet instant où Pieter fils levait la tête et m'apercevait. Je sondais alors son regard en quête d'indices, désireuse de savoir, même si, en l'absence de nouvelles, tout espoir était encore permis.

Plusieurs jours s'écoulèrent. Il se contentait de secouer la tête quand je venais acheter la viande ou passais près de son étal en me rendant chez le poissonnier. Jusqu'à ce jour où il m'aperçut et détourna son regard. Je sus aussitôt ce qu'il allait me dire. Mais je ne savais pas qui c'était.

Il me fallut attendre qu'il finisse de servir des clientes. Je me sentais si mal que j'aurais voulu m'asseoir, mais le sol était tout taché de sang.

Pieter fils enleva enfin son tablier et vint me trouver.

«Il s'agit de votre sœur Agnès, me dit-il avec douceur. Elle est très malade.

— Et mes parents ?

— Jusqu'ici, ils vont bien. »

Je ne lui demandai pas quels risques il avait encouru pour se renseigner. « Merci, Pieter », murmurai-je. C'était la première fois que je l'appelais par son nom.

Je regardai dans ses yeux, j'y vis de la bienveillance. J'y vis aussi ce que je redoutais, certaine attente…

*

Le dimanche suivant, je décidai d'aller trouver mon frère. J'ignorais ce qu'il savait de la quarantaine ou du danger que courait Agnès. Je quittai la maison de bonne heure et me rendis à pied à la faïencerie, située hors des murs de la ville, non loin de la porte de Rotterdam. Lorsque j'arrivai, Frans dormait encore. La femme qui gardait l'entrée se mit à rire quand je demandai à le voir. « Croyez-moi, il ne va pas se réveiller de sitôt ! dit-elle. Ils dorment tout leur dimanche, les apprentis, c'est leur jour de congé. »

Je n'appréciai ni son ton de voix ni ce qu'elle dit. « Ayez la gentillesse de le réveiller et dites-lui que sa sœur est ici », insistai-je. À m'entendre, on aurait presque pu me prendre pour Catharina.

La femme fronça les sourcils. « J'savais pas que Frans venait d'une famille où on s'mouchait pas du coude ! » Là-dessus, elle disparut et je me demandai si elle se donnerait seulement la peine de réveiller Frans. Je m'assis sur un petit mur pour l'attendre. Une famille passa, ils se rendaient à l'église. Les enfants, deux garçons et deux filles, couraient devant leurs parents, comme nous jadis. Je les suivis du regard jusqu'à ce qu'ils disparaissent à l'horizon.

Frans apparut enfin. Encore ensommeillé, il se frottait le visage. «Salut, Griet, dit-il. Je ne savais pas si c'était toi ou Agnès. Je suppose cependant qu'Agnès ne s'aventurerait pas si loin toute seule.»

Il ne savait pas. Je ne pus me retenir plus longtemps, ni même le lui annoncer avec douceur.

«Agnès a la peste, lâchai-je. Que Dieu la protège et protège nos parents!»

Frans cessa de se frotter le visage. Il avait les yeux rouges.

«Agnès? répéta-t-il, bouleversé. Comment l'as-tu appris?

— Quelqu'un s'est renseigné pour moi.

— Tu ne les as pas vus?

— Non, la quarantaine a été décidée.

— La quarantaine? Depuis combien de temps?

— Dix jours.»

Frans secoua la tête, il était en colère. «Dire que je n'en savais rien! Je crois que je vais devenir fou à force de passer mes journées enfermé dans cette fabrique au milieu de ces carreaux de faïence!

— C'est plutôt à Agnès que tu devrais penser pour le moment.»

Frans baissa la tête, l'air malheureux. Il avait grandi depuis la dernière fois que je l'avais vu, quelques mois plus tôt. Sa voix était devenue plus grave.

«Dis-moi, Frans, ça t'arrive d'aller à l'église?»

Il haussa les épaules. Mieux valait ne pas le questionner davantage.

« Je vais à l'église prier pour eux, préférai-je lui dire. Voudrais-tu m'y accompagner ? »

Il n'en avait pas envie, mais je m'arrangeai pour l'en persuader, je ne voulais pas me retrouver à nouveau seule dans une église inconnue. Il y en avait une à proximité, nous y entrâmes. Le service ne me fut pas d'un grand réconfort, mais je priai de tout mon cœur pour ma famille.

Nous marchâmes en silence le long de la Schie, chacun devinant les pensées de l'autre. Ni lui ni moi n'avions jamais entendu parler de personne ayant survécu à la peste.

*

« Allons, ma fille, tu débarrasseras ce coin de la pièce aujourd'hui », me dit un matin Maria Thins en ouvrant l'atelier.

Là-dessus, elle m'indiqua d'un geste le coin qu'il était en train de peindre. Je ne compris pas ce qu'elle avait en tête. « Tu rangeras tout ce qui se trouve sur la table dans les bahuts du débarras, reprit-elle. Sauf la coupe et la houppette de Catharina que j'emporterai. » Elle se dirigea ensuite vers la table et ramassa deux des objets que j'avais passé tant de temps à replacer avec soin ces dernières semaines.

Lisant sur mon visage, Maria Thins se mit à rire. « Ne t'inquiète pas. Il a terminé. Il n'en a plus besoin. Quand tu auras fini, tu veilleras à bien épousseter les chaises et à les replacer près de la

fenêtre du milieu, puis tu ouvriras tous les volets. »
Là-dessus, elle s'en alla, serrant contre elle la coupe
en étain.

Sans la coupe en étain ni la houppette, le dessus de la table devenait un tableau que je ne
reconnaissais pas. La lettre, l'étoffe, le pot en
céramique avaient perdu tout sens, comme si
quelqu'un les y avait simplement posés au hasard.
Quoi qu'il en fût, je ne me voyais pas les déplaçant.

Je remis cela à plus tard, préférant commencer
par d'autres tâches. J'ouvris tous les volets, ce qui
rendit la pièce aussi lumineuse qu'insolite, puis
je passai la serpillière et j'époussetai partout, sauf
sur la table. Je contemplai un instant le tableau,
essayant de découvrir la différence qui permettait
de dire qu'il était achevé. Je n'avais pas remarqué
de changements au cours des derniers jours.

Je réfléchissais quand il entra. « Vous n'avez pas
fini de débarrasser tout ça, Griet, dépêchez-vous.
Je suis venu vous aider à déplacer la table.

— Pardonnez-moi d'avoir été si lente, Monsieur. C'est juste que… » Il paraissait étonné que
je veuille dire quelque chose. « Que voulez-vous,
j'ai tellement l'habitude de voir les objets là où ils
sont que je n'ai aucune envie de les déplacer.

— Oh ! je comprends… Dans ce cas, je vais vous
aider. » Il saisit l'étoffe bleue sur la table et me la
tendit. Il avait les mains très propres. Je pris
l'étoffe sans les toucher, j'allai la secouer par la
fenêtre puis je la repliai avant de la ranger dans un
bahut du débarras. Quand je revins, il avait rangé
la lettre et le pot en céramique. Nous repoussâmes

la table d'un côté de la pièce et je plaçai les chaises près de la fenêtre du milieu tandis qu'il installait le chevalet et le tableau dans l'angle où avait été disposé le décor.

Cela faisait un curieux effet de voir le tableau là même où se trouvait le décor. Cette soudaine agitation, ce remue-ménage après des semaines d'immobilité et de calme, voilà qui semblait étrange. Cela ne lui ressemblait pas. Je ne lui posai aucune question. J'aurais voulu le regarder, lire ses pensées, au lieu de cela, je gardai les yeux sur mon balai, essuyant la poussière qu'avait soulevée l'étoffe bleue.

Il me laissa seule, je me hâtai de terminer, ne souhaitant pas m'attarder dans l'atelier où je ne trouvais plus de réconfort.

Cet après-midi-là, Van Ruijven et son épouse vinrent rendre visite à mes maîtres. J'étais assise sur le banc devant la maison auprès de Tanneke qui m'apprenait à raccommoder des manchettes en dentelle. Les filles étaient allées jusqu'à la place du Marché, nous les regardions jouer avec un cerf-volant près de la Nouvelle-Église. Maertge tenait la corde tandis que Cornelia s'efforçait de le lancer dans le ciel.

Je repérai les Van Ruijven de loin. Tandis qu'ils s'approchaient, je la reconnus elle, grâce au tableau et à notre brève rencontre, et je retrouvai en lui l'homme à la moustache et au chapeau orné d'une plume blanche qui l'avait un jour escortée jusqu'à la porte.

« Regardez, Tanneke, murmurai-je. C'est le monsieur qui admire chaque jour votre portrait.

— Oh ! » Tanneke rougit en les voyant. Elle rajusta sa coiffe et son tablier puis elle murmura : « Va dire à ta maîtresse qu'ils sont ici ! »

Je rentrai en courant. Maria Thins et Catharina étaient dans la salle de la Crucifixion. « Les Van Ruijven sont ici », annonçai-je.

Catharina et Maria Thins retirèrent leurs coiffes, lissèrent leurs cols. Catharina s'appuya à la table pour se relever. Au moment où elles sortaient de la pièce, Maria Thins tendit la main pour redresser un des peignes d'écaille que Catharina ne portait que pour les grandes occasions.

Elles accueillirent leurs invités dans l'antichambre, tandis que j'attendais dans le couloir. Alors qu'ils se dirigeaient vers l'escalier, Van Ruijven me repéra, il s'arrêta.

« Qui est-ce ? » demanda-t-il.

Catharina me regarda en fronçant les sourcils. « Juste une des servantes. Tanneke, montez-nous du vin, je vous prie.

— Demandez plutôt à la servante aux grands yeux de nous l'apporter, ordonna Van Ruijven. Venez, chère amie », dit-il à son épouse qui se mit à gravir l'escalier.

Tanneke et moi nous retrouvâmes l'une à côté de l'autre, elle contrariée, moi troublée par l'attention de Van Ruijven.

« Allons, dépêchez-vous ! me cria Catharina, Vous avez entendu ce qu'il a dit : apportez le vin ! » Elle monta péniblement l'escalier derrière Maria Thins.

Je me rendis dans la petite chambre des filles, j'y trouvai des verres. J'en essuyai cinq avec mon tablier, les posai sur un plateau. Je cherchai du vin dans toute la cuisine. J'ignorais où on le gardait, car ils n'en buvaient pas souvent. Tanneke avait disparu, froissée. J'avais peur que le vin ne se trouve enfermé dans un placard dont il me faille demander la clef à Catharina devant tout le monde.

Par chance, Maria Thins avait dû anticiper cela. Elle avait laissé dans la salle de la Crucifixion un pichet blanc rempli de vin. Je le posai sur le plateau et l'emportai à l'atelier en prenant soin de redresser ma coiffe, mon col et mon tablier comme j'avais vu les autres le faire.

Lorsque j'entrai dans l'atelier, ils étaient devant le tableau. « Un vrai bijou, une fois de plus, disait Van Ruijven. Vous plaît-il, ma chère ? demanda-t-il à son épouse.

— Bien sûr », répondit-elle. La lumière du jour qui entrait par les fenêtres éclairait son visage, la rendant presque belle.

Au moment où je posais le plateau sur la table que mon maître et moi avions déplacée ce matin-là, Maria Thins arriva. « Laisse-moi ça, murmura-t-elle. File, dépêche-toi. »

J'étais dans l'escalier quand j'entendis Van Ruijven demander : « Où est passée cette servante aux grands yeux ? Déjà repartie ? Moi qui voulais la regarder comme il se doit.

— Voyons, voyons, c'est une rien du tout ! s'écria Catharina d'un ton enjoué. C'est plutôt le tableau que vous voulez regarder ! »

Je revins m'asseoir sur le banc auprès de Tanneke qui ne voulut pas m'adresser la parole. Nous restâmes là en silence, à raccommoder les manchettes, écoutant les voix qui s'échappaient par les fenêtres au-dessus de nos têtes.

Quand ils redescendirent, je m'esquivai jusqu'au coin de la rue et là, plaquée contre les briques tièdes d'un mur de Molenpoort, j'attendis leur départ.

Un de leurs domestiques arriva plus tard, il monta à l'atelier. Je ne le vis pas repartir car les filles, qui étaient de retour, voulurent que j'allume le feu pour y rôtir des pommes.

Le lendemain matin, le tableau était parti. Je n'avais pas pu le revoir une dernière fois.

*

En arrivant au marché à la viande ce matin-là, j'entendis un homme dire que la quarantaine avait été levée. Je me hâtai jusqu'à l'étal de Pieter. Père et fils étaient là, les clientes faisaient la queue. Feignant de ne pas les voir, j'allai droit vers Pieter fils. « Pourriez-vous me servir très vite ? dis-je. Je dois me rendre chez mes parents. Juste trois livres de langue et trois livres de saucisses. »

Il laissa là ce qu'il faisait, ignorant les protestations de la vieille femme qu'il servait. « Si j'étais jeune et si j'avais un beau sourire, je suis bien sûre que vous feriez n'importe quoi pour moi aussi », grommela-t-elle tandis qu'il me tendait mes achats.

« Elle ne sourit pas », rectifia Pieter. Il lança un coup d'œil à son père puis il me donna un plus petit paquet. « Pour votre famille », précisa-t-il à voix basse.

Je saisis le paquet et partis en courant sans même le remercier.

Il n'y a que les enfants et les voleurs qui partent en courant…

Je courus jusque chez nous.

Mes parents étaient assis sur le banc, l'un près de l'autre, la tête baissée. Sitôt arrivée, je pris la main de mon père et la portai contre mes joues humides, puis je m'assis avec eux sans rien dire.

Car il n'y avait rien à dire.

*

Suivit un temps où tout sembla dépourvu d'intérêt. La propreté du linge, la promenade quotidienne au marché, le calme de l'atelier, bref, tout ce qui avait compté pour moi perdait soudain de l'importance tout en étant toujours là, comme ces meurtrissures qui disparaissent en laissant de petites bosses sous la peau.

Ma sœur mourut à la fin de l'été. L'automne fut pluvieux. Je passai beaucoup de temps à étendre le linge sur des séchoirs à l'intérieur de la maison, à les rapprocher du feu, afin d'éviter que les vêtements ne se couvrent de moisissures, en veillant toutefois à ne pas les brûler.

En apprenant la mort d'Agnès, Tanneke et Maria Thins me traitèrent avec une relative gentillesse. Pendant plusieurs jours, Tanneke refréna ses mouvements d'impatience, mais elle recommença vite à me réprimander et à me faire la tête, me laissant le soin de l'apaiser. Maria Thins ne disait pas grand-chose, mais elle interrompait

Catharina sitôt que celle-ci me parlait d'un ton cassant.

Quant à Catharina, elle semblait ne rien savoir de ce qui était arrivé à ma sœur ou, du moins, elle n'en montrait rien. La date de l'accouchement approchait. Comme l'avait dit Tanneke, elle passait au lit la plupart de son temps, confiant le jeune Johannes à Maertge. Il commençait à trotter partout, ne laissant guère de répit à ses sœurs.

Les filles ignoraient que j'avais une sœur, aussi n'auraient-elles pas compris que je puisse en perdre une. Seule Aleydis semblait sentir que quelque chose n'allait pas. Elle s'asseyait parfois tout contre moi comme le jeune chien se réfugie contre la fourrure de sa mère pour avoir chaud. Dans sa simplicité, elle me réconfortait mieux que personne.

Un jour, Cornelia vint me trouver dans la cour alors que je pendais le linge. Elle me tendit une de ses vieilles poupées. « Nous ne nous amusons plus avec ça, déclara-t-elle. Même Aleydis. Aimeriez-vous la donner à votre sœur ? » À la voir jouer de ses grands yeux innocents, je compris qu'elle devait avoir entendu parler de la mort d'Agnès.

« Non, merci », fut tout ce que je pus répondre d'une voix étranglée.

Elle sourit et s'éloigna en gambadant.

L'atelier demeurait vide. Il n'entreprenait pas de nouveau tableau. Il passait la plupart de son temps soit à la Guilde, soit à Mechelen, l'auberge de sa mère, située de l'autre côté de la place. Je continuais à faire le ménage, mais je finis par ne plus voir là qu'une tâche parmi bien d'autres, juste une pièce de plus à balayer et à épousseter.

Lorsque je me rendais au marché à la viande, je trouvais difficile de croiser le regard de Pieter fils. Sa gentillesse m'attristait. J'aurais dû la lui rendre, mais ne l'avais pas fait. J'aurais dû en être flattée, mais ne l'étais pas. Je ne voulais pas de sa sollicitude. J'en vins à préférer être servie par son père, qui me taquinait mais n'attendait rien en retour, sauf mes commentaires sur sa viande. Cet été-là, nous eûmes droit à de la bonne viande.

Le dimanche, je me rendais parfois à la faïencerie où Frans était en apprentissage, le suppliant de m'accompagner à la maison. Il accepta deux fois, apportant ainsi un peu de joie à mes parents. Dire qu'un an plus tôt ils avaient encore trois enfants chez eux et qu'aujourd'hui ils n'en avaient plus ! Par notre présence, Frans et moi leur rappelions des temps plus heureux. Une fois même, ma mère se mit à rire, mais elle se reprit en hochant la tête. « Dieu nous a punis pour avoir pris notre bonne fortune comme allant de soi, dit-elle. N'oublions jamais ça. »

Retourner à la maison n'était pas aisé. Je m'aperçus qu'après ces quelques dimanches où je n'avais pu rentrer en raison de la quarantaine, je finissais par ne plus m'y sentir vraiment chez moi. Je commençais à oublier où ma mère rangeait les affaires, quelle sorte de carreaux de faïence entouraient la cheminée, comment le soleil brillait dans les pièces aux divers moments de la journée. Au bout de quelques mois, je pouvais mieux décrire la maison du Coin des papistes que celle de ma propre famille.

Ces visites à la maison étaient particulièrement éprouvantes pour Frans. Après des jours et des nuits à la faïencerie, il avait envie de se détendre, de rire et de plaisanter ou, tout au moins, de dormir. Sans doute le persuadais-je de m'y accompagner dans l'espoir de resserrer les liens familiaux. C'était, hélas ! peine perdue car, depuis l'accident de mon père, nous étions une famille différente.

*

Un dimanche, alors que je rentrai de chez mes parents, Catharina fut prise des douleurs de l'enfantement. Dès que je franchis la porte, je l'entendis gémir. Je jetai un coup d'œil dans la grande salle, plus sombre qu'à l'ordinaire, car on avait fermé les volets des fenêtres inférieures pour donner plus d'intimité. J'y aperçus Maria Thins, Tanneke et la sage-femme.

« Va rejoindre les filles, dit Maria Thins en me voyant, je les ai envoyées jouer dehors. Cela ne devrait plus être bien long. Reviens dans une heure. »

Elle n'eut pas à me le répéter : Catharina faisait beaucoup de bruit et il me semblait malséant de rester là alors qu'elle était dans cet état, d'autant que je savais qu'elle n'aurait pas voulu que je sois là.

Je partis chercher les filles au marché aux bestiaux, leur endroit préféré, situé tout près de la maison. Elles jouaient aux billes et à chat perché quand j'arrivai. Le petit Johannes les suivait, château branlant. Nous autres n'aurions jamais permis ce genre de jeu un dimanche, mais les catholiques voyaient les choses différemment.

Lasse de courir, Aleydis vint s'asseoir à côté de moi.

« Maman aura bientôt son bébé ? demanda-t-elle.

— Votre grand-mère dit qu'il sera là d'un moment à l'autre. Nous retournerons bientôt les voir.

— Papa sera content ?

— Bien sûr.

— Vous croyez qu'il va peindre plus vite maintenant qu'il a un autre enfant ? »

Je gardai le silence. Je croyais entendre Catharina s'exprimer par la bouche de cette petite fille. Je ne voulais pas en entendre davantage.

À notre retour, il se tenait sur le seuil de la maison.

« Oh ! papa ! vous avez mis votre toque ! »

Les filles coururent vers lui et essayèrent de lui arracher sa toque de paternité, bonnet molletonné dont les rubans pendaient sur ses oreilles. Il avait l'air tout à la fois fier et embarrassé. Cela me surprit. Étant passé par là cinq fois, je pensais qu'il y était habitué. Il n'avait aucune raison de paraître gêné.

C'est Catharina qui veut une famille nombreuse, me dis-je. Lui, il préférerait être seul dans son atelier.

Cela ne pouvait pas être tout à fait vrai. Je savais comment on faisait les bébés. Il avait son rôle à jouer là-dedans et il devait l'avoir joué de son plein gré. En outre, si difficile de caractère Catharina fût-elle, je l'avais souvent vu la regarder, lui toucher l'épaule, lui parler d'une voix câline.

Je n'aimais pas penser à lui avec femme et enfants. Je préférais l'imaginer seul dans son atelier. Ou pas seul, mais juste avec moi.

«Vous avez un autre frère, les filles, dit-il. Il s'appelle Franciscus. Aimeriez-vous le voir?»

Il les fit entrer. Je restai dans la rue, tenant Johannes dans les bras.

Tanneke ouvrit les volets des fenêtres inférieures de la grande salle et se pencha dehors.

«Comment va notre maîtresse? demandai-je.

— Oh! bien. Elle fait toujours beaucoup de bruit, mais tout se passe bien. C'est une vraie poulinière. Les bébés vous sortent d'elle aussi facilement que la châtaigne de sa bogue. Entre donc. Le maître veut rendre grâces à Dieu.»

J'avais beau me sentir mal à l'aise, je ne pouvais refuser de prier avec eux. Les protestants en auraient fait autant après une naissance sans incident. J'emmenai Johannes dans la grande salle; à présent, on y voyait clair et elle était animée. Sitôt que je posai l'enfant à terre, il se dirigea d'un pas incertain vers ses sœurs rassemblées autour du lit dont on avait ouvert les rideaux. Soutenue par des oreillers, Catharina berçait son bébé dans ses bras. Bien qu'épuisée, elle souriait. Pour une fois, on la sentait heureuse. Debout près d'elle, mon maître contemplait son nouveau fils. Aleydis lui tenait la main. Tanneke et la sage-femme emportaient bassins et draps tachés de sang tandis que la nouvelle nourrice attendait près du lit.

Maria Thins arriva des cuisines avec un pichet de vin et trois verres sur un plateau. Lorsqu'elle le posa, il lâcha la main d'Aleydis et s'éloigna du lit. Maria Thins et lui s'agenouillèrent. Laissant là ce qu'elles faisaient, Tanneke et la sage-femme les imitèrent. La nourrice, les enfants et moi, nous agenouillâmes à notre tour. Forcé par Lisbeth de s'asseoir, Johannes se mit à gigoter et à crier.

Mon maître dit une prière pour remercier Dieu de lui avoir donné un fils et d'avoir épargné Catharina. Il ajouta quelques phrases catholiques en latin, inintelligibles pour moi, mais cela me gêna à peine : j'aimais entendre sa voix dense et apaisante.

Lorsqu'il eut terminé, Maria Thins remplit de vin les trois verres. Mon maître, Catharina et elle-même burent à la santé du nouveau-né. Puis Catharina tendit le bébé à la nourrice qui lui donna le sein.

Tanneke me fit un signe, nous allâmes toutes deux chercher du pain et du hareng fumé pour la sage-femme et les filles.

« Il va falloir commencer à préparer la fête pour célébrer la naissance, remarqua Tanneke alors que nous sortions le pain et le hareng fumé. Notre jeune maîtresse souhaite une grande réception. Une fois de plus, nous ne saurons plus où donner de la tête. »

Ce fut la plus grande fête que je devais voir dans cette maison. Nous avions dix jours pour tout organiser, dix jours pour le grand nettoyage de la maison et pour préparer le repas. Maria Thins engagea deux jeunes filles pour la semaine afin de nous seconder, Tanneke et moi, tant pour la cuisine que pour le ménage. Celle qui devait m'aider n'était pas très dégourdie, mais elle travaillait bien si je lui donnais des instructions précises et que je ne la perdais pas de vue. Un jour, nous lavâmes les nappes et les serviettes dont nous aurions besoin pour le banquet ainsi que tout le linge de la maison : chemises, robes, bonnets, cols, mouchoirs, coiffes, tabliers. Propre ou sale qu'importe, tout passa à la lessive. Un autre jour, nous lavâmes les draps. Nous nettoyâmes ensuite les chopes, les verres, les assiettes en céramique, les cruches, les casseroles en cuivre, les poêles à crêpes, les grils et les broches, les cuillers, les louches et la vaisselle qu'avaient prêtée les voisins. Nous astiquâmes les objets en cuivre et en argent. Nous retirâmes les rideaux et les secouâmes au-dehors. Nous battîmes tapis et coussins. Nous cirâmes le bois des lits, les armoires, les tables, les chaises et les rebords des fenêtres.

À la fin, mes mains crevassées saignaient.

Tout était propre pour la fête.

Pour l'occasion, Maria Thins commanda de l'agneau, du veau et de la langue, un cochon entier, des lièvres, des faisans et des chapons, des huîtres et des homards, du caviar et des harengs, du vin doux et la meilleure bière qui soit. De son côté, le boulanger confectionna des gâteaux pour célébrer l'événement.

En m'entendant lui transmettre la commande de Maria Thins, Pieter père se frotta les mains.

« Il y a donc une bouche de plus à nourrir, déclara-t-il. Tant mieux pour nous ! »

On livra de grandes meules de gouda et d'édam, des artichauts, des oranges, des citrons, du raisin, des prunes, des amandes et des noisettes. Une riche cousine de Maria Thins envoya même un ananas. Je n'en avais jamais vu, mais son aspect rugueux, piquant ne me disait rien qui vaille. De toute façon, je n'y aurais pas eu droit. Pas plus qu'aux autres victuailles, d'ailleurs, à part une petite bouchée par-ci par-là, selon l'humeur de Tanneke. Elle me laissa goûter au caviar, bien que ce fût un luxe, j'avoue que je l'appréciai moins que je ne voulus l'admettre. Je bus quelques gorgées de vin doux merveilleusement épicé à la cannelle.

On entassa dans la cour des provisions de tourbe et de bois, on emprunta des broches à un voisin. On entreposa également dans la cour les tonneaux de bière et c'est là que l'on fit rôtir le cochon.

Pendant tous ces préparatifs, Catharina resta au lit avec Franciscus. Grâce aux bons soins de la nourrice, elle était sereine comme un cygne. De cet oiseau, elle avait aussi le long cou et le bec tranchant, j'évitais donc de m'approcher d'elle.

« Elle aimerait que la maison soit comme ça tous les jours », grommela Tanneke à mon intention tandis qu'elle cuisinait son civet de lièvre et que je faisais bouillir de l'eau pour laver les vitres. « En grand apparat. C'est vraiment la reine de l'Édredon, celle-là ! »

Je ris avec elle, sachant que je n'aurais pas dû l'encourager à se montrer déloyale envers notre jeune maîtresse, mais appréciant ses boutades occasionnelles.

Il resta invisible tout le temps que durèrent les préparatifs. Il s'enfermait dans son atelier ou se réfugiait à la Guilde. Je ne l'aperçus qu'une fois, trois jours avant la fête. J'astiquais les chandeliers à la cuisine avec la jeune fille que Maria Thins avait embauchée pour m'aider, quand Lisbeth vint me chercher.

« Le boucher veut vous voir, dit-elle. Il est devant la maison. »

Lâchant mon chiffon, je m'essuyai les mains à mon tablier et suivis Lisbeth jusqu'au vestibule. Il s'agissait de Pieter fils, j'en étais sûre. Il ne m'avait encore jamais rendu visite au Coin des papistes. Au moins, pour une fois, je n'avais pas le visage rouge, puisque je n'avais pas eu à me pencher au-dessus de la lessiveuse bouillonnante.

Pieter fils avait arrêté une charrette devant la porte, il était venu livrer la viande qu'avait commandée Maria Thins. Les filles essayaient de voir ce qu'il y avait dans la charrette, seule Cornelia regardait ailleurs. Lorsque j'apparus sur le pas de la porte, Pieter me sourit. Je restai calme, m'efforçant de ne pas rougir. Cornelia nous observait.

Elle n'était pas la seule. Je sentis la présence de mon maître derrière moi. Il m'avait suivie dans le couloir. En me tournant vers lui, je compris qu'il avait surpris le sourire de Pieter, et je perçus aussi une certaine attente dans son regard.

Ses yeux gris revinrent sur moi. Un regard froid. Je me sentis tout étourdie, comme si je m'étais levée trop vite. Je me retournai. Le sourire de Pieter s'était voilé. Il avait remarqué mon malaise.

J'eus le sentiment d'être prise entre ces deux hommes. Un sentiment peu plaisant.

Je m'effaçai pour laisser passer mon maître. Il s'engagea sur le Molenpoort sans un mot ni un regard. Pieter et moi le suivîmes des yeux. En silence.

«J'ai apporté votre commande, finit par dire Pieter. Où souhaitez-vous que je la dépose?»

*

Ce dimanche-là, en allant chez mes parents, je décidai de ne pas leur annoncer la naissance, craignant de raviver le souvenir de la mort d'Agnès. Ma mère ayant déjà eu vent de la nouvelle au marché, il me fallut leur décrire l'accouchement, la prière d'action de grâces et les préparatifs de la fête. L'état de mes mains inquiéta ma mère, mais je la rassurai en lui disant que les tâches les plus rudes étaient terminées. «Et la peinture? demanda mon père. A-t-il entrepris un autre tableau?»

Il espérait toujours que je lui décrirais un nouveau tableau.

«Non», répondis-je.

J'avais passé peu de temps dans l'atelier cette semaine-là. Rien n'y avait changé.

«Il est peut-être de nature indolente, avança ma mère.

— Sûrement pas! protestai-je.

— Il n'a peut-être pas envie de voir, hasarda mon père.

— À vrai dire, j'ignore de quoi il a envie»,

répondis-je plus vivement que je n'en avais l'intention.

Ma mère me regarda. Mon père remua dans son fauteuil.

Je ne dis plus un mot sur lui.

*

Le jour de la fête, les invités commencèrent à arriver vers midi. Le soir, il y avait peut-être une centaine de convives qui entraient et sortaient, fourmillant jusque dans la cour et dans la rue. Les invités étaient de toutes conditions, de riches marchands côtoyaient notre boulanger, notre tailleur, notre cordonnier et notre apothicaire. On y rencontrait les voisins, la mère et la sœur de mon maître, les cousins de Maria Thins aussi bien que des peintres et d'autres membres de la Guilde, Van Leeuwenhoek, Van Ruijven et son épouse.

Même Pieter père était là, pour une fois il n'avait pas son tablier taché de sang. En me voyant passer près de lui avec un pichet de vin épicé, il me salua et me sourit. Tandis que je le servais, il me dit :

« Mon fils sera sûrement jaloux quand il apprendra que j'ai passé cette soirée avec toi.

— Voilà qui m'étonnerait ! » dis-je tout bas en m'éloignant, embarrassée.

Tous les regards étaient tournés vers Catharina. Elle était vêtue d'une robe de soie verte qu'on avait élargie car son ventre était encore proéminent. Elle portait sa veste jaune bordée d'hermine dans laquelle la femme de Van Ruijven avait posé. Il était étrange de voir ce vêtement sur une autre femme. Je ne l'aimais pas sur elle, toutefois, il lui appartenait, c'était donc son droit de le mettre. Elle s'était parée d'un collier de perles et de boucles d'oreilles, ses cheveux blonds et bouclés étaient joliment arrangés. Très vite remise de son accouchement, elle était gaie et avenante, on sentait son corps soulagé du fardeau qu'il avait porté pendant des mois. Elle allait et venait avec aisance, buvait et riait avec ses invités, allumait des chandelles, veillait à ce que tous soient servis, présentait les gens les uns aux autres. Elle ne s'arrêta que pour cajoler ostensiblement Franciscus au moment où la nourrice lui donnait le sein.

Mon maître, lui, était beaucoup plus calme. Il passa la majeure partie de la soirée dans un coin de la grande salle à s'entretenir avec Van Leeuwenhoek. Toutefois, ses yeux suivaient souvent Catharina tandis qu'elle évoluait parmi ses invités. Il portait une élégante veste de velours noir et arborait sa toque de paternité. Il semblait détendu, mais plutôt indifférent à la fête. Contrairement à son épouse, il n'aimait pas les grandes réceptions.

Plus tard, ce soir-là, Van Ruijven réussit à me coincer dans le vestibule alors que je le traversais avec une chandelle et un pichet de vin.

« Ah ! mais c'est la demoiselle aux grands yeux ! s'écria-t-il en se penchant sur mon corsage. Bonsoir, ma petite. »

D'une main, il saisit mon menton tandis que de l'autre il levait le bougeoir pour éclairer mon visage. Sa façon de me regarder me déplut.

«Vous devriez faire son portrait», lança-t-il par-dessus son épaule.

Mon maître était là. Il fronçait les sourcils. De toute évidence, il voulait répondre à son client, mais aucun son ne sortit de sa bouche.

«Griet, donne-moi un peu plus de vin.»

Pieter père avait surgi de la salle de la Cruci-fixion, il me tendait sa coupe.

«Tout de suite, Monsieur.»

Je dégageai mon menton et m'approchai rapi-dement de Pieter père. Je sentis deux paires d'yeux dans mon dos.

«Oh! pardonnez-moi, Monsieur, mais le pichet est vide. Je vais aller le remplir à la cuisine.»

Je m'éloignai en toute hâte, pressant le pichet contre moi pour qu'on ne voie pas qu'il était plein.

Quand je revins, quelques minutes plus tard, seul Pieter père était encore là, adossé au mur.

«Merci», dis-je à voix basse en lui versant du vin.

Il me fit un clin d'œil.

«Vois-tu, cela en valait la peine, rien que pour t'entendre m'appeler *Monsieur*. Ça sera la dernière fois, n'est-ce pas?»

Il fit semblant de trinquer et but.

*

Sitôt la fête terminée, l'hiver s'abattit sur nous, la maison devint d'une glaçante austérité. Après le gros travail nécessaire pour tout remettre en ordre, il n'y avait plus guère d'éclaircies en perspective dans notre horizon quotidien. Les filles, y compris

Aleydis, devinrent difficiles. Elles exigeaient de l'attention et n'aidaient que rarement. Maria Thins se mit à passer plus de temps qu'avant dans ses appartements. Franciscus, si calme pendant toute la durée de la fête, commença à souffrir de coliques et à pleurer presque sans arrêt. On entendait ses petits cris aigus dans toute la maison et jusque dans la cour, l'atelier ou la cave. Compte tenu de son caractère, Catharina se montrait d'une surprenante patience à l'égard du bébé, en revanche elle ne ménageait ni le reste de la maisonnée ni même son mari.

Si, pendant les préparatifs de la fête, j'avais réussi à oublier Agnès, maintenant son souvenir me revenait plus vif que jamais. J'avais le temps de penser, je pensais trop. J'étais comme le chien qui, à force de lécher ses plaies pour les nettoyer, les avive.

Le pire, c'était qu'il était en colère contre moi. Depuis le soir où Van Ruijven m'avait coincée dans le couloir, ou, qui sait, depuis que Pieter fils m'avait souri, il se montrait distant. Il semblait aussi que je me trouvais plus souvent sur son chemin qu'auparavant. Il avait beau sortir fréquemment, en partie pour fuir les pleurs de Franciscus, on aurait dit que je rentrais toujours dans la maison quand il en partait, que je descendais l'escalier au moment où il le montait ou que je balayais la salle de la Crucifixion quand il y cherchait Maria Thins. Je le rencontrai même sur la place du Marché, un jour où je faisais une course pour Catharina. À chaque fois, il inclinait poliment la tête, puis s'effaçait pour me laisser passer, sans même me regarder.

Je l'avais offensé, mais j'ignorais de quelle façon.

L'atelier était devenu, lui aussi, d'une glaciale austérité. Si jadis il donnait l'impression d'être animé et de servir à quelque chose, n'était-ce pas là que des tableaux voyaient le jour ? Il n'était plus désormais qu'une simple pièce qui n'attendait que la poussière, malgré mes fréquents coups de balai. Je ne voulais pas que la tristesse s'y installe. Je voulais m'y réfugier, comme autrefois.

Un matin, Maria Thins monta en ouvrir la porte et la trouva déverrouillée. Scrutant la pénombre, nous aperçûmes mon maître assis devant la table, la tête sur les bras, tournant le dos à la porte. Maria Thins sortit à reculons.

« Il a dû venir ici à cause des pleurs du bébé », marmonna-t-elle.

Je tentai de jeter un autre coup d'œil, mais elle me barra le passage. Elle referma doucement la porte.

« Laissons-le tranquille. Tu feras le ménage plus tard. »

Le lendemain matin, j'ouvris tous les volets de l'atelier et regardai autour de moi, en quête de quelque chose à faire, d'un meuble que je pourrais toucher sans offenser mon maître, d'un objet que je pourrais déplacer sans qu'il le remarquât. Tout était à sa place : la table, les chaises, le bureau encombré de livres et de papiers. Pinceaux et couteaux étaient alignés avec soin sur le bahut, le chevalet était adossé au mur, les palettes toutes propres étaient placées à côté. Les objets dont il s'était servi dans la composition de son tableau avaient été rangés dans la réserve ou remis en service dans la maison.

Une des cloches de la Nouvelle-Église se mit à sonner l'heure. Je m'approchai de la fenêtre et regardai au-dehors. Avant le sixième coup, j'avais pris ma décision. J'allai chercher de l'eau chaude sur le feu, un peu de savon, des chiffons propres et je revins à l'atelier où j'entrepris de laver les vitres. Je dus monter sur la table pour atteindre celles du haut.

J'en étais à la dernière fenêtre quand je l'entendis entrer dans la pièce. Ouvrant de grands yeux, je me retournai et le regardai par-dessus mon épaule gauche.

« Monsieur... », bredouillai-je.

Je ne savais trop comment lui expliquer mon initiative.

« Arrêtez. »

Je me figeai, terrifiée à l'idée que j'avais fait quelque chose qui fût contraire à ses désirs.

« Ne bougez plus. »

Il me dévisageait comme si un fantôme était apparu dans son atelier.

« Excusez-moi, Monsieur, dis-je, en faisant tomber mon chiffon dans le seau d'eau. J'aurais dû commencer par vous demander la permission. Mais comme vous ne peigniez pas ces temps derniers... »

Il prit un air perplexe, puis secoua la tête.

« Oh ! les vitres... Non, non, vous pouvez continuer votre travail. »

J'aurais préféré ne pas les laver en sa présence, mais comme il restait là, je n'avais pas le choix. Je rinçai un chiffon, le tordis et le passai à nouveau sur les carreaux, à l'intérieur et à l'extérieur.

Ayant terminé, je reculai pour juger de l'effet. Le jour entrait, limpide. Il se tenait toujours derrière moi.

« Êtes-vous satisfait, Monsieur ? demandai-je.

— Regardez-moi encore une fois par-dessus votre épaule. »

J'obéis. Il m'observait. Il s'intéressait de nouveau à moi.

« La lumière est plus limpide maintenant.

— En effet. »

Le lendemain, la table, recouverte d'une nappe rouge, jaune et bleu, avait retrouvé sa place dans l'angle où il travaillait. Il avait placé une chaise contre le mur du fond et accroché une carte au-dessus de celle-ci.

Il s'était remis à peindre.

1665

Mon père insista pour que je lui décrive une fois de plus le tableau.

«Mais rien n'a changé depuis la dernière fois, dis-je.

— Je veux t'entendre à nouveau», insista-t-il, tout voûté dans son fauteuil pour se rapprocher du feu. On aurait cru Frans enfant, quand on lui disait qu'il n'y avait plus rien à manger dans la marmite. Mon père se montrait souvent impatient pendant le mois de mars tandis qu'il attendait que l'hiver en finisse, que les frimas s'estompent et que le soleil réapparaisse. Mars était un mois imprévisible. Des journées plus chaudes apportaient quelque espoir jusqu'à ce que gelées et grisaille s'installent à nouveau sur la ville.

Mars était le mois de ma naissance.

Sa cécité semblait rendre l'hiver encore plus détestable à mon père. Ses autres sens s'étant avivés, il était très sensible au froid, souffrait que la maison sente le renfermé, était plus prompt que

ma mère à remarquer la fadeur du pot-au-feu aux
légumes. Bref, un hiver trop long était pour lui
une véritable souffrance.

Je le plaignais. Dès que je le pouvais, je lui
apportais en cachette des gâteries provenant des
provisions de Tanneke, des cerises cuites, des abri-
cots secs, une saucisse froide, et, un jour, une poignée de pétales de rose trouvés dans le placard de
Catharina.

« La fille du boulanger se tient debout dans un
cône de lumière, près d'une fenêtre, commençai-
je, résignée. Elle est tournée vers nous, mais elle
regarde par la fenêtre à sa droite. Elle porte un
corselet de soie et de velours, une jupe bleu foncé
et une coiffe blanche qui se termine par deux
pointes sous son menton.

— Tu veux dire comme tu portes la tienne ? »
demanda mon père. Il ne m'avait jamais posé
cette question, j'avais pourtant chaque fois décrit
la coiffe de la même façon.

« Oui, comme la mienne. Si vous regardez cette
coiffe un moment, ajoutai-je précipitamment,
vous vous apercevez qu'il ne l'a pas peinte vraiment blanche mais bleu, violet et jaune.

— Tu viens pourtant de me dire que c'était
une coiffe blanche.

— Oui, et c'est bien cela le plus étrange. Elle
est peinte d'une multitude de couleurs, mais
quand vous la regardez, vous avez l'impression
qu'elle est blanche.

— La peinture des carreaux de faïence est
beaucoup plus simple, grommela mon père. Vous
vous servez de bleu, un point c'est tout. Un bleu

foncé pour les contours, un bleu plus clair pour les ombres. Bleu, c'est bleu. »

Et un carreau de faïence est un carreau de faïence, pensais-je, et il n'a rien à voir avec ses tableaux. Je voulais lui faire comprendre que le blanc n'était pas simplement blanc. Mon maître m'avait appris cela.

« Que fait-elle ? me demanda-t-il au bout d'un moment.

— D'une main elle tient une aiguière en étain posée sur une table et de l'autre elle tient la fenêtre entrouverte. Elle est sur le point de saisir l'aiguière et d'en verser l'eau par la fenêtre, mais son geste reste en suspens, soit qu'elle s'abandonne à la rêverie, soit qu'elle regarde par la fenêtre.

— Lequel des deux ?

— Je n'en ai pas idée. Parfois on dirait l'un, parfois on dirait l'autre. »

Mon père se rassit dans son fauteuil, fronçant les sourcils. « Tu commences par me dire que la coiffe est blanche mais qu'elle n'est pas peinte en blanc. Puis tu me racontes que la jeune fille fait une chose à moins que ce ne soit autre chose. À la fin, je m'y perds, moi. » Il passa la main sur son front comme s'il avait mal à la tête.

« Je vous demande pardon, père. J'essaye de vous le décrire avec précision.

— Mais que veut raconter ce tableau ?

— Ses tableaux ne cherchent pas à raconter quoi que ce soit. »

Il ne réagit pas. Il avait été pénible pendant tout l'hiver. Si Agnès avait été là, elle aurait réussi à le dérider. Elle avait l'art de le faire rire. « Mère, vou-lez-vous que j'allume les chaufferettes ? » deman-dai-je, me détournant de mon père pour cacher mon agacement. Aveugle, il pouvait aisément per-cevoir l'humeur des autres si bon lui semblait. Je n'appréciais pas qu'il critique ce tableau sans l'avoir vu, ou le compare aux carreaux de faïence qu'il peignait autrefois. J'aurais voulu lui dire que s'il pouvait seulement voir ce tableau, il compren-drait qu'il n'y avait rien de bien compliqué. Sans doute ne cherchait-il pas à raconter quelque his-toire, mais c'était malgré tout un tableau dont on ne pouvait détacher son regard.

Tandis que nous discutions, ma mère s'activait autour de nous, remuant le pot-au-feu, ravivant le feu, disposant les assiettes et les chopes, aiguisant un couteau pour couper le pain. Sans attendre sa réponse, j'emportai les chaufferettes dans le débarras où l'on gardait la tourbe. En les remplis-sant, je m'en voulus de m'impatienter contre mon père. Je rapportai les chaufferettes et les allumai. Après les avoir placées sous nos chaises autour de la table, je guidai mon père jusqu'à sa place tandis que ma mère servait le pot-au-feu et versait la bière. Mon père goûta et grimaça. « Tu n'as rien rapporté du Coin des papistes pour faire passer cette espèce de bouillie ? marmonna-t-il.

— Je n'ai pas pu. Tanneke était de mauvaise humeur, j'ai préféré me tenir à l'écart de la cui-sine. » À peine ces mots étaient-ils sortis de ma bouche que je devais les regretter.

« Et pourquoi ça ? Qu'as-tu fait ? » De plus en

plus, mon père me cherchait noise, allant jusqu'à prendre le parti de Tanneke.

Il me fallait être rapide. « J'ai renversé tout un pichet de leur meilleure bière. »

Ma mère m'adressa un regard lourd de reproche. Elle savait quand je mentais. Si mon père n'avait pas été en triste état, sans doute s'en serait-il rendu compte à ma voix.

Je faisais pourtant des progrès dans ce domaine.

Alors que j'allais repartir, ma mère insista pour m'accompagner une partie du chemin malgré une pluie glaciale et drue. Au moment où nous parvenions au canal Rietveld et allions tourner sur la droite, vers la place du Marché, elle me dit : « Tu vas bientôt avoir dix-sept ans.

— La semaine prochaine, confirmai-je.

— D'ici peu, tu seras une femme.

— Oui, d'ici peu », répondis-je sans détourner mon regard des gouttes de pluie qui ricochaient sur le canal. Je n'aimais pas penser à l'avenir.

« J'ai entendu dire que le fils du boucher s'intéresse à toi.

— Qui vous a dit ça ? »

Pour toute réponse, ma mère chassa du revers de la main les gouttes de pluie sur son bonnet et secoua son châle. Je haussai les épaules.

« Je suis sûre qu'il ne s'intéresse pas plus à moi qu'aux autres filles. »

Je m'attendais à ce qu'elle me mette en garde, à ce qu'elle me demande d'être une fille bien sage, de veiller à l'honneur de notre nom, mais au lieu de cela elle reprit : « Ne te montre pas grossière à son égard. Souris-lui et sois aimable. »

Ces paroles me surprirent, mais en la regardant je lus dans ses yeux cette envie de manger de la viande que seul pouvait satisfaire un fils de boucher et je compris pourquoi elle avait laissé là son orgueil.

En tout cas, elle ne me posa pas de questions sur mon mensonge. Je ne pouvais leur dire pourquoi Tanneke était en colère contre moi. La vérité cachait un bien plus grand mensonge. J'en aurais trop à expliquer.

Tanneke avait découvert ce que je faisais pendant ces après-midi où j'étais censée coudre.

Je l'aidais, lui.

*

Cela avait commencé deux mois plus tôt, par un après-midi de janvier, peu après la naissance de Franciscus. Il faisait très froid. Franciscus et Johannes n'étaient guère en forme, ils avaient une toux de poitrine et avaient peine à respirer. Catharina et la nourrice s'occupaient d'eux près du feu de la buanderie, tandis que le reste de la famille était à la cuisine, au coin des fourneaux.

Il était le seul à ne pas être là. Il était là-haut. Le froid ne semblait pas le gêner.

Catharina vint se camper dans l'embrasure de la porte entre les cuisines. « Il faut que quelqu'un aille chez l'apothicaire, annonça-t-elle, le visage tout rouge. J'ai besoin de remèdes pour les garçons. » Elle me regardait de manière significative.

En général, j'aurais été la dernière choisie pour

ce genre de course. Se rendre chez l'apothicaire n'était pas aller chez le boucher ou le poissonnier, tâches que Catharina continuait à me laisser après la naissance de Franciscus. L'apothicaire, lui, était un homme docte et respecté, Catharina et Maria Thins aimaient aller le trouver. Je n'avais pas droit à un tel honneur. Cependant, par un froid pareil, toute course était confiée au membre le plus humble de la maisonnée.

Pour une fois, Maertge et Lisbeth ne demandèrent pas à m'accompagner. Je m'emmitouflai dans une cape et des châles de laine tandis que Catharina m'expliquait que je devais demander des fleurs de sureau séchées et de l'élixir de pasd'âne. Cornelia ne me lâchait pas, elle m'observait tandis que je dissimulais sous la cape les pointes de mes châles.

« Puis-je venir avec vous ? » me demanda-t-elle, avec un sourire empreint d'une innocence bien entraînée. Je me demandais parfois si je ne la jugeais pas avec trop de sévérité.

« Non, répondit pour moi Catharina. Il fait beaucoup trop froid. Je refuse de voir un autre de mes enfants tomber malade. Allez, dépêchez-vous, ajouta-t-elle à mon intention. Faites le plus vite possible. »

Je refermai derrière moi la porte d'entrée et sortis dans la rue. Tout était très calme, les gens avaient le bon sens de rester bien au chaud chez eux. Le canal était gelé. Le ciel était sombre. Tandis que le vent s'acharnait sur moi et que j'enfouissais mon nez dans les replis laineux abritant mon visage, j'entendis mon nom. Je regardai

autour de moi, pensant que Cornelia m'avait suivie. La porte d'entrée était fermée.

Je levai la tête. Il avait ouvert une fenêtre par
laquelle il passait la tête.

« Monsieur ?

— Où allez-vous, Griet ?

— Chez l'apothicaire, Monsieur. Madame me
l'a demandé. C'est pour les garçons.

— Pourriez-vous aussi me rapporter quelque
chose ?

— Bien sûr, Monsieur. » Soudain le vent ne
sembla plus aussi agressif. « Attendez, je vais vous
l'écrire. » Il disparut, j'attendis, il reparut au bout
d'un moment et me jeta une bourse en cuir.
« Donnez à l'apothicaire le papier qui est à l'intérieur et rapportez-moi ce qu'il vous donnera. »

Je répondis d'un signe de tête et fis disparaître
la bourse dans un des plis de mon châle, ravie de
cette mystérieuse requête.

La boutique de l'apothicaire était située près du
marché aux grains, vers la porte de Rotterdam. Ce
n'était pas bien loin, mais l'air que je respirais
semblait geler en moi, tant et si bien que le temps
que je pousse la porte de la boutique, je ne pouvais
plus parler.

Jamais je n'étais entrée chez un apothicaire,
pas même avant de devenir servante, car ma mère
préparait tous nos remèdes. La boutique était
une petite pièce aux murs couverts de haut en bas
d'étagères. Sur celles-ci étaient rangées toutes
sortes de fioles, de jattes, de récipients en terre
cuite étiquetés avec soin. Même si j'avais pu lire
leurs noms, je n'aurais sans doute pas eu idée de

l'usage de leur contenu. Un tel froid tuait la plupart des odeurs, mais une odeur inconnue s'attardait, on aurait dit quelque pourriture enfouie sous un tapis de feuilles dans la forêt.

Je n'avais vu qu'une fois l'apothicaire, c'était le jour de la fête donnée pour la naissance de Franciscus, quelques semaines plus tôt. Chauve et frêle, il me rappelait un oisillon. Il fut étonné de me voir. Rares étaient ceux qui s'aventuraient par un froid pareil. Assis à sa table, une balance près de son coude, il attendit que je parle.

« Mon maître et ma maîtresse m'ont demandé d'aller vous trouver », haletai-je dès que ma gorge se fut assez réchauffée pour me permettre de parler. Il parut quelque peu dérouté. « Les Vermeer », précisai-je.

« Ah ! comment va la famille ?

— Les bébés sont souffrants. Ma maîtresse aurait besoin de fleurs de sureau séchées et d'élixir de pas-d'âne.

— Et ton maître… » Je lui tendis la bourse. Il la prit, intrigué, mais en lisant la note, il hocha la tête : « Plus de noir animal ni d'ocre, murmura-t-il. On va aisément arranger ça. Toutefois jusqu'ici il n'a jamais demandé à personne d'aller chercher les éléments nécessaires à ses couleurs. » Il me regarda du coin de l'œil par-dessus le bout de papier. « Il vient toujours les chercher lui-même. Voilà une surprise. »

Je ne dis rien.

« Asseyez-vous par ici, près du feu, le temps que je prépare tout ça. » Il s'activa aussitôt, ouvrant des pots, pesant des boutons de fleurs séchées, mesurant du sirop dans une fiole, empaquetant méticuleusement ceci, cela avec du papier et de la ficelle. Il mit certains articles dans la bourse en cuir, ajoutant les autres en vrac dans mon panier. «A-t-il besoin de toiles?» me demanda-t-il par-dessus son épaule tandis qu'il replaçait une jarre sur une des étagères supérieures.

«Je n'en ai pas la moindre idée, Monsieur. Il m'a demandé de lui rapporter ce qui était écrit sur le papier.

— C'est très étonnant, vraiment très étonnant.» Il me regarda de la tête aux pieds. Je me redressai, son attention me donna le désir d'être plus grande. «Disons qu'il fait froid et qu'il ne sortirait que s'il ne pouvait faire autrement.» Il me tendit les paquets, la bourse et m'ouvrit la porte. Une fois dans la rue, je me retournai et le vis qui continuait à me regarder à travers une fenêtre minuscule dans la porte.

De retour à la maison, j'allai d'abord donner à Catharina les paquets en vrac dans mon panier, puis je me précipitai vers l'escalier. Il était descendu et attendait. Je tirai la bourse enfouie sous mon châle et la lui tendis. «Merci, Griet, dit-il.

— Qu'est-ce que vous faites?» Cornelia nous observait d'un peu plus loin dans le couloir.

À ma grande surprise, il ne lui répondit pas mais il se contenta de se retourner et de remonter l'escalier, me laissant l'affronter seule.

La vérité était la réponse la plus facile, même si je me sentais souvent mal à l'aise de dire la vérité à Cornelia. Je ne savais jamais ce qu'elle en ferait.

«J'ai acheté des fournitures pour votre père, expliquai-je.

— Il vous l'avait demandé?»

À cette réponse, je répondis de la façon dont son père venait de lui répondre, je m'éloignai d'elle en me rendant à la cuisine, retirant mes châles en chemin. J'avais peur de répondre, soucieuse de ne causer aucun ennui à mon maître. J'avais déjà compris que mieux valait que personne ne sût que j'avais fait une course pour lui.

Je me demandais si Cornelia irait raconter à sa mère ce qu'elle avait vu. Si jeune fût-elle, elle était aussi madrée que sa grand-mère. Elle cacherait peut-être ce qu'elle savait, choisissant avec soin le moment de le révéler.

Elle me donna sa propre réponse quelques jours plus tard.

C'était un dimanche, j'étais descendue à la cave chercher dans la commode où je rangeais mes affaires un col que ma mère avait brodé pour moi. Je repérai tout de suite que mes quelques effets personnels avaient été dérangés, des cols n'avaient pas été repliés, un de mes chemisiers était roulé en boule dans un coin, le peigne en écaille n'était plus dans son mouchoir. Quant à celui protégeant le carreau de faïence fait par mon père, il avait été replié avec une telle minutie que cela me parut suspect. Sitôt que je le dépliai, le carreau en sortit en deux morceaux. Il avait été cassé de telle sorte que la fille et le garçon étaient maintenant séparés, le garçon se retournant mais n'ayant plus rien à regarder et la fille désormais toute seule, le visage caché par sa coiffe.

Je pleurai. Cornelia ne pouvait avoir idée de mon chagrin. J'aurais été moins bouleversée si elle les avait décapités.

*

Il commença à me demander d'autres services. Un jour, il me pria de passer acheter de l'huile de lin chez l'apothicaire à mon retour de la poissonnerie. Je devais la laisser au pied de l'escalier pour ne pas le déranger car il était avec le modèle. C'est du moins ce qu'il me dit. Peut-être se rendait-il compte que Maria Thins, Catharina, Tanneke ou Cornelia seraient intriguées de me voir monter à l'atelier à un moment inhabituel.

Ce n'était pas une maison où il était aisé de garder un secret.

Une autre fois, il m'envoya demander au boucher une vessie de porc. Je ne compris la raison de sa requête que le jour où il me demanda de préparer chaque matin, lorsque j'aurais terminé le ménage, les peintures dont il aurait besoin plus tard. Ouvrant les tiroirs du bahut à côté de son chevalet, il me montra les peintures qui y étaient rangées et m'en donna les noms. Outremer, vermillon, massicot, beaucoup de ces termes m'étaient inconnus. Les couleurs minérales, tirant sur le brun et le jaune, le noir animal et le blanc de céruse, étaient conservées dans de petits pots en terre cuite, recouverts de parchemin afin de les empêcher de se dessécher. Les couleurs les plus précieuses, bleus, rouges et jaunes, étaient conservées en petites quantités dans des vessies de porc.

Un trou que rebouchait un petit clou permettait d'en exprimer la peinture.

Un matin, il entra alors que je faisais le ménage, et me demanda de remplacer la fille du boulanger, souffrante. « J'aimerais regarder un moment, expliqua-t-il. Quelqu'un doit se tenir à cet endroit. »

Docile, je la remplaçai, une main posée sur l'anse de l'aiguière, l'autre sur la fenêtre entrouverte de sorte qu'un courant d'air glacial m'effleurait le visage et la poitrine.

Voilà peut-être pourquoi la fille du boulanger est malade, pensai-je…

Il avait ouvert tous les volets, jamais la pièce ne m'avait paru aussi lumineuse.

« Baissez votre menton, dit-il. Et regardez en bas, ne me regardez pas moi. Oui, comme ça. Ne bougez pas. »

Il était assis à côté du chevalet. Il ne prit ni sa palette, ni son couteau, ni ses pinceaux, mais il resta là, les mains sur les genoux, à regarder.

Je rougis. Je ne m'étais pas rendu compte qu'il me fixerait avec une telle intensité.

Je m'efforçai de penser à autre chose. Je suivis des yeux par la fenêtre un chaland sur le canal, l'homme qui le guidait était celui qui m'avait aidé à récupérer le broc tombé dans le canal lors de mon premier jour chez eux. Comme les choses avaient changé depuis ce matin-là ! Dire qu'à l'époque je n'avais même pas vu un de ses tableaux et que maintenant je figurais dans l'un d'eux…

« Ne regardez pas ce que vous regardez, dit-il. Je vois sur votre visage que cela vous distrait. »

Je m'efforçai de ne rien regarder et de penser à

d'autres choses. Je pensai à ce jour où nous étions allés en famille cueillir des herbes à la campagne. Je pensai à cette pendaison dont j'avais été témoin, l'an passé, sur la place du Marché : une femme qui, en état d'ivresse, avait tué sa fille. Je pensai à l'expression sur le visage d'Agnès la dernière fois que je l'avais vue.

« Vous pensez trop », me dit-il, en changeant de position sur son tabouret. J'eus l'impression d'avoir lavé un baquet de draps, en vain, hélas, car ils n'étaient pas ressortis propres. « Je vous demande pardon, Monsieur, je ne sais que faire.

— Essayez de fermer les yeux. »

Je les fermai. Au bout d'un moment, j'eus la sensation que le cadre de la fenêtre que je tenais d'une main et l'aiguière que je tenais de l'autre me stabilisaient. Je sentis ensuite le mur derrière moi, la table à ma gauche et l'air frais entrant par la fenêtre.

Ce doit être ainsi que mon père perçoit ce qui l'entoure, et qu'il parvient à se repérer, me dis-je.

« Bien, dit-il. Ça va. Merci, Griet. Vous pouvez achever le ménage. »

Je n'avais jamais assisté à la naissance d'un tableau. Je m'imaginais que l'artiste peignait ce qu'il voyait en se servant des couleurs qu'il voyait.

Il me montra.

Il commença le tableau de la fille du boulanger par une couche de gris pâle sur la toile blanche qu'il parsema ensuite de taches roussâtres afin d'indiquer l'emplacement de la jeune femme, de la table, de l'aiguière, de la fenêtre et de la carte. Je crus alors qu'il allait peindre ce qu'il voyait, à savoir un visage de jeune femme, une jupe bleue, un corselet jaune et noir, une carte marron, une aiguière et un bassin en argent, un mur blanc. Au lieu de cela, il se mit à peindre des taches de couleur, des taches noires pour la jupe, ocre pour le corselet et la carte sur le mur, rouges pour l'aiguière et le bassin sur lequel elle était posée, grises pour le mur. Ce n'était pas les bonnes couleurs, aucune n'était celle de l'objet en question. Il passa un long moment à jouer avec ces « fausses » couleurs, comme je les appelai.

Parfois la jeune femme venait poser pendant des heures et pourtant, quand je regardais le tableau le lendemain, rien ne semblait avoir été ni ajouté ni retiré. Il s'agissait de plages de couleurs qui ne représentaient rien, si longtemps que je les étudie. Je savais ce qu'elles étaient censées rendre pour la simple raison que c'était moi qui nettoyais ces objets et que j'avais repéré ce que la jeune femme portait, ayant jeté un regard furtif dans la grande salle un jour, alors qu'elle enfilait le mantelet jaune et noir de Catharina.

Je préparais à contrecœur les couleurs qu'il me demandait chaque matin. Une fois, j'y ajoutai du bleu. Je recommençai, il me dit alors : « Pas d'outremer, Griet. Juste les couleurs que j'ai demandées. Pourquoi avez-vous sorti cette couleur alors que je ne vous l'avais pas demandée ? » Il était contrarié.

« Pardonnez-moi, Monsieur. C'est juste…, je respirai à fond, qu'elle porte une jupe bleue. J'aurais cru que vous voudriez mettre un peu de bleu, plutôt que de la laisser noire…

— Quand je serai prêt, je vous la demanderai. »

J'acquiesçai et me remis à astiquer les têtes de lion de la chaise. J'étais oppressée. Je ne voulais pas qu'il se mette en colère.

Il ouvrit la fenêtre du milieu, refroidissant la pièce.

« Venez ici, Griet. »

Je posai mon chiffon sur l'appui de la fenêtre et allai vers lui.

« Regardez dehors. »

Je regardai. Le ciel était couvert, il soufflait un petit vent frais, des nuages passaient derrière la tour de la Nouvelle-Église.

« De quelle couleur sont ces nuages ?

— Ils sont blancs, bien sûr, Monsieur. »

Il parut un peu étonné. « Vous trouvez ? »

Je les regardai à nouveau. « Et gris aussi. Peut-être va-t-il neiger.

— Allons, Griet. Vous avez de meilleurs yeux que ça. Pensez à vos légumes.

— Mes légumes, Monsieur ? »

Il remua légèrement la tête. Je l'agaçais. Ma mâchoire se crispa.

« Rappelez-vous comment vous aviez mis à part les légumes blancs. Vos navets et vos oignons sont-ils du même blanc ? »

Je finis par comprendre. « Non, dans le navet vous avez du vert et dans l'oignon du jaune.

— C'est exact. Et maintenant, quelles couleurs voyez-vous dans les nuages ?

— J'y vois du bleu, répondis-je, après les avoir étudiés quelques minutes. Et aussi du jaune. Et même un peu de vert ! » Je les montrai du doigt, excitée que j'étais. Toute ma vie, j'avais vu des nuages mais j'eus à cet instant l'impression de les découvrir.

Il souriait. «Vous vous apercevrez qu'il n'y a que peu de vrai blanc dans les nuages et pourtant on dit qu'ils sont blancs. Alors, comprenez-vous pourquoi je n'ai pas besoin de bleu pour le moment?

— Oui, Monsieur.» Je ne comprenais pas réellement, mais je ne voulais pas l'admettre. J'avais l'impression de presque savoir.

Quand il finit par ajouter des couleurs au-dessus de ces «fausses» couleurs, je compris. Il passa un bleu pâle sur la jupe de la jeune femme et celui-ci se transforma en un bleu moucheté de noir, que l'ombre de la table rendait plus foncé, et qui s'éclaircissait près de la fenêtre. Au mur, il ajouta de l'ocre jaune, laissant entrevoir du gris, le rendant lumineux mais non pas blanc. À la lumière du jour, je m'aperçus qu'il n'était pas blanc mais composé de nombreuses couleurs.

L'aiguière et le bassin représentaient la partie la plus compliquée, ils devinrent jaune, brun, vert et bleu. Ils réfléchissaient le motif du tapis, le corselet de la jeune femme, l'étoffe bleue drapée sur la chaise, ils étaient tout sauf de leur véritable couleur argentée. Et pourtant il n'y avait pas à s'y méprendre, c'était bien une aiguière et un bassin.

Après cela, je ne pouvais m'empêcher d'ouvrir bien grands les yeux.

*

Il devint plus difficile de cacher ce que je faisais les jours où il voulait que je l'aide à préparer les peintures. Un matin, il me fit monter au grenier, auquel on accédait par une échelle située dans le débarras près de l'atelier. Je n'y étais jamais allée. C'était une petite pièce, logée sous un toit en forte pente, une fenêtre l'éclairait et offrait une vue de la Nouvelle-Église. Il n'y avait pas grand-chose là-haut, hormis un bahut et une table en pierre au centre évidé formant un creuset où reposait un œuf en pierre dont une extrémité était tronquée. J'avais vu une table de ce genre à la faïencerie de mon père. Il y avait aussi des récipients, des bassines, des assiettes en terre cuite et des pincettes à côté de la minuscule cheminée.

« J'aimerais que vous broyiez certains ingrédients pour moi, Griet », dit-il. Il ouvrit un tiroir du bahut et en sortit un bâtonnet noir, de la taille de mon petit doigt. « Voici un morceau d'ivoire carbonisé, expliqua-t-il. On s'en sert pour préparer la peinture noire. »

Il le fit tomber dans la partie creuse de la table, ajoutant une substance gluante qui avait une odeur animale. Là-dessus, il prit l'œuf en pierre, qu'il appela un pilon, me montra comment le tenir et comment me pencher au-dessus de la table et faire porter tout mon poids sur la pierre afin de broyer l'os. Au bout de quelques minutes, il l'avait réduit en une pâte très fine.

« À votre tour. » Il récupéra la pâte noire dans un petit pot et sortit un autre morceau d'ivoire. Armée du pilon, j'essayai d'imiter sa position et me penchai au-dessus de la table.

« Non, votre main doit faire ça. » Il posa sa main sur la mienne. Ce simple contact causa en moi une telle émotion que je lâchai le pilon qui alla rouler sur la table et tomba par terre.

Je fis un bond en arrière et me baissai pour ramasser le pilon. « Je vous demande pardon, Monsieur », bredouillai-je, en remettant le pilon dans le creuset.

Il n'essaya pas de me toucher à nouveau.

« Avancez un peu votre main, se contenta-t-il de m'ordonner. Comme ça. Maintenant, servez-vous de votre épaule pour tourner et de votre poignet pour terminer. »

Il me fallut beaucoup de temps pour broyer mon morceau tant à cause de ma maladresse que de l'émoi qu'avait suscité en moi le contact de sa main sur la mienne. Ajoutez à cela que j'étais plus petite que lui et n'étais pas encore habituée à ce mouvement. Une chose sûre, j'avais acquis des bras robustes à force d'essorer le linge.

« Un peu plus fin », suggéra-t-il en inspectant le creuset. Il me fallut continuer à broyer quelques minutes avant qu'il s'estime satisfait, il me fit alors frotter la pâte sur mes doigts pour me montrer la texture qu'il recherchait. Il posa ensuite d'autres fragments d'os sur la table. « Demain, je vous apprendrai à broyer du blanc de céruse. C'est beaucoup plus facile que l'os. »

Je contemplai l'ivoire.

« Que se passe-t-il, Griet, vous n'avez tout de même pas peur de ces malheureux os ? Ils ne sont pas différents du peigne en écaille avec lequel vous vous coiffez. »

Je ne serais jamais assez riche pour posséder un peigne en écaille, je me servais de mes doigts pour me peigner.

« Ce n'est pas ça, Monsieur. » J'avais pu jusqu'ici lui rendre les services qu'il m'avait demandés en profitant du ménage ou des courses, et personne, à l'exception de Cornelia, n'en avait rien soupçonné. Broyer les ingrédients nécessaires à ses couleurs prendrait toutefois du temps, et le mien était limité au ménage de l'atelier. Je ne pourrais pas non plus expliquer aux autres pourquoi il me fallait parfois monter au grenier et laisser là mes autres tâches. « Il me faudra du temps pour broyer ça, répondis-je d'une voix timide.

— Quand vous en aurez l'habitude cela vous prendra moins de temps qu'aujourd'hui. »

Je détestais lui poser des questions ou lui désobéir, c'était mon maître. Je redoutais toutefois la colère des autres femmes de la maison. « Je dois aller chez le boucher et ensuite j'ai du repassage, Monsieur. Pour ma maîtresse. »

Une réaction peu obligeante…

Il ne bougea pas. « Chez le boucher ? » Il fronça les sourcils.

« Oui, Monsieur. Madame voudra savoir pourquoi je ne peux pas accomplir mes autres tâches. Elle voudra savoir que je vous aide à l'atelier, ça ne m'est pas facile de monter sans raison. »

Un long silence s'ensuivit. La tour de la Nouvelle-Église sonna sept coups.

« Je vois, murmura-t-il après le dernier coup. Laissez-moi réfléchir. » Il retira quelques morceaux d'ivoire, les remit dans un tiroir. « Broyez cela maintenant.» Il m'indiqua du doigt ce qui restait. «Voilà qui ne devrait pas vous prendre longtemps. Quand vous aurez terminé, laissez-le ici.»

Il devrait parler à Catharina et l'informer de mon travail, il me serait alors plus aisé d'accomplir de menues besognes pour lui.

J'attendis; il ne parla pas à Catharina.

*

Si étonnant que cela pût paraître, le problème des couleurs fut résolu grâce à Tanneke. Depuis la naissance de Franciscus, la nourrice dormait, en compagnie de Tanneke, dans la salle de la Crucifixion, d'où il lui était aisé de se rendre dans la grande salle pour nourrir le bébé quand il se réveillait. Bien que Catharina ne lui donnât pas le sein, elle insistait pour que Franciscus dormît dans un berceau à côté d'elle. Je trouvai cela étrange, mais quand je finis par mieux connaître Catharina, je compris qu'elle voulait sauver les apparences de la bonne mère de famille sans pour autant s'épuiser aux tâches qu'exige la maternité.

Tanneke n'appréciait pas de partager sa chambre avec la nourrice. Elle se plaignait que la nourrice se levait trop souvent pour s'occuper du bébé et qu'elle ronflait. Elle racontait cela à tout le monde, qu'on l'écoute ou non. Elle commença à se montrer négligente dans son travail, par manque de sommeil, prétendait-elle. Maria Thins lui répondit qu'on ne pouvait rien y faire, mais Tanneke continua à marmonner. Elle me regardait souvent d'un œil noir. Avant mon arrivée dans la maison, sitôt qu'on avait besoin d'une nourrice, Tanneke dormait là où je dormais, c'est-à-dire dans la cave. On aurait presque cru qu'elle me reprochait les ronflements de la nourrice.

Un soir, elle en vint à supplier Catharina. Catharina se préparait pour se rendre, en dépit du froid, à une soirée chez les Van Ruijven. Elle était de bonne humeur, porter son collier de perles et son corselet jaune la rendait toujours heureuse. Elle avait accroché à son mantelet jaune un grand col de lin blanc qui couvrait ses épaules et protégeait l'étoffe tandis qu'elle se poudrait le visage. Alors que Tanneke débitait ses doléances, Catharina continuait à se poudrer, un miroir à la main pour examiner le résultat. Elle avait orné ses cheveux de galons et de rubans, et, en ce moment de bonheur, elle était très belle, ses cheveux blonds et ses yeux noisette lui donnant un air légèrement exotique.

Elle finit par agiter la houppette sous le nez de Tanneke. «Arrêtez! s'écria-t-elle en riant. Nous avons besoin de la nourrice et elle doit dormir près de moi. Il n'y a pas de place dans la chambre des filles, mais il y en a dans la vôtre, c'est pour ça qu'elle y dort. Il n'y a pas d'autre solution. Pourquoi m'ennuyez-vous à ce sujet?

— Peut-être qu'il y aurait une solution», dit-il. Je levai la tête du placard où je cherchais un tablier pour Lisbeth. Il se tenait sur le seuil de la porte. Catharina regarda son mari, étonnée. Il était rare qu'il s'intéressât aux affaires domestiques. «Mettez un lit dans le grenier et faites-y dormir quelqu'un. Peut-être Griet.

— Griet au grenier ? Pourquoi ? s'exclama Cornelia.

— Ainsi Tanneke pourra dormir dans la cave, comme elle le souhaite, expliqua-t-il doucement.

— Mais… » Catharina s'arrêta, troublée. De prime abord, l'idée ne lui plaisait pas, mais elle n'aurait su dire pourquoi.

« Oh ! oui, Madame, s'empressa d'insister Tanneke, ça aidera, pour sûr. » Elle jeta un coup d'œil dans ma direction.

Je feignis d'être occupée à replier les vêtements des enfants, bien qu'ils fussent déjà rangés avec soin.

« Et la clef de l'atelier ? » Catharina avait enfin trouvé une objection. L'échelle, qui était rangée dans le débarras de l'atelier, était la seule façon d'accéder au grenier. Pour aller me coucher, il me faudrait passer par l'atelier qui, la nuit, était fermé à clef. « On ne peut donner la clef à une servante.

— Elle n'aura pas besoin de clef, répliqua-t-il. Vous n'aurez qu'à fermer la porte de l'atelier une fois qu'elle est montée se coucher et, le matin, elle pourra y faire le ménage avant que vous veniez ouvrir la porte. »

Je cessai de replier les vêtements des enfants. L'idée d'être enfermée à clef dans ma chambre le soir ne me plaisait pas. Catharina, hélas, en parut satisfaite. Sans doute pensait-elle que m'enfermer serait une manière de me garder en lieu sûr et hors de sa vue. « Dans ce cas, parfait », décidat-elle. Elle était en général prompte à se décider. Elle se tourna vers Tanneke et moi. « Demain, vous monterez à vous deux un lit au grenier. C'est juste une solution temporaire, précisa-t-elle. Jusqu'à ce que nous n'ayons plus besoin d'une nourrice. »

Temporaire… Comme devaient l'être mes allées et venues chez le boucher ou le poissonnier, pensai-je.

« Monte un moment à l'atelier avec moi », dit-il. Il la regardait d'une façon que je commençais à reconnaître, avec l'œil d'un peintre.

« Moi ? » Catharina sourit à son mari. Les invitations à se rendre dans son atelier étaient rares. Elle posa sa houppette avec un grand moulinet du bras et entreprit de retirer le grand col couvert de poudre.

Tendant la main, il arrêta son geste. « Laisse ça. »

C'était presque aussi surprenant que sa suggestion de me déménager au grenier. Tandis qu'il emmenait Catharina à l'atelier, Tanneke et moi échangeâmes un regard.

Le lendemain, la fille du boulanger commença à porter le grand col blanc quand elle posait pour le tableau.

*

Maria Thins ne se laissait pas berner aisément. Quand elle apprit d'une Tanneke toute joyeuse la nouvelle de nos déménagements respectifs, l'une à la cave, l'autre au grenier, elle tira sur sa pipe en fronçant les sourcils. « Vous auriez pu échanger, dit-elle en nous désignant de sa pipe, Griet aurait dormi avec la nourrice et toi tu serais allée à la cave. Il n'y a pas besoin que qui que ce soit déménage au grenier. »

Tanneke n'écoutait pas, elle était trop contente de sa victoire pour remarquer la logique de sa maîtresse.

« Madame a donné son accord », me contentai-je de dire.

Maria Thins m'adressa un long regard de côté.

Dormir dans le grenier me facilitait la tâche, même si j'avais toujours aussi peu de temps pour l'accomplir. Je pouvais me lever plus tôt et me coucher plus tard, mais parfois il me donnait tant de travail qu'il me fallait me débrouiller pour y retourner l'après-midi alors que j'étais censée coudre au coin du feu. Je me mis à me plaindre de ne rien y voir dans la pénombre de la cuisine et d'avoir besoin de monter dans mon grenier où la lumière entrait à flots. Parfois encore, je prétendais avoir mal au ventre et éprouver le besoin de m'allonger. Maria Thins m'adressait ce même regard de côté chaque fois que j'inventais une excuse, mais elle se dispensait de tout commentaire.

Je finis par prendre l'habitude de mentir.

Une fois qu'il eut suggéré que je dorme au grenier, il me laissa libre d'arranger mes diverses tâches ménagères afin de me permettre de travailler pour lui. Il ne me vint jamais en aide en mentant pour moi ou en me demandant si j'avais un peu de temps pour lui. Il me donnait ses ordres le matin, s'attendant à les voir exécutés d'ici le lendemain.

Les couleurs elles-mêmes compensaient mes difficultés à cacher ce que je faisais. J'aimais broyer les ingrédients qu'il rapportait de chez l'apothicaire, des os, de la céruse, du massicot, admirant l'éclat et la pureté des couleurs que j'obtenais ainsi. J'appris que plus les matériaux étaient finement broyés, plus la couleur était intense. À partir de grains rugueux et ternes, la garance devenait une belle poudre rouge vif puis, mélangée à de l'huile de lin, elle se transformait en une peinture étincelante. Préparer ces couleurs tenait de la magie.

Grâce à lui, j'appris à laver les diverses substances afin de les débarrasser de leurs impuretés et d'en exprimer les couleurs authentiques. Je me servais d'une série de coquillages pour récipients, rinçant les couleurs jusqu'à une trentaine de fois afin d'en retirer craie, sable ou gravillons. C'était là un travail long et lassant, mais il était gratifiant de voir la couleur devenir plus franche à chaque lavage et plus proche de celle que l'on recherchait.

La seule couleur qu'il ne me laissait pas manipuler était l'outremer. Le lapis-lazuli était, en effet, si coûteux et le procédé visant à obtenir un bleu pur à partir de la pierre si difficile qu'il ne laissait ce soin à personne.

Je finis par m'habituer à sa compagnie. Nous travaillions parfois côte à côte dans la petite pièce, je broyais de la céruse tandis que lui lavait du lapis ou faisait brûler de l'ocre dans le feu. Il me parlait peu. C'était un homme silencieux. Je ne parlais pas non plus. Tout était paisible, la lumière entrait à flots par la fenêtre. Lorsque nous avions terminé, nous nous rincions mutuellement les mains avec un pichet d'eau et les frottions jusqu'à ce qu'elles soient propres.

Il faisait très froid au grenier, malgré le petit poêle dont il se servait pour chauffer l'huile de lin et brûler les couleurs. Je n'osais pas l'allumer sans qu'il me le demande, redoutant d'avoir à expliquer à Catharina et Maria Thins pourquoi la tourbe et le bois disparaissaient aussi vite.

Le froid ne me dérangeait guère quand il était là. Lorsqu'il se tenait près de moi, je pouvais sentir la chaleur de son corps.

Un de ces après-midi où j'avais prétendu avoir mal au ventre, je rinçais un peu de massicot que je venais de broyer quand j'entendis la voix de Maria Thins au-dessous, dans l'atelier. Il travaillait au tableau. On entendait, par moments, la fille du boulanger soupirer tandis qu'elle posait.

« As-tu froid, ma fille ? demanda Maria Thins.

— Un peu, répondit-elle faiblement.

— Pourquoi n'a-t-elle pas de chaufferette ? »

La voix de mon maître était si basse que je n'entendis pas la réponse.

« Cela ne se verra pas sur le tableau, pas si on la met près de ses pieds. Nous ne voulons pas qu'elle retombe malade, voyons ! »

Sa réponse m'échappa à nouveau.

« Griet peut aller lui en chercher une, suggéra Maria Thins. Elle devrait être au grenier, je monte le lui demander. »

Pour une vieille femme, elle était plus leste que je ne l'aurais cru. Je voulus redescendre, mais le temps que je pose le pied sur le barreau en haut de l'échelle, elle en était déjà à la moitié. Je rentrai dans le grenier. Cette fois, je ne pouvais lui échapper et je n'avais pas le temps de cacher quoi que ce soit.

En entrant dans la pièce, Maria Thins repéra aussitôt les coquilles alignées sur la table, le pichet d'eau, mon tablier moucheté de jaune de massicot.

« C'est donc ça, ce que tu fabriques là-haut, ma fille ? J'avais bien flairé ! »

Je baissai les yeux, ne sachant que répondre.

« Mal au ventre, mal aux yeux. Nous ne sommes pas tous nés de la dernière pluie, tu sais. »

Demandez-lui, avais-je envie de lui dire. Après tout, c'est mon maître. C'est lui qui a arrangé cela.

Elle ne l'appela pas. Et il n'apparut pas au bas de l'échelle pour expliquer.

Un long silence s'ensuivit. Maria Thins reprit : « Depuis combien de temps l'aides-tu, ma fille ?

— Quelques semaines, Madame.

— J'ai remarqué qu'il peignait plus vite ces derniers temps. »

Je levai la tête. On voyait sur son visage qu'elle calculait.

« Aide-le à peindre plus vite, ma fille, dit-elle tout bas. Et tu garderas ta place ici. Et surtout pas un mot à ma fille ni à Tanneke !

— Oui, Madame. »

Elle se mit à rire. « J'aurais dû y penser, finaude que tu es. Tu m'as presque bernée, moi aussi. File donc chercher une chaufferette pour cette pauvre fille. »

*

J'aimais bien dormir au grenier. Il n'y avait pas de Crucifixion au pied de mon lit pour me perturber. En fait, il n'y avait pas un seul tableau, juste la bonne odeur d'huile de lin et le musc des pigments des couleurs minérales. J'aimais ma vue de la Nouvelle-Église et j'appréciais le calme. Personne ne montait au grenier, sauf lui. Les filles ne venaient pas m'y trouver, ni secrètement fouiller dans mes affaires, comme cela leur arrivait quand je dormais dans la cave. Je m'y sentais seule, au-dessus de la maison bruyante, capable de la voir avec certain recul.

Un peu comme lui.

Ce que j'appréciais par-dessus tout, c'était de passer davantage de temps à l'atelier. Il m'arrivait de m'envelopper dans une couverture et d'y descendre tard le soir quand la maison dormait. Je regardais à la chandelle le tableau auquel il travaillait, ou j'entrouvrais un volet afin de le contempler au clair de lune. Parfois, je m'asseyais dans l'obscurité sur l'une des chaises aux têtes de lion, le coude sur le tapis de table bleu et rouge. Je m'imaginais vêtue du mantelet jaune et noir, parée des perles, assise à la table, en face de lui, un verre de vin à la main.

La seule chose que je n'aimais pas au sujet du grenier, c'était d'y être enfermée la nuit.

Catharina avait repris la clef à Maria Thins et elle s'était mise à fermer et ouvrir la porte. Sans doute voyait-elle là une façon de me contrôler.

Elle n'était pas heureuse que je sois dans le grenier, cela voulait dire que j'étais plus proche de lui, plus proche de cet endroit auquel elle-même n'avait pas accès, mais où je pouvais, moi, me déplacer à mon gré.

Cela avait dû être dur pour une épouse d'accepter pareil arrangement.

Pendant un temps, toutefois, tout se passa bien, je parvenais à m'échapper l'après-midi afin de laver et broyer ses couleurs. À l'époque, Catharina faisait souvent la sieste, car Franciscus la réveillait presque chaque nuit. En général, Tanneke s'endormait, elle aussi, près du feu et je pouvais quitter la cuisine sans avoir à inventer une excuse. De leur côté, les filles étaient occupées avec Johannes, à qui elles apprenaient à marcher et à parler, aussi ne s'apercevaient-elles que rarement de mon absence. Si elles la remarquaient, Maria Thins leur expliquait qu'elle m'avait envoyée en course ou chercher quelque objet dans ses appartements, ou que je cousais pour elle et qu'il me fallait la bonne lumière du grenier pour y voir clair. Elles étaient encore enfants, après tout, absorbées par leur univers, indifférentes aux vies des adultes autour d'elles, sauf si cela les affectait directement.

C'est, du moins, ce que je croyais.

Un après-midi où je lavais de la céruse, Cornelia m'appela, je me hâtai de m'essuyer les mains, retirai le tablier que je portais pour travailler au grenier et remis mon tablier de tous les jours avant de descendre l'échelle. Elle se tenait sur le seuil de l'atelier, comme si elle était devant une mare et avait envie d'y mettre le pied.

« Que veux-tu ? dis-je d'un ton plutôt sec.

— Tanneke veut vous voir. » Cornelia se retourna et me précéda jusqu'à l'escalier. Arrivée en haut des marches, elle hésita : «Vous voudrez bien m'aider, Griet ? supplia-t-elle. Passez la première, comme ça, si je tombe, vous me rattraperez. Cet escalier est si raide ! » Cela ne lui ressemblait pas d'avoir peur, même dans les escaliers qu'elle montait rarement. Émue, ou me reprochant peut-être de m'être montrée dure à son égard, je descendis puis me tournai vers elle les bras tendus. «À votre tour. »

Cornelia se tenait en haut des marches, les mains dans les poches. Elle commença à descendre une main sur la rampe, l'autre formant un poing serré. Parvenue presque au bas des marches, elle lâcha prise et sauta, glissant de tout son long contre moi, pressant douloureusement contre mon ventre. Sitôt sur ses pieds, elle se mit à rire, relevant la tête, ses yeux bruns réduits à de simples fentes.

« Sale fille », marmonnai-je, regrettant mon élan de tendresse.

Je trouvai Tanneke dans la cuisine, elle tenait Johannes sur ses genoux.

« Cornelia m'a dit que vous me demandiez.

— Oui, elle a déchiré un de ses cols et veut que ce soit vous qui le lui raccommodiez. Elle refuse que j'y touche. Je ne comprends pas pourquoi, elle sait pourtant que je n'ai pas ma pareille pour raccommoder les cols. » Tandis que Tanneke me tendait le col, son regard se posa sur mon tablier. « Qu'est-ce que c'est que ça ? Vous saignez ? »

Je regardai. Une balafre de poussière rouge

rayait mon ventre telle une traînée sur une vitre. Cela me rappela les tabliers des Pieter, père et fils.

Tanneke se pencha pour l'examiner. « C'est pas du sang, ça. On dirait plutôt de la poudre. Comment se fait-il que ça soit là ? »

Je contemplai la traînée. De la garance, pensai-je. J'en ai broyé il y a quelques semaines.

J'entendis un rire étouffé dans le couloir.

Cornelia avait guetté depuis quelque temps le moment propice à ce méchant tour. Elle s'était même débrouillée pour grimper au grenier afin d'y subtiliser la garance.

Je n'eus pas la repartie assez rapide. Mon hésitation parut suspecte à Tanneke. « As-tu fouiné dans les affaires de Monsieur ? » me demanda-t-elle sur un ton de reproche. Lui ayant servi de modèle, elle savait ce qu'il avait dans son atelier.

« Non, c'était… » Dénoncer Cornelia eût été mesquin et cela n'eût pas empêché Tanneke de découvrir mes activités au grenier.

« J'estime qu'il vaudrait mieux montrer ça à notre jeune maîtresse, déclara-t-elle.

— Non », répliquai-je prestement. Tanneke se redressa autant qu'elle le pouvait avec un bébé endormi sur ses genoux. « Retire ton tablier, afin que notre jeune maîtresse le voie.

— Tanneke, dis-je, en la regardant calmement, croyez-moi, mieux vaudrait pour vous ne pas importuner Catharina avec cela, vous en parlerez à Maria Thins, quand elle sera seule, pas devant les filles. »

Ces paroles, dites sur un ton de brimade, nuirent gravement à notre relation. Je n'avais pas l'intention de lui parler sur ce ton, je voulais juste l'empêcher à tout prix de raconter cet incident à Catharina. Elle ne devait jamais me pardonner de l'avoir traitée en subalterne.

Mes paroles ne restèrent cependant pas sans effet. Tanneke darda sur moi un regard dur, mécontent, derrière lequel on percevait cependant certaine hésitation et le désir évident de mettre au courant sa chère maîtresse. Elle était tiraillée entre ce désir et l'envie de punir mon impudence en me désobéissant. « Parlez-en à votre maîtresse, repris-je avec douceur. Mais ne lui parlez que lorsqu'elle sera seule. »

J'avais beau tourner le dos à la porte, je sentis Cornelia s'échapper par celle-ci.

L'intuition de Tanneke l'emporta.

Le visage impassible, elle me tendit Johannes et alla trouver Maria Thins. Avant de poser le petit garçon sur mes genoux, j'effaçai avec soin la traînée rouge à l'aide d'un chiffon que je jetai ensuite au feu. Il resta malgré tout une tache. Je demeurai assise, tenant l'enfant dans mes bras, attendant que mon sort se décide. Jamais je n'eus vent de ce que Maria Thins avait pu dire à Tanneke, quelles menaces ou promesses elle lui avait faites pour l'empêcher de parler, mais cela réussit et Tanneke ne souffla mot de mon travail au grenier ni à Catharina ni aux filles et elle ne m'en reparla point. Elle devint cependant beaucoup plus dure à mon égard, s'acharnant à me tourmenter. Ainsi me renvoyait-elle chez le poissonnier avec la morue que je savais pertinemment qu'elle m'avait demandée, jurant ses grands dieux qu'elle m'avait dit d'acheter du carrelet. À la cuisine, elle devenait plus négligente, renversant sur son tablier autant d'huile qu'elle le pouvait afin de me contraindre à faire tremper le tissu plus longtemps et à le frotter de toutes mes forces pour en retirer les taches de graisse. Elle me laissait des seaux à vider et n'allait plus chercher l'eau pour remplir la citerne de la cuisine ou laver le sol. Assise, elle m'observait d'un œil torve, refusant de bouger, me contraignant à passer la serpillière autour de ses pieds, quitte à découvrir, après coup, qu'un pied avait dissimulé une flaque d'huile toute poisseuse.

Elle ne me parlait plus avec gentillesse. Elle me donnait l'impression que j'étais seule dans une maison pourtant pleine.

Aussi n'osais-je plus subtiliser à la cuisine ces petites gâteries qu'affectionnait mon père. Je ne pouvais dire à mes parents combien la vie était dure à l'Oude Langendijck, combien il me fallait être vigilante si je voulais garder ma place, pas plus que je ne pouvais leur parler de ses rares avantages, des couleurs que je préparais, de ces nuits passées seule assise dans l'atelier, de ces moments où lui et moi travaillions à côté l'un de l'autre et où sa présence me réchauffait le cœur.

Tout ce dont je pouvais leur parler, c'était de ses tableaux.

*

Un matin d'avril, quand le froid avait fini par s'éloigner, je longeai le marché aux grains en me rendant chez l'apothicaire, quand Pieter fils surgit et me salua. Il portait un tablier propre et un gros paquet qu'il devait livrer, m'expliqua-t-il, un peu plus loin. Il allait dans la même direction que moi, aussi me demanda-t-il si nous pouvions cheminer ensemble. J'acquiesçai d'un signe de tête, il me semblait difficile de lui refuser. Au cours de l'hiver, je l'avais aperçu une ou deux fois par semaine au marché à la viande. Je trouvais toujours embarrassant de croiser son regard, ses yeux me piquaient la peau, telles des aiguilles. Son attention m'inquiétait.

« Vous semblez fatiguée, commença-t-il. Vous avez les yeux rouges. On vous donne trop de travail. »

Bien sûr qu'on me donnait trop de travail. Mon maître m'avait donné tellement d'os à broyer que j'avais dû me lever de très bonne heure pour terminer. La veille, Tanneke m'avait forcée à rester debout jusqu'à une heure tardive pour relaver le sol de la cuisine sur lequel elle avait renversé une casserole d'huile.

Je ne voulais pas désavouer mon maître. « Tanneke m'a prise en grippe, préférai-je répondre, du coup, elle me donne davantage de travail. Et puis, dites-vous que le temps commence à se réchauffer et que nous rangeons les affaires d'hiver. » J'ajoutai cela de sorte qu'il n'aille pas croire que je me plaignais d'elle.

« Tanneke est un drôle d'oiseau, reprit-il, mais elle est fidèle.

— À Maria Thins, c'est sûr.

— Et tout autant à la famille. Vous rappelez-

vous la façon dont elle a défendu Catharina contre
son frère qui est fou ? »

Je fis non de la tête.

Pieter parut étonné. « Au marché à la viande,
ç'a été le grand sujet de conversation pendant des
jours. Ah ! c'est vrai, vous, vous ne bavardez pas,
n'est-ce pas ? Vous vous contentez juste de garder
les yeux grands ouverts, mais vous ne racontez pas
de fariboles et vous n'en écoutez pas non plus. »
Cela semblait lui plaire. « Moi, j'en entends toute
la journée des vieilles bonnes femmes qui font la
queue pour acheter leur viande. Qu'on le veuille
ou non, y en a qui vous marquent.

— Qu'a fait Tanneke ? » ne pus-je m'empêcher
de demander.

Pieter sourit. « Quand votre maîtresse attendait
non pas l'avant-dernier... Comment s'appelle-t-il ?

— Johannes, comme son père. »

Le sourire de Pieter se voila comme lorsqu'un
nuage passe devant le soleil. « Oui, comme son
père. » Il poursuivit : « Un jour, Willem, le frère de
Catharina, alla faire un tour du côté de l'Oude
Langendijck alors qu'elle était enceinte et il se mit
à la battre, comme ça, en pleine rue.

— Pourquoi ?

— Parce qu'il lui manque une case ou deux, à
ce qu'on dit. Il a toujours été violent. Son père
aussi. Vous savez, son père et Maria Thins vivent
séparés depuis des années. Il la battait.

— Il battait Maria Thins ? » répétai-je, étonnée.
Je n'aurais jamais pensé que quiconque pût battre
Maria Thins.

« Aussi quand Willem commença à battre Catharina, il semblerait que Tanneke se soit interposée pour la protéger, se jetant sur lui à bras raccourcis. »

Où était mon maître lors de cet incident ? Je réfléchis. Il n'aurait pu être resté au calme dans son atelier. Non, c'était impossible. Il devait être à la Guilde, ou en compagnie de Van Leeuwenhoek, ou encore à Mechelen, l'auberge de sa mère.

« Maria Thins et Catharina se sont débrouillées pour faire enfermer Willem l'an dernier, poursuivit Pieter. Il ne peut pas sortir de l'asile. C'est pourquoi vous ne l'avez pas vu. Honnêtement, vous n'aviez jamais entendu cette histoire ? Ils ne parlent donc pas, chez vous ?

— Pas à moi. » Je pensais à tous ces conciliabules que Catharina et sa mère tenaient dans la salle de la Crucifixion, se taisant sitôt que j'entrais. « Et je n'ai pas non plus l'habitude d'écouter aux portes.

— Bien sûr que non. » Pieter avait retrouvé son sourire, à croire que je venais de dire une plaisanterie. Comme tout le monde, il s'imaginait que les servantes avaient les oreilles collées aux portes. On appliquait souvent à mon cas certaines idées reçues concernant les servantes.

Je demeurai silencieuse le reste de la journée. Je n'aurais jamais cru que Tanneke pût être aussi fidèle et aussi brave, en dépit de tout ce qu'elle pouvait raconter dans le dos de Catharina. Je n'aurais jamais cru non plus que Catharina ait pu être ainsi battue, ni que Maria Thins pût avoir un fils pareil. J'essayai, mais en vain, d'imaginer mon propre frère me battant en pleine rue.

Percevant l'état de confusion dans lequel je me trouvais, Pieter n'en dit pas davantage. En me quittant devant la boutique de l'apothicaire, il se contenta de toucher mon épaule avant de poursuivre son chemin. Je restai un moment à contempler l'eau vert sombre du canal, puis je secouai la tête pour y faire le vide et me dirigeai vers la porte de l'apothicaire.

Je cherchais à dissiper l'image du couteau tournoyant sur le sol dans la cuisine de ma mère.

*

Un dimanche, Pieter fils vint assister au service de notre église. Il avait dû s'y glisser après mes parents et moi, puis aller s'asseoir tout au fond, car je ne le vis qu'à la sortie, quand nous bavardions dehors avec nos voisins. Il se tenait un peu à l'écart et m'observait. En l'apercevant, je retins mon souffle. Au moins, me dis-je, il est protestant, ce dont je n'étais pas sûre jusque-là. Depuis que je travaillais dans la maison du Coin des papistes, je n'étais plus sûre de rien.

Ma mère suivit mon regard. « Qui est-ce ?

— Le fils du boucher. »

Elle me lança un coup d'œil bizarre, mi-surpris, mi-inquiet. « Va le trouver, murmura-t-elle, et amène-le par ici. »

J'obéis. « Pourquoi êtes-vous ici ? » demandai-je à Pieter, tout en sachant que j'aurais dû me montrer plus courtoise.

Il sourit. « Bonjour, Griet. Pas un petit mot gentil pour moi ?

— Pourquoi êtes-vous ici ?

— J'assiste aux services de toutes les églises de Delft afin de savoir laquelle choisir. Cela me prendra peut-être du temps. » Devant mon expression, il changea de ton, plaisanter n'était pas la façon de s'y prendre avec moi. « Je suis venu vous voir et rencontrer vos parents. »

Je rougis si fort que j'eus l'impression d'avoir de la fièvre. « Je n'y tiens pas, murmurai-je.

— Pourquoi ?

— Je n'ai que dix-sept ans. Je ne… Ce sont des choses auxquelles je ne pense pas encore.

— Il y a tout le temps », répondit Pieter.

Je regardai ses mains, elles étaient propres, mais des traces de sang ourlaient ses ongles. Je revis la main de mon maître sur la mienne quand il m'apprenait à broyer de l'os et j'en eus le frisson.

On nous regardait, car on ne l'avait jamais vu dans cette église. En outre, avec ses longues boucles blondes, ses yeux brillants et son sourire aux lèvres, il était beau garçon, même moi je m'en rendais compte. Plusieurs jeunes filles essayaient de capter son regard.

« Me présenterez-vous à vos parents ? »

À contrecœur, je le menai vers eux. Pieter salua ma mère d'un signe de tête et saisit la main de mon père, qui recula, mal à l'aise. Depuis qu'il avait perdu la vue, rencontrer des étrangers l'intimidait, et il n'avait jamais rencontré d'homme s'intéressant à moi.

« Ne vous inquiétez pas, mon père, lui murmurai-je tandis que ma mère présentait Pieter à une voisine. Vous ne me perdez pas.

— C'est déjà fait, Griet, nous t'avons perdue le jour où tu as été placée comme servante. »

Par bonheur, il ne put voir les larmes qui perlaient dans mes yeux.

*

Pieter fils ne revint pas toutes les semaines à notre église, mais il y revint assez souvent pour que chaque dimanche je ne cesse de lisser ma jupe, serrant les lèvres quand nous nous asseyions à notre banc.

« Est-il venu ? Est-il là ? » demandait invariablement mon père, en tournant la tête de tous les côtés.

Je laissais à ma mère le soin de lui répondre. « Oui, disait-elle, il est ici » ou : « Non, il n'est pas venu. »

Pieter ne manquait pas de saluer mes parents avant de me dire bonjour. Au début, ils se sentaient gênés par ces conversations, mais Pieter se montrait naturel avec eux, oubliant leurs réponses maladroites et leurs longs silences. Il savait parler aux gens, vu le nombre de personnes qu'il rencontrait à l'étal de son père. Au bout de quelques dimanches, mes parents s'étaient habitués à lui. La première fois que mon père rit d'une plaisanterie que Pieter avait dite, il fut tellement surpris par sa propre réaction qu'il fronça aussitôt les sourcils, ne se déridant que lorsque Pieter en eut raconté une autre.

Lors de ces conversations venait toujours un temps où mes parents s'écartaient afin que nous soyons seuls. Pieter avait la sagesse de les laisser choisir le moment opportun. Les premières fois, ils n'en firent rien. Puis, un dimanche, ma mère prit mon père par le bras de manière significative en disant : « Si nous allions parler au pasteur ? »

Je finis par prendre l'habitude de me retrouver seule avec lui, sous le regard de tous ces curieux. Parfois Pieter me taquinait gentiment mais, le plus souvent, il me demandait de lui raconter ma semaine, me répétait des histoires entendues au marché ou me décrivait les ventes aux enchères du marché aux bestiaux. Il se montrait patient quand je me taisais soudain ou quand je me montrais agressive ou distante.

Jamais il ne me posait de question sur mon maître. Jamais je ne lui confiai que je préparais les couleurs, appréciant qu'il ne m'ait rien demandé à ce sujet.

Ces dimanches-là, je me sentais très perturbée. Au lieu de penser à Pieter, je me surprenais en train de penser à mon maître.

Un dimanche de mai, presque un an après mes débuts dans la famille de l'Oude Langendijck, ma mère demanda à Pieter juste avant que mon père et elle nous laissent seuls : « Viendriez-vous déjeuner avec nous dimanche prochain, après le service ? »

Pieter sourit de mon air ébahi. « Je viendrai », répondit-il.

J'entendis à peine ce qu'il ajouta. Quand il finit par s'éloigner, et que mes parents et moi regagnâmes la maison, je dus me mordre les lèvres pour ne pas hurler. « Pourquoi ne m'aviez-vous

pas dit que vous alliez inviter Pieter ? » marmonnai-je.

Ma mère me lança un regard de côté. « Il était
grand temps que nous l'invitions » fut sa seule
réponse.

Elle avait raison, il eût été malséant de ne pas
l'inviter. C'était la première fois que je jouais ce
jeu avec un homme, mais j'avais vu les autres y
jouer. Si Pieter était sérieux à mon égard, mes
parents se devaient de le prendre au sérieux.

Je devinais aussi quels sacrifices entraînerait sa
venue. Désormais, mes parents avaient très peu
de moyens. En dépit de mes gages et de ce que
ma mère gagnait en filant la laine, ils arrivaient à
peine à se nourrir, et encore moins à nourrir une
autre bouche, qui plus est, celle d'un boucher. Je
n'étais guère en mesure de les aider, sauf peut-
être en subtilisant ce que je pouvais dans la cuisine de Tanneke, un peu de bois, peut-être,
quelques oignons, du pain. Ils se priveraient cette
semaine, ils se chaufferaient moins afin de lui
préparer un repas décent.

Toujours est-il qu'ils insistèrent pour qu'il
vienne. Ils ne me l'auraient jamais avoué, mais
sans doute avaient-ils vu, en le nourrissant, une
façon de garantir notre pitance : l'épouse d'un
boucher et ses parents mangeraient à leur faim.
Faire maigre aujourd'hui assurerait des jours plus
gras.

Par la suite, lorsque ses visites devinrent plus
régulières, Pieter leur envoyait de la viande que
ma mère préparait pour le repas du dimanche.
Lors de ce premier déjeuner, elle eut toutefois le

bon sens de ne pas servir de viande à un fils de boucher : il aurait pu vraiment mesurer leur pauvreté à la coupe du rôti. Elle préféra donc préparer une soupe de poisson, y ajoutant même quelques crevettes et du homard. Jamais elle ne m'avoua comment elle s'était débrouillée pour les acheter.

La maison, si misérable fût-elle, rayonnait de ses attentions. Elle avait sorti certains des plus beaux carreaux de faïence de mon père, ceux qu'elle n'avait pas été contrainte de vendre. Elle les avait astiqués et alignés le long du mur pour permettre à Pieter de les admirer en déjeunant. Il complimenta avec sincérité ma mère pour sa soupe de poisson. Elle y fut sensible, rougit et le resservit. Le repas terminé, Pieter questionna mon père sur ses carreaux de faïence, décrivant chacun d'eux jusqu'à ce que mon père l'eût reconnu et pût en compléter la description.

« Griet possède le plus beau, dit-il après avoir décrit tous ceux exposés dans la pièce. C'est celui qui les représente, son frère et elle. »

« J'aimerais bien le voir », murmura Pieter.

Je contemplai mes mains crevassées posées sur mes genoux, ma gorge se serra. Je ne leur avais pas raconté ce que Cornelia avait fait de mon carreau de faïence.

Voyant que Pieter s'apprêtait à partir, ma mère me souffla à l'oreille de l'accompagner jusqu'au bout de la rue. Je marchai à ses côtés, persuadée que tout le voisinage nous observait, même si, en fait, la journée était pluvieuse et que rares étaient ceux qui se hasardaient au-dehors. J'avais l'impression que mes parents m'avaient poussée dans la rue, qu'un marché avait été conclu et qu'ils passaient la main à un homme. Au moins, cet homme était bon, pensais-je, même s'il n'avait pas les mains aussi propres que je l'eusse souhaité.

La main dans le creux de mes reins, Pieter m'emmena dans une ruelle près du canal Rietveld. C'était une des cachettes d'Agnès au cours de nos jeux d'enfants. Adossée au mur, je laissai Pieter m'embrasser. Dans sa passion, il me mordit les lèvres. Sans un cri, je léchai le sang salé tout en regardant le mur de brique humide par-dessus son épaule, tandis qu'il se plaquait contre moi. Une goutte de pluie me tomba dans l'œil.

Je ne le laissai pas libre d'agir à sa guise. Au bout d'un moment, il recula et approcha sa main de ma tête. Je m'éloignai.

«Vous aimez bien ces coiffes, n'est-ce pas? dit-il.

— Je ne suis pas assez riche pour me faire coiffer et sortir sans coiffe, rétorquai-je. Et je ne suis pas non plus une…» Je n'achevai pas, point n'était besoin de lui rappeler quel autre genre de femmes sortait tête nue.

«Mais vos coiffes couvrent toute votre chevelure, pourquoi ça? La plupart des femmes la laissent entrevoir.»

Je ne répondis rien.

«De quelle couleur sont vos cheveux?

— Châtain.

— Châtain clair ou châtain foncé.

— Châtain foncé.»

Pieter sourit comme s'il s'amusait avec une enfant. «Raides ou frisés?

— Ni l'un ni l'autre. Les deux. » Je me raidis, gênée.

« Longs ou courts ? »

J'hésitai. « Au-dessous de mes épaules. »

Il continua à me sourire, m'embrassa une fois de plus et se tourna en direction de la place du Marché.

J'avais hésité parce que je ne voulais ni lui mentir ni lui dire la vérité : j'avais les cheveux longs et indociles. Sans ma coiffe, on aurait cru qu'ils appartenaient à une autre Griet. À une Griet qui se retrouverait seule dans une ruelle en compagnie d'un homme qui ne serait ni aussi calme, ni aussi paisible, ni aussi propre. Une Griet semblable à ces femmes qui osaient aller tête nue. C'est pour qu'il n'y ait aucune trace de cette Griet-là que je cachais mes cheveux.

*

Il acheva le tableau de la fille du boulanger. Cette fois je pus le prévoir car il cessa de me demander de broyer et rincer les couleurs. Désormais, il ne se servait presque plus de peinture et, à la fin, il ne procéda pas à des changements inattendus comme pour la jeune femme au collier de perles. Il avait effectué ces changements plus tôt, retirant une des chaises du tableau, déplaçant la carte sur le mur. Ces changements me surprirent d'autant moins que j'avais eu l'occasion d'y réfléchir et savais que de telles décisions de sa part amélioreraient le tableau. Il emprunta à nouveau la chambre noire de Van Leeuwenhoek afin d'examiner une dernière fois la composition. La chambre noire assemblée, il me permit de regarder. J'avais beau ne pas encore en comprendre le principe, j'admirais ces scènes qu'elle reflétait, ces images miniatures, inversées, des objets de la pièce. Les couleurs devenaient plus intenses, le tapis de table d'un rouge plus profond, la carte sur le mur devenait d'un brun brillant comme un verre de bière au soleil. Je ne comprenais pas au juste de quelle façon la chambre noire l'aidait à peindre, mais je commençais à partager l'opinion de Maria Thins, si elle pouvait l'aider à mieux peindre, je ne mettais pas en question son utilité. Toutefois, il ne peignait pas plus vite. Il passa cinq mois à peindre la jeune femme à l'aiguière. J'angoissais souvent à l'idée que Maria Thins pût me rappeler que je n'avais pas contribué à le faire peindre plus vite et, du même coup, me prier de préparer mon balluchon et de partir.

Il n'en fut rien. Elle savait combien il avait été occupé à la Guilde et à Mechelen, cet hiver-là, aussi avait-elle sans doute décidé de voir si, l'été venu, les choses changeraient. À moins qu'elle ne trouvât difficile de le réprimander, elle qui aimait tant ce tableau.

« Quelle tristesse qu'un aussi beau tableau ne soit destiné qu'au boulanger ! s'écria-t-elle un jour. Nous aurions pu en demander bien davantage s'il avait été pour Van Ruijven. » Il était clair que si c'était lui qui peignait, c'était elle qui négociait les affaires.

Le boulanger trouva lui aussi le tableau à son goût. Le jour où il vint le voir, l'atmosphère fut bien différente de celle de la visite compassée de Van Ruijven et son épouse venus, quelques mois plus tôt, regarder leur tableau. Le boulanger arriva en famille, avec plusieurs de ses enfants et une ou deux de ses sœurs. C'était un homme jovial, au visage à jamais rubicond à cause de la chaleur de ses fours. Ses cheveux semblaient saupoudrés de farine. Il refusa le vin que lui offrit Maria Thins, préférant une chope de bière. Il aimait les enfants, aussi insista-t-il pour que les quatre filles et Johannes aient la permission de pénétrer dans l'atelier. De leur côté, les enfants l'aimaient bien également; à chacune de ses visites, il leur apportait un coquillage pour agrandir leur collection. Cette fois, il s'agissait d'une conque de la taille de ma paume, rugueuse, hérissée de piquants, à l'extérieur blanc strié de jaune pâle et à l'intérieur rose nacré d'orange. Les filles en furent ravies, elles coururent chercher leurs autres coquillages, s'amusant dans le débarras avec les enfants du boulanger tandis que Tanneke et moi servions les invités dans l'atelier. Le boulanger se déclara satisfait du tableau. «Ma fille a bonne allure, c'en est assez pour moi», conclut-il.

Après cela, Maria Thins se lamenta qu'il ne l'avait pas examiné d'aussi près que Van Ruijven, que ses sens étaient émoussés par la bière et le désordre dont il s'entourait. Je n'étais pas d'accord, mais n'en dis mot. Il me sembla que le boulanger avait eu une réaction honnête devant le tableau. Van Ruijven, lui, en faisait trop lorsqu'il regardait un tableau, y allant à coups de paroles mielleuses et de mines étudiées. Il était par trop conscient de se produire devant un public, alors que le boulanger, lui, se contentait de dire ce qu'il pensait.

J'allai jeter un coup d'œil sur les enfants qui jouaient dans le débarras. Vautrés par terre, ils étaient occupés à trier des coquillages, mettant du sable partout. Les bahuts, les livres, les assiettes et les coussins ne les intéressaient pas.

Cornelia descendit l'échelle du grenier. Elle sauta les trois derniers échelons et poussa un hurlement triomphant en s'étalant par terre. Elle me lança un bref regard, véritable défi. L'un des fils du boulanger, de l'âge d'Aleydis, grimpa quelques échelons et sauta par terre, suivi d'Aleydis et de deux autres enfants.

Je n'avais jamais compris comment Cornelia avait réussi à se rendre au grenier pour y voler la garance qui avait taché de rouge mon tablier. Sournoise par nature, elle s'échappait sitôt qu'on avait le dos tourné. Je n'avais mentionné son chapardage ni à Maria Thins ni à lui, n'étant pas sûre qu'ils me croiraient. En revanche je veillais désormais à garder les couleurs sous clef sitôt que mon maître ou moi étions absents.

Je ne lui dis rien en la voyant ainsi vautrée par terre à côté de Maertge, me contentant, ce soir-là, de vérifier que mes affaires étaient bien là. Tout y était, mon carreau en faïence brisé, mon peigne en écaille, mon livre de prières, mes mouchoirs brodés, mes cols, mes chemisiers, mes tabliers et mes coiffes. Je les comptai et les repliai.

Je passai ensuite les couleurs en revue, pour

être sûre. Elles étaient, elles aussi, bien rangées, personne ne semblait avoir touché au bahut.

Sans doute se comportait-elle simplement comme une enfant, grimpant à l'échelle pour en sauter, cherchant à jouer plutôt qu'à inventer quelque mauvais tour.

*

Le boulanger prit possession de son tableau en mai, mais mon maître ne commença pas le tableau suivant avant le mois de juillet. Un tel délai m'inquiétait, car je m'attendais à ce que Maria Thins me le reproche, même si nous savions l'une et l'autre que je n'y étais pour rien. Et voici qu'un jour j'entendis cette dernière confier à Catharina qu'un ami de Van Ruijven, voyant le tableau représentant l'épouse de ce dernier parée de son collier de perles, avait estimé que mieux vaudrait qu'elle regarde vers nous plutôt que dans un miroir. Van Ruijven avait donc décidé qu'il voulait un tableau montrant le visage de son épouse tourné vers le peintre. « Il ne peint pas souvent ses modèles dans cette pose », avait-elle remarqué.

Je n'avais pu entendre la réponse de Catharina. Je cessai un instant de balayer la chambre des filles.

« Rappelle-toi la dernière fois, avait insisté Maria Thins, soucieuse de lui rafraîchir la mémoire. Oui, la servante ! Souviens-toi de Van Ruijven et de la servante à la robe rouge ! »

Catharina avait réprimé un éclat de rire.

« C'est la dernière fois dans un de ses tableaux

que le modèle vous regarde, poursuivit Maria Thins, et quel scandale ! J'étais sûre et certaine qu'il refuserait la suggestion de Van Ruijven, mais figure-toi qu'il l'a acceptée. »

*

Je ne pouvais poser de questions à Maria Thins, elle aurait deviné que je les avais écoutées. Je ne pouvais pas non plus en poser à Tanneke car elle ne m'aurait jamais répété le moindre commérage. Aussi, un jour, profitant de ce qu'il n'y avait pas beaucoup de clients à son étal, je demandai à Pieter fils s'il avait entendu parler de la servante à la robe rouge.

« Oh ! oui ! Cette histoire a fait le tour du marché à la viande ! » répondit-il en riant. Il se pencha et entreprit de réarranger les langues de bœuf de l'éventaire. « Ça remonte à quelques années. Il semblerait que Van Ruijven ait voulu qu'une de ses filles de cuisine pose avec lui pour un tableau. Ils l'ont vêtue d'une des robes de son épouse et Van Ruijven a veillé à ce qu'il y ait du vin dans le tableau pour la faire boire chaque fois qu'ils posaient. Bien sûr, elle s'est retrouvée enceinte de Van Ruijven avant que le tableau soit terminé.

— Et qu'est-il advenu d'elle ? »

Pieter haussa les épaules : « Qu'est-ce qui arrive à des filles comme ça ? »

À ces mots, mon sang se figea dans mes veines. Il était clair que j'avais déjà entendu des histoires de ce genre, mais aucune ne m'avait affectée d'aussi près. Je me revis rêvant de porter les vêtements de Catharina, je revis Van Ruijven me prenant par le menton dans le couloir, je le réentendis disant à mon maître : «Vous devriez faire son portrait.»

Pieter avait laissé là ce qu'il faisait, il me regardait d'un air désapprobateur. «Pourquoi vouliez-vous connaître l'histoire de cette fille?

— Pour rien, répondis-je d'un ton dégagé. C'est juste quelque chose que j'avais entendu raconter. C'est tout.»

*

Je n'étais pas là lorsqu'il avait disposé les éléments du tableau de la fille du boulanger, car je ne lui servais pas encore d'assistante. En revanche, la première fois que l'épouse de Van Ruijven vint poser pour lui, j'étais au grenier en train de travailler, je pouvais ainsi entendre ce qu'il disait. Femme silencieuse, elle suivait sans bruit ses directives. Même ses chaussures délicates ne résonnaient pas sur le dallage. Il la pria de se tenir près de la fenêtre aux volets ouverts, puis il lui demanda de s'asseoir sur une des deux chaises aux têtes de lion placées autour de la table. Je l'entendis fermer des volets. «Ce tableau sera plus sombre que le précédent», déclara-t-il.

Elle ne réagit pas. On aurait dit qu'il se parlait à lui-même. Au bout d'un moment, il m'appela. J'entrai. «Griet, me dit-il, allez chercher le mantelet jaune de ma femme, ainsi que son collier de perles et ses boucles d'oreilles.» Catharina étant partie passer l'après-midi chez des amies, je ne pouvais lui demander ses bijoux, ce que, je l'avoue, j'aurais redouté. Je décidai d'aller trouver Maria Thins dans la salle de la Crucifixion. Cette dernière m'ouvrit le coffret à bijoux de Catharina et me tendit son collier et ses boucles d'oreilles. Je sortis ensuite le mantelet du placard de la grande salle, le secouai et le posai bien plié sur mon bras. C'était la première fois que je le touchais. J'enfouis mon nez dans la fourrure, douce comme celle d'un lapereau.

Dans le couloir qui menait à l'escalier, j'éprouvai le soudain désir de m'enfuir avec ces richesses. J'aurais pu courir jusqu'à l'étoile de la place du Marché, choisir une direction et ne jamais revenir.

Au lieu de cela, je les rapportai à l'épouse de Van Ruijven, l'aidant à enfiler le mantelet. Elle le portait comme si c'était une seconde peau. Après avoir glissé les tiges des boucles d'oreilles dans les trous des lobes, elle passa les perles autour de son cou. J'avais saisi les rubans pour nouer le collier, quand il ordonna. « Ne mettez pas le collier, laissez-le sur la table. »

Elle se rassit. Il fit de même et se mit à l'étudier. Cela ne semblait pas la gêner, elle laissait son regard errer dans l'espace, sans rien voir, comme il avait essayé de me l'apprendre.

« Regardez-moi », dit-il.

Elle le regarda. Elle avait de grands yeux sombres, presque noirs.

Il posa un tapis de table mais le remplaça par l'étoffe bleue. Il aligna les perles sur la table, puis il en fit un tas avant de les réaligner à nouveau. Il lui demanda de se lever et ensuite de s'asseoir, d'abord en se penchant en arrière, puis en avant.

Je crus qu'il avait oublié que j'observais tout cela depuis un coin de l'atelier, quand je l'entendis me dire : « Griet, allez me chercher la houppette de Catharina. » Il lui demanda de la tenir contre son visage, puis de la poser sur la table sans la lâcher et enfin de la laisser sur le côté. Il me la tendit alors. « Remportez-la », dit-il.

Quand je revins, il lui avait donné une plume et une feuille de papier. Assise sur la chaise, penchée en avant, elle écrivait, un encrier près d'elle. Il ouvrit deux des volets du haut, en ferma deux d'en bas. La pièce s'assombrit, mais la lumière éclairait son front arrondi, son bras posé sur la table et la manche de son mantelet jaune.

« Avancez légèrement la main, dit-il. Comme ça. »

Elle se mit à écrire.

« Regardez-moi », dit-il.

Elle le regarda.

Il alla chercher une carte dans le débarras, l'accrocha au mur derrière elle, puis il l'enleva. Il essaya un petit paysage, un tableau représentant un bateau, le mur nu. Puis il disparut au rez-de-chaussée.

En son absence, j'observai l'épouse de Van Ruijven. Peut-être était-ce impoli de ma part, mais je tenais à voir ce qu'elle allait faire. Elle ne bougea pas. Elle sembla s'installer plus complètement dans la pose. Le temps qu'il revienne avec une nature morte aux instruments de musique, on aurait pu croire qu'elle avait toujours été assise à cette table, en train d'écrire une lettre. J'avais entendu dire qu'il l'avait déjà représentée jouant du luth dans un tableau antérieur à celui du collier de perles. Depuis, elle devait avoir compris ce qu'il voulait d'un modèle. Peut-être était-elle tout simplement pour lui le modèle parfait.

Il accrocha le tableau derrière elle et se rassit pour l'étudier. Tandis qu'ils se regardaient mutuellement, j'eus l'impression que je cessais d'exister. J'aurais voulu retourner à mes couleurs, mais je craignais de troubler cet instant.

« La prochaine fois que vous viendrez, mettez des rubans blancs dans vos cheveux plutôt que des roses et servez-vous d'un ruban jaune pour les attacher sur votre nuque. »

Elle acquiesça d'un signe de tête des plus discrets.

« Détendez-vous. »

Quand il eut pris congé d'elle, je me sentis libre de m'en aller.

*

Le lendemain, il approcha une autre chaise de la table. Le jour suivant, il apporta le coffret à bijoux de Catharina et le posa sur la table. Les serrures des tiroirs étaient incrustées de perles.

Alors que je travaillais dans le grenier, Van Leeuwenhoek amena sa chambre noire. « Il faudra qu'un jour vous ayez la vôtre, lui dit-il de sa voix grave. Mais je dois reconnaître que cela me donne l'occasion de voir ce que vous peignez. Où est le modèle ?

— Elle n'a pas pu venir.

— C'est ennuyeux.

— Non. Griet ! » appela-t-il.

Je descendis l'échelle. En me voyant entrer

dans l'atelier, Van Leeuwenhoek me regarda, stupéfait. Il avait les yeux d'un brun très clair et de lourdes paupières qui lui donnaient l'air somnolent. En fait, loin d'être somnolent, il était éveillé et intrigué, les lèvres crispées. Si étonné fût-il de me voir, il garda une expression pleine de bienveillance et, une fois revenu de sa surprise, il s'inclina même pour me saluer.

Aucun monsieur ne s'était jamais incliné devant moi. Je ne pus m'empêcher de sourire.

Van Leeuwenhoek rit. « Que faisiez-vous là-haut, ma chère enfant ?

— Je broyais des couleurs, Monsieur. »

Il se tourna vers mon maître. « Une assistante ! Quelle autre surprise me réservez-vous ? Bientôt, vous lui enseignerez à peindre vos modèles à votre place ! »

Sa remarque n'eut pas l'heur d'amuser mon maître. « Griet, dit-il, asseyez-vous de la même façon que l'épouse de Van Ruijven l'autre jour. »

J'avançai avec inquiétude vers la chaise et m'assis, veillant à me pencher en avant, comme elle.

« Prenez la plume. »

Je la pris. Ma main tremblait, la plume vibrait. Je plaçai mes mains ainsi que je le lui avais vu faire, et appris à écrire mon nom, mais pas grand-chose d'autre. Au moins, je savais tenir une plume. Je jetai un coup d'œil sur les feuilles de papier, curieuse de savoir ce que l'épouse de Van Ruijven avait écrit. J'arrivais à peu près à lire des ouvrages aussi familiers que mon livre de prières, mais je n'aurais pas pu déchiffrer l'écriture d'une dame.

« Regardez-moi. »

Je le regardai. Je m'efforçai d'être l'épouse de Van Ruijven.

Il s'éclaircit la voix. « Elle portera le mantelet jaune », annonça-t-il à Van Leeuwenhoek qui approuva de la tête.

Mon maître se leva, ils installèrent la chambre noire, l'orientant vers moi, puis ils se relayèrent pour regarder à l'intérieur. Sitôt qu'ils furent courbés au-dessus de celle-ci, la tête sous la robe noire, il me fut plus aisé de rester là, assise, sans penser à rien, comme il le souhaitait.

Il demanda plusieurs fois à Van Leeuwenhoek de déplacer le tableau accroché au mur du fond puis, enfin satisfait de sa position, il lui fit ouvrir et refermer les volets, tout en gardant lui-même la tête sous la robe noire. Ayant obtenu l'effet recherché, il se leva, replia la robe noire, la posa sur le dossier de la chaise et alla prendre sur le bureau un papier qu'il tendit à Van Leeuwenhoek. Ils entamèrent une discussion à son sujet, il s'agissait d'affaires de la Guilde au sujet desquelles mon maître voulait son avis. Ils parlèrent longtemps.

Van Leeuwenhoek finit par lever la tête. « Pour l'amour de Dieu, cher ami, laissez cette demoiselle retourner à son travail. » Mon maître me regarda, étonné de me voir toujours assise devant la table, la plume à la main. « Griet, vous pouvez aller. »

En partant, je crus lire certaine compassion sur le visage de Van Leeuwenhoek.

*

Il laissa la chambre noire plusieurs jours dans l'atelier, il me fut donc possible de regarder au travers à plusieurs reprises alors que je me trouvais seule. Je passai ainsi un certain temps à étudier les objets sur la table. Quelque chose au sujet de la scène qu'il allait peindre me gênait. Cela revenait à regarder un tableau accroché de travers, je voulais changer quelque chose mais ne savais quoi. La chambre noire ne me donna pas de réponse.

Un jour, l'épouse de Van Ruijven revint, il la regarda un long moment dans la chambre noire. Tandis qu'il avait la tête couverte, je traversais l'atelier sur la pointe des pieds pour ne pas les déranger. Je restai un moment derrière lui pour regarder la composition où, cette fois, elle figurait. Elle devait m'avoir vue, mais elle n'en montra rien, continuant à le regarder fixement de ses yeux sombres.

Il me vint à l'esprit que la scène était trop bien ordonnée. Même si j'attachais beaucoup de prix à l'ordre, je savais, d'après ses autres tableaux, que la table devait présenter quelque désordre, un détail qui provoquât l'attention. J'étudiai chaque objet, le coffret à bijoux, le tapis de table bleu, les perles, la lettre, l'encrier, décidant ce que je changerais. Je remontai sans bruit au grenier, étonnée de ma propre audace.

Une fois que je perçus clairement la façon dont il devrait modifier la scène, je m'attendis à ce qu'il change quelque chose.

Il ne déplaça rien sur la table. Il ajusta légèrement l'ouverture des volets, l'inclinaison de sa tête, l'angle de la plume, mais il ne changea pas ce à quoi je m'attendais.

J'y pensais en essorant les draps ou en tournant la broche pour Tanneke, j'y pensais en lavant les dalles de la cuisine ou en rinçant les couleurs. J'y pensais, le soir, dans mon lit, il m'arrivait même de me lever pour regarder une fois de plus. Non, je ne me trompais pas. Il finit par rendre la chambre noire à Van Leeuwenhoek.

Chaque fois que je regardais la composition, ma poitrine se serrait, comme si quelque chose l'opprimait.

Il posa une toile sur le chevalet et la couvrit d'une couche de céruse et de craie mélangées à de la terre de Sienne et de l'ocre jaune.

Ma poitrine se serra plus encore, je continuai à attendre…

Il esquissa dans les tons fauves les contours de la femme et de chaque objet. Quand il se mit à poser les «fausses» couleurs, je crus que ma poitrine allait éclater telle une outre trop pleine.

Un soir, alors que j'étais couchée, je décidai qu'il me faudrait procéder moi-même au changement.

Le lendemain matin, en faisant le ménage, je repoussai avec précaution le coffret à bijoux, réalignai les perles, déplaçai la lettre, astiquai l'encrier et le déplaçai également. Je respirai à peine puis, d'un geste rapide, je tirai sur le devant de la nappe bleue, donnant ainsi l'impression qu'elle sortait de l'ombre, puis j'en rabattis un pan, dégageant un angle de la table devant le coffret à bijoux. J'arrangeai les plis, puis je reculai pour voir l'effet produit. L'étoffe ainsi pliée suivait la forme du bras tenant la plume.

Oui, pensai-je, en serrant les lèvres, il peut me renvoyer pour avoir changé quelque chose mais c'est mieux maintenant.

Cet après-midi-là, je ne montai pas au grenier, malgré tout le travail qui m'attendait là-haut, préférant aller raccommoder des chemises sur le banc devant la maison, en compagnie de Tanneke. Il n'avait pas pénétré dans son atelier ce matin-là, mais s'était rendu à la Guilde avant d'aller déjeuner chez Van Leeuwenhoek. Il n'avait pas encore vu le changement.

J'attendis avec angoisse sur le banc. Même Tanneke qui, ces jours-ci, feignait de ne pas me voir remarqua mon humeur : « Qu'est-ce qui t'arrive, ma fille ? » demanda-t-elle. Elle s'était mise à m'appeler « ma fille » comme sa maîtresse. « Tu te comportes comme l'agneau qu'on mène à l'abattoir. »

« Ce n'est rien, dis-je. Racontez-moi ce qui s'est passé lors de la dernière visite du frère de Catharina. J'en ai entendu parler au marché, on parle encore de vous », ajoutai-je dans l'espoir de la distraire et de la flatter, autant que pour dissimuler la maladresse avec laquelle j'avais éludé sa question. Tanneke se redressa un instant, jusqu'à ce qu'elle se rappelle d'où venait la question. « Cela ne te regarde pas, rétorqua-t-elle. Ce sont des histoires de famille, ce n'est pas pour des gens comme toi. »

Quelques mois plus tôt, elle eût été ravie de raconter une histoire, la présentant sous son jour le plus noble, mais la question venait de moi et je ne méritais pas sa confiance, pas plus que je ne méritais qu'elle m'honorât de ses racontars. Dieu sait pourtant s'il devait être difficile pour elle de laisser passer une occasion de se mettre en valeur !

C'est alors que je le vis venir vers nous sur l'Oude Langendijck, son chapeau incliné de façon à protéger son visage du soleil printanier, son manteau sombre flottant derrière ses épaules. Je ne parvenais pas à le regarder tandis qu'il s'approchait de nous.

« Bon après-midi, Monsieur, s'écria Tanneke changeant de ton de voix.

— Bonjour, Tanneke. Alors, vous profitez du soleil ?

— Oh ! oui, Monsieur, j'aime bien ça, moi, avoir le soleil sur le visage. »

Je gardais les yeux sur les reprises que j'avais faites. Je sentais le regard de mon maître sur moi.

« Dis bonjour au maître quand il te parle, ma fille. Tes manières sont une honte, me siffla Tanneke à l'oreille.

— C'est à vous qu'il a parlé.

— Comme il se doit, mais tu ferais bien de ne pas être aussi grossière sinon, un de ces jours, tu te retrouveras à la rue. »

Maintenant, il doit être là-haut, me dis-je. Il a sans doute remarqué ce que j'ai fait.

J'attendais, à peine capable de tenir mon aiguille, ne sachant pas au juste ce que j'attendais. Me réprimanderait-il en présence de Tanneke ? Élèverait-il la voix pour la première fois depuis mon entrée à leur service ? Dirait-il que le tableau avait été défiguré ?

Peut-être se contenterait-il de tirer sur l'étoffe bleue pour qu'elle pende comme avant ? Peut-être ne me dirait-il rien ?

Plus tard, je l'entrevis quand il descendait dîner. Il n'avait pas l'air ceci ou cela, heureux ou courroucé, indifférent ou anxieux. Il ne feignit pas de ne pas me voir, mais il ne me regarda pas non plus.

En montant me coucher, j'allai voir s'il avait remis l'étoffe comme elle était avant que j'y touche.

Il n'en était rien. J'approchai ma chandelle du chevalet. Mon maître avait réesquissé, cette fois dans des tons fauves, les plis de l'étoffe bleue. Il avait respecté le changement que j'avais suggéré.

Au lit, ce soir-là, je souriais dans l'obscurité.

Le lendemain matin, il entra alors que je nettoyais autour du coffret à bijoux. Jamais il ne m'avait surprise en train de mesurer la distance des objets entre eux. Je posai le bras le long d'un des côtés du coffret que je déplaçai ensuite afin d'épousseter au-dessous et autour. Je levai alors la tête, il m'observait. Il ne dit rien, moi non plus, soucieuse que j'étais de remettre le coffret à l'endroit précis où il se trouvait. Je tamponnai ensuite l'étoffe bleue à l'aide d'un chiffon humide, veillant à préserver les plis que je lui avais donnés. Mes mains tremblaient un peu pendant que je nettoyais.

Une fois que j'eus terminé, je le regardai.

« Dites-moi, Griet, pourquoi avez-vous déplacé la nappe ? » Sa voix avait le même ton que lorsqu'il m'avait questionnée au sujet des légumes, dans la cuisine de mes parents.

Je réfléchis. « Il faut un peu de désordre dans la

composition pour faire ressortir la sérénité du modèle, expliquai-je. Il faut quelque chose qui dérange l'œil tout en lui étant agréable, et ça l'est parce que l'étoffe et son bras sont dans une position similaire. »

Un long silence s'ensuivit. Mon maître contemplait la table. J'attendis, m'essuyant les mains à mon tablier.

« Je n'aurais pas cru que je pouvais apprendre quelque chose d'une servante », finit-il par dire.

*

Un dimanche, ma mère vint se joindre à nous alors que je décrivais le nouveau tableau à mon père. Pieter écoutait, les yeux fixés sur une tache de lumière au sol. Il se taisait toujours lorsque nous parlions des tableaux de mon maître.

Je ne mentionnai pas le changement que j'avais suggéré et que mon maître avait approuvé.

« Je trouve que ses tableaux ne sont pas bons pour l'âme », déclara soudain ma mère. Elle fronçait les sourcils. Jamais jusqu'ici elle n'avait parlé de l'œuvre de mon maître.

Intrigué, mon père se tourna vers elle.

« Disons qu'ils sont bons pour la bourse », lança Frans. C'était l'un des rares dimanches où il nous rendait visite. Ces derniers temps, il semblait ne penser qu'à l'argent. Il m'interrogea sur la valeur de certains objets de la maison de mes maîtres, sur celle des perles et du mantelet représentés dans le tableau, sur celle du coffret incrusté de perles et sur celle de son contenu, il voulut connaître le nombre et la dimension des tableaux accrochés aux murs. Je ne le renseignai guère. J'étais triste de penser cela de mon frère, mais je craignais qu'il ne songe à une façon plus facile de gagner sa vie que l'apprentissage dans une fabrique de carreaux de faïence. Sans doute rêvait-il, mais je ne voulais pas alimenter ses rêves de visions d'objets de valeur à sa portée ou à la portée de sa sœur.

« Qu'entendez-vous par là, mère ? demandai-je, sans tenir compte de la remarque de Frans.

— Il y a quelque chose de pernicieux dans ta description de ses tableaux, expliqua-t-elle. À t'entendre, on croirait que la femme que tu décris est la Vierge Marie, alors qu'il s'agit juste d'une femme en train d'écrire une lettre. Tu donnes à ce tableau une signification qu'il n'a pas ou qu'il ne mérite pas. Il y a des milliers de tableaux à Delft. Tu peux les voir partout, dans une taverne aussi bien que chez un homme riche. Avec deux semaines de gages, tu pourrais en acheter un au marché.

— Si je faisais ça, répondis-je, père et vous n'auriez rien à manger pendant deux semaines et vous mourriez sans voir ce que j'ai acheté. »

Mon père grimaça. Frans, qui s'amusait à faire des nœuds avec un bout de ficelle, s'immobilisa. Pieter me lança un coup d'œil.

Ma mère demeura impassible. Il était peu fréquent qu'elle dise ce qu'elle pensait. En ces rares occasions, ses paroles étaient d'or. « Je vous demande pardon, mère, bredouillai-je. Je ne voulais pas…

— Travailler pour eux a fini par te monter à la tête, interrompit-elle. Tu en oublies qui tu es et d'où tu viens. Nous sommes une famille protestante honorable dont les besoins ne sont déterminés ni par la recherche de l'aisance ni par la mode. »

Je la regardai, piquée au vif par ces paroles, des paroles que je dirais à ma propre fille si je m'inquiétais pour elle. Je reconnaissais leur bienfondé, même si je n'appréciais guère qu'elle me les dît, même si je n'appréciais guère qu'elle mît en question la valeur du tableau de mon maître. Ce dimanche-là, Pieter ne passa pas longtemps dans la ruelle en ma compagnie.

Le lendemain matin, il me fut pénible de regarder le tableau. Après avoir étalé les « fausses » couleurs, il avait esquissé les yeux, le front haut et bombé et une partie des plis de la manche du mantelet. J'avoue que le jaune somptueux m'emplit de ce plaisir coupable que les paroles de ma mère avaient condamné. Au lieu de cela, j'essayai d'imaginer le tableau achevé, accroché dans l'étal de Pieter père, en vente pour dix florins, le simple portrait d'une femme écrivant une lettre.

Ce fut en vain.

Il était de bonne humeur cet après-midi-là, sinon je ne le lui aurais pas demandé. J'avais appris à jauger son humeur, non point d'après le peu qu'il disait ni même d'après l'expression de son visage, il ne laissait guère paraître quoi que ce fût, mais à sa façon d'aller et venir dans l'atelier et le grenier. Quand il était heureux, quand il travaillait bien, il arpentait la pièce d'un pas assuré, précis. S'il avait été musicien, il aurait chantonné ou sifflé tout bas. Quand, au contraire, cela n'allait pas bien, il s'arrêtait, regardait par la fenêtre, ne tenait pas en place, commençait à grimper à l'échelle menant au grenier et, parvenu à mi-hauteur, redescendait.

« Monsieur », hasardai-je, quand il monta au grenier ajouter de l'huile de lin à la céruse que je venais de finir de broyer. Il travaillait à la fourrure de la manche. L'épouse de Van Ruijven n'était pas venue ce jour-là, mais je m'étais aperçue qu'il pouvait peindre certains éléments de son portrait en son absence.

Il me regarda étonné. « Vous disiez, Griet ? »

Maertge et lui étaient les deux seuls de la maison à m'appeler par mon prénom.

« Vos tableaux sont-ils catholiques ? »

Il s'arrêta, le flacon d'huile de lin en suspens au-dessus de la coquille contenant la céruse. Il baissa la main, tapota le flacon contre le dessus de la table.

« Qu'entendez-vous par là ? »

J'avais parlé sans réfléchir, je ne savais que répondre. J'essayai une autre question. « Pourquoi y a-t-il des tableaux dans les églises catholiques ?

— Êtes-vous déjà entrée dans une église catholique, Griet ?

— Non, Monsieur.

— Dans ce cas, vous n'avez jamais vu de tableaux, de statues ou de vitraux dans une église, n'est-ce pas ?

— Non.

— Vous n'avez donc vu des tableaux que dans des maisons, des boutiques ou des auberges ?

— Et au marché.

— Oui, au marché. Aimez-vous regarder des tableaux?

— Oui, Monsieur, j'aime ça. » Je commençais à croire qu'il ne me répondrait pas, qu'il se contenterait de me poser des questions à n'en plus finir.

« Que voyez-vous quand vous en regardez un?

— Eh bien, ce que le peintre a représenté, Monsieur. »

Même s'il approuva d'un signe de tête, je sentis que je n'avais pas répondu ce qu'il aurait souhaité m'entendre répondre.

« Par conséquent, quand vous regardez le tableau dans l'atelier, que voyez-vous?

— Une chose est sûre, je ne vois pas la Vierge Marie », dis-je, plutôt pour défier ma mère que pour répondre à sa question.

Il me regarda, surpris. « Vous vous attendiez à voir la Vierge Marie?

— Oh! non, Monsieur, répliquai-je, troublée.

— À votre avis, ce tableau est catholique?

— Je ne sais pas, Monsieur. Ma mère m'a dit…

— Votre mère n'a pas vu ce tableau, n'est-ce pas?

— Non.

— Dans ce cas, elle ne peut pas vous dire ce que l'on y voit ou ce que l'on n'y voit pas.

— Non. » Il avait beau avoir raison, je n'aimais pas l'entendre critiquer ma mère.

« Ce n'est pas le tableau qui est catholique ou protestant, reprit-il, mais ceux qui le regardent et ce qu'ils s'attendent à voir. Un tableau dans une église est comme une chandelle dans une pièce obscure, on s'en sert pour mieux voir. Elle est un pont entre Dieu et nous-même, mais ce n'est pas une chandelle protestante ou une chandelle catholique, c'est juste une chandelle.

— Nous n'avons pas besoin de ce genre de choses pour nous aider à voir Dieu, rétorquai-je. Nous avons sa parole et c'est assez. »

Il sourit. « Saviez-vous, Griet, que j'ai été élevé protestant ? Je me suis converti lors de mon mariage. Par conséquent, vous n'avez pas besoin de me faire des sermons, j'ai déjà entendu tout ça. »

Je le regardai, ahurie. Je n'avais jamais entendu parler de qui que ce soit ayant décidé un beau jour de ne plus être protestant. J'avais peine à croire qu'il fût vraiment possible de changer, mais il l'avait fait.

Il semblait attendre ma réaction.

« Même si je ne suis jamais entrée dans une église catholique, commençai-je lentement, je crois que si j'y voyais un tableau, il ressemblerait aux vôtres, bien qu'il n'y ait pas de scènes de la Bible, de la Vierge à l'Enfant ou de la Crucifixion. »

J'eus un frisson à la seule pensée du tableau accroché au-dessus de mon lit, quand je dormais à la cave.

Il reprit le flacon et versa avec soin quelques gouttes d'huile dans la coquille. À l'aide de son couteau à palette, il entreprit de mélanger les deux ingrédients jusqu'à ce que la peinture ait la consistance du beurre dans une cuisine où il fait chaud. Je regardai, fascinée par le mouvement du couteau argenté dans la peinture d'un blanc crème.

« Il existe une différence entre catholiques et protestants en ce qui concerne la peinture, m'expliqua-t-il tout en travaillant. Mais elle n'est pas forcément aussi importante que vous pourriez l'imaginer. La peinture peut parfois servir à des fins spirituelles pour les catholiques, mais rappelez-vous aussi que les protestants voient Dieu partout et en toute chose. En peignant des objets courants tels que des tables, des chaises, des coupes, des aiguières, des soldats ou des servantes, ne glorifient-ils pas aussi la création divine ? »

J'aurais souhaité que ma mère l'entende, il aurait même réussi à l'aider à comprendre.

*

Catharina n'appréciait pas de devoir laisser son coffret à bijoux dans l'atelier, car elle ne pouvait y avoir accès. Elle se méfiait de moi, d'une part parce qu'elle ne m'aimait pas, mais aussi parce qu'elle avait trop entendu d'histoires de domestiques volant les petites cuillères en argent de leurs maîtresses. Voler et séduire le maître de maison, voilà ce à quoi s'attendaient ces dames de la part de leurs domestiques.

Comme je l'avais découvert avec Van Ruijven, c'était plutôt l'homme qui courait après la servante que le contraire. Pour lui, une servante ne coûtait rien.

Bien qu'elle lui demandât rarement son avis sur des questions ménagères, Catharina alla demander à son mari d'intervenir. Je n'entendis pas leur conversation, Maertge me la raconta. À cette époque, Maertge et moi nous entendions bien. Elle avait soudain mûri, ne s'intéressant plus aux enfants de son âge, leur préférant ma compagnie le matin, quand je travaillais. Je lui appris à asperger le linge d'eau pour qu'il blanchisse au soleil, je lui appris aussi à retirer les taches de graisse grâce à un mélange de sel et de vin, ou à frotter la semelle du fer à repasser avec du gros sel pour qu'il ne colle pas et ne brûle pas le linge. Elle avait les mains trop délicates pour les faire travailler dans l'eau, aussi lui permettais-je de me regarder tout en refusant de la laisser se les mouiller. Les miennes étaient en triste état, elles étaient calleuses, rouges et crevassées, en dépit des remèdes de ma mère pour les adoucir. J'avais des mains de travailleuse et je n'avais pas encore dix-huit ans.

Maertge me rappelait un peu ma sœur Agnès, c'était une fille pleine de vie, prompte à décider, mais c'était aussi l'aînée, et elle en avait le sérieux. Elle s'était occupée de ses sœurs comme je m'étais occupée de mon frère et de ma sœur. Elle était ainsi devenue une fille réfléchie, qui se méfiait des changements.

« Maman veut récupérer son coffret à bijoux », m'annonça-t-elle alors que nous passions près de l'étoile de la place du Marché, en nous rendant aux halles. « Elle en a parlé à papa.

— Qu'a-t-il répondu ? » Les yeux fixés sur les branches de l'étoile, je m'efforçai de prendre un ton détaché. J'avais remarqué, ces temps derniers, que, chaque matin, lorsqu'elle ouvrait pour moi la porte de l'atelier, elle jetait un coup d'œil dans la pièce où se trouvaient ses bijoux.

Maertge hésita. «Maman n'est pas contente de savoir que vous passez la nuit là-haut avec ses bijoux», finit-elle par m'avouer. Elle n'ajouta pas que ce qui inquiétait, en fait, Catharina, c'était que je ramasse les perles sur la table, mette le coffret sous mon bras et m'échappe par la fenêtre vers une autre ville et une autre vie. Maertge essayait de m'avertir à sa façon. «Elle veut que vous retourniez dormir en bas, poursuivit-elle. La nourrice s'en ira bientôt, et il n'y a pas de raison de vous laisser au grenier. Elle a même dit que c'était ou le coffret à bijoux ou vous.

— Et qu'a répondu votre père?

— Il n'a pas réagi, il va y réfléchir.»

J'avais le cœur gros. Catharina lui avait demandé de choisir entre le coffret à bijoux et moi. Il ne pouvait avoir les deux. Je savais toutefois qu'il n'éliminerait du tableau ni le coffret ni les perles, me permettant ainsi de rester au grenier. Il préférerait se débarrasser de moi, je ne lui servirais plus d'assistante.

Je ralentis le pas. Toutes ces années passées à aller chercher de l'eau, à essorer des vêtements, à laver par terre, à vider des pots de chambre, sans espoir d'entrevoir la moindre beauté, couleur ou lumière dans ma vie, défilèrent devant moi comme une immense plaine, au bout de laquelle on apercevait la mer sans jamais pouvoir l'atteindre. S'il ne m'était plus possible de travailler avec les couleurs, s'il ne m'était plus possible d'être auprès de lui, je ne savais comment je pourrais continuer à travailler dans cette maison.

Une fois arrivées chez le boucher, voyant que

Pieter fils n'était pas là, mes yeux s'emplirent de larmes. Je ne m'étais pas rendu compte que je voulais voir son beau visage empreint de bonté. Si confus que fussent mes sentiments à son égard, il représentait pour moi une façon de m'échapper du quotidien. Il me rappelait l'existence d'un autre monde qui m'était ouvert. Sans doute n'étais-je pas si différente de mes parents qui voyaient en lui leur salut, une façon d'être assurés d'avoir de la viande sur leur table.

Pieter père fut tout aise de voir mes larmes. « Je dirai à mon fils que tu as pleuré en constatant son absence, déclara-t-il en lavant son billot.

— Je vous demande de ne rien en dire, marmonnai-je. À propos, Maertge, que nous faut-il aujourd'hui ?

— Du bœuf pour un ragoût, s'empressa-t-elle de répondre. Quatre livres. »

Je m'essuyai les yeux à un coin de mon tablier. « J'ai une mouche dans l'œil, dis-je brusquement. Peut-être que ce n'est pas si propre que ça par ici. La saleté attire les mouches. »

Pieter père éclata de rire : « Une mouche dans son œil, qu'elle dit ! De la saleté par ici ! Bien sûr qu'il y a des mouches, c'est le sang qui les attire, pas la saleté ! La meilleure viande est la plus rouge, c'est aussi celle qui attire le plus de mouches. Tu t'en apercevras toi-même un jour. Pas besoin de prendre de grands airs avec nous, Madame. »

Il fit un clin d'œil à Maertge. « Et vous, mademoiselle, qu'en pensez-vous ? Notre jeune Griet est-elle en droit de critiquer un endroit où elle-même servira d'ici quelques années ? »

Maertge s'efforça de ne pas paraître froissée, mais elle était de toute évidence surprise de l'entendre ainsi suggérer que je pourrais bien ne pas passer le restant de mes jours dans sa famille. Elle eut le bon sens de ne pas lui répondre, montrant certain intérêt subit pour le bébé qu'une cliente de l'étal voisin tenait dans les bras.

« Je vous en supplie, glissai-je tout bas à Pieter père, ne dites ce genre de choses ni à elle ni à personne de la famille, même pour plaisanter. Je suis leur servante, voilà ce que je suis. Suggérer autre chose est se montrer irrespectueux à leur égard. »

Pieter père me regarda. La couleur de ses yeux variait au gré des caprices de la lumière. Même mon maître aurait eu du mal à les peindre. « Sans doute as-tu raison, concéda-t-il. Je sens qu'il va falloir que je fasse attention quand je te taquinerai ; mais, crois-moi, mon enfant, tu ferais bien de t'habituer aux mouches. »

*

Il ne retira pas le coffret à bijoux et il ne me demanda pas de m'en aller, préférant rapporter chaque soir le coffret, les perles et les boucles d'oreilles à Catharina, qui les enfermait dans le bahut de la grande salle où elle rangeait le mantelet jaune. Le matin, lorsqu'elle ouvrait la porte de l'atelier, elle me tendait le coffret à bijoux, ma première tâche étant de les replacer sur la table et de préparer les boucles d'oreilles les jours où l'épouse de Van Ruijven venait poser. Depuis le seuil de la porte, Catharina me regardait mesurer avec mes bras et mes mains, des gestes qui auraient paru étranges à qui que ce soit. Jamais cependant elle ne me posa de question. Elle n'osait pas. Cornelia devait être au courant du problème avec le coffret à bijoux. Sans doute, comme Maertge, avait-elle entendu ses parents en parler. Peut-être avait-elle flairé quelque chose en surprenant, un matin, Catharina en train d'apporter le coffret ou, un soir, mon maître en train de le rapporter. Quoi qu'elle ait vu ou compris, elle décida une fois de plus qu'il était temps d'attiser les choses.

Elle ne m'aimait pas, sans qu'elle sût trop pourquoi, elle éprouvait à mon égard une vague méfiance. En ce sens, elle rappelait beaucoup sa mère.

Elle commença par une demande, comme elle l'avait fait lors de l'incident du col déchiré ou lors de celui de la peinture rouge sur mon tablier. La matinée était pluvieuse, Catharina se coiffait et Cornelia traînait à ses côtés, la regardant. Étant occupée à empeser le linge dans la buanderie, je ne les entendis pas, mais je suppose que ce fut elle qui suggéra à sa mère de retenir ses cheveux avec des peignes en écaille.

Quelques minutes plus tard, Catharina apparut dans l'embrasure de la porte séparant la buanderie de la cuisine et annonça : « Il me manque un peigne, l'une de vous l'aurait-elle vu ? » Même si elle s'adressait à Tanneke et moi, il était évident qu'elle me scrutait du regard.

« Non, Madame », répondit avec gravité Tanneke, qui arriva de la cuisine et se plaça, elle aussi, dans l'embrasure de la porte, afin d'épier mes réactions.

« Non, Madame », répétai-je. Surprenant un coup d'œil furtif de Cornelia empreint de cette malveillance qui lui était si naturelle, je compris qu'elle avait comploté quelque chose qui me mettrait en cause une fois de plus.

Elle n'aura de cesse que je m'en aille, me dis-je.

« Quelqu'un doit savoir où il se trouve, dit Catharina.

— Voulez-vous que je vous aide à regarder encore une fois dans le placard, Madame ? proposa Tanneke. Ou devrions-nous chercher ailleurs ? ajouta-t-elle, d'un ton plein de sous-entendus.

— Peut-être se trouve-t-il dans votre coffret à bijoux, suggérai-je.

— Peut-être. »

Catharina regagna le couloir. Cornelia fit demi-tour et la suivit.

Je ne pensais pas qu'elle suivrait cette suggestion, puisqu'elle venait de moi. En l'entendant dans l'escalier, je compris toutefois qu'elle se rendait à l'atelier, aussi me hâtai-je de l'y rejoindre, sachant qu'elle aurait besoin de moi. Elle attendait, furieuse, à l'entrée de l'atelier, Cornelia était derrière elle.

« Apportez-moi le coffret », ordonna calmement Catharina, l'humiliation de ne pas pouvoir entrer dans la pièce donnant à son intonation un tranchant que je ne lui connaissais pas. Elle s'exprimait souvent d'un ton sec et d'une voix forte, aussi ce contrôle tranquille dans sa façon de s'exprimer était-il beaucoup plus terrifiant.

Je pouvais entendre mon maître s'affairer au grenier. Je savais ce qu'il faisait, il broyait du lapis pour peindre la nappe. Je pris le coffret et l'apportai à Catharina, laissant les perles sur la table. Sans mot dire, elle l'emporta, traînant toujours Cornelia derrière elle, tel un chat qui s'imagine qu'on va lui donner à manger. Elle se dirigeait vers la grande pièce, prévoyant de vider son coffret afin de vérifier s'il ne manquait rien d'autre. Peut-être manquerait-il autre chose, comment deviner ce qu'une enfant de sept ans décidée à jouer un méchant tour pourrait inventer ? Non, elle ne trouverait pas le peigne dans son coffret, je savais exactement où il était.

Au lieu de la suivre, je montai au grenier.

Il me contempla d'un air étonné, tenant le pilon en suspens au-dessus du bol, toutefois, il ne me demanda pas pourquoi j'étais montée et se remit à broyer le lapis.

J'ouvris le bahut où je rangeais mes affaires et sortis le peigne de son mouchoir. Il était rare que je regarde ce peigne, n'ayant ni l'occasion de le porter dans cette maison ni le temps de l'admirer. Il me rappelait trop le genre de vie que je ne pourrais jamais connaître en tant que servante. En l'examinant, je m'aperçus qu'il ne s'agissait pas du peigne de ma grand-mère, même s'il lui ressemblait beaucoup. La coquille ornant l'extrémité était plus allongée, plus incurvée et chaque lobe était ourlé de minuscules crénelures. Il était à peine plus délicat que celui de ma grand-mère.

Restait à savoir si je reverrais un jour le peigne de ma grand-mère…

Je demeurai si longtemps assise sur mon lit, le

peigne sur mes genoux, qu'il s'arrêta de broyer les couleurs.

« Que se passe-t-il, Griet ? »

Il me parlait avec douceur, ce qui m'encouragea à dire ce que je ne pouvais cacher.

« Monsieur, finis-je par avouer, j'ai besoin de votre aide. »

Je restai dans ma chambre du grenier assise sur mon lit pendant qu'il parlait avec Catharina et Maria Thins. Ils fouillèrent Cornelia, puis les affaires des filles dans l'espoir de retrouver le peigne de ma grand-mère. Maertge le découvrit caché dans la grande coquille que le boulanger leur avait offerte le jour où il était venu voir son tableau. Sans doute était-ce à ce moment-là que Cornelia avait échangé les peignes, elle avait dû descendre du grenier quand les enfants jouaient dans le débarras et avait fait disparaître mon peigne dans la première cachette venue.

C'est à Maria Thins qu'il revint de fouetter Cornelia, mon maître fit bien comprendre que ce n'était pas dans ses obligations de père et Catharina s'y refusa tout en sachant que Cornelia devait être punie. Maertge me raconta plus tard que Cornelia ne pleura pas, affectant un air méprisant pendant la fessée.

Ce fut aussi Maria Thins qui vint me trouver au grenier. « Eh bien ! ma fille, me dit-elle en s'appuyant à la table du mortier, on peut dire que tu as lâché le renard dans le poulailler.

— Mais je n'ai rien fait ! protestai-je.

— Non, mais tu t'es débrouillée pour te créer des ennemis. Pour quelle raison ? Nous n'avons jamais eu autant de problèmes avec des domestiques. »

Elle eut un petit rire, mais derrière ce rire, on la sentait grave. « Disons qu'il t'a soutenue à sa façon, reprit-elle, et cela prévaut sur tout ce que Catharina, Cornelia, Tanneke ou moi pourrions dire contre toi. »

Elle lança le peigne de ma grand-mère sur mes genoux, je l'enveloppai dans un mouchoir, le rangeai dans le bahut, puis je me tournai vers Maria Thins. Si je ne le lui demandais pas maintenant, je ne le saurais jamais. Ce pourrait être la seule et unique fois où elle accepterait de me répondre. « S'il vous plaît, Madame, qu'a-t-il dit ? À mon sujet ? »

Maria Thins me regarda d'un air entendu. « Ne te fais pas d'illusions, ma fille. Il n'a dit que très peu de choses à ton sujet, mais c'était sans équivoque. Du fait qu'il soit descendu et se soit inquiété de cette affaire, ma fille a su qu'il prenait ton parti. Non, il l'a accusée de ne pas élever ses enfants convenablement. Il était, vois-tu, beaucoup plus adroit de la critiquer que de chanter tes louanges.

— A-t-il expliqué que je l'aidais ?

— Non. »

Même si je m'efforçais de ne rien en laisser paraître, cette seule question avait dû révéler mes sentiments.

« Mais je le lui ai dit à elle, sitôt qu'il était parti, précisa Maria Thins. C'est ridicule, toutes ces allées et venues en tapinois, ces cachotteries dans son dos et, qui plus est, sous son propre toit. » On aurait pu croire qu'elle m'en accusait, mais elle marmonna soudain : «J'avais une plus haute opinion de lui. » Elle s'arrêta, comme si elle regrettait d'avoir par trop révélé le fond de ses pensées.

« Quelle a été sa réaction à elle ?

— Disons qu'elle n'apprécie guère, bien sûr, mais elle redoute surtout sa colère. » Maria Thins eut alors une légère hésitation. « Il y a une autre raison pour laquelle elle n'est pas affectée outre mesure, je peux aussi bien t'en faire part dès maintenant : elle attend à nouveau un enfant.

— Un autre ? » laissai-je échapper. J'étais étonnée que Catharina voulût encore un enfant vu le peu de moyens dont ils disposaient.

Maria Thins me tança du regard. « Gare à toi, ma fille.

— Pardonnez-moi, Madame. » Je regrettai sur-le-champ d'avoir dit cela. Ce n'était pas à moi de décider de la taille de leur famille. « Le docteur est venu ? demandai-je, pour me rattraper.

— Pas besoin. Elle en a tous les signes, elle est passée par là un certain nombre de fois. » L'espace d'un instant, le visage de Maria Thins trahit ses pensées, elle-même se demandait s'il était sage d'avoir tant d'enfants. Elle reprit alors son air sombre. « Mène à bien tes tâches habituelles, évite-la et aide-la, mais ne va pas te pavaner devant la maison. Ta place ici n'est pas si assurée que cela. »

J'acquiesçai de la tête et posai mon regard sur ses mains noueuses qui tripotaient sa pipe. Elle alluma celle-ci, tira dessus un moment, puis elle se mit à rire. « Jamais eu autant de problèmes avec une domestique ! Dieu nous bénisse ! »

Le dimanche suivant, j'emportai le peigne chez ma mère. Je ne lui racontai pas ce qui s'était passé, me contentant de lui dire que c'était une parure trop délicate pour une servante.

*

Je constatai certains changements après cet incident. L'attitude de Catharina à mon égard fut ma plus grande surprise. Je m'attendais à ce qu'elle se montre encore plus dure, à ce qu'elle exige davantage de travail de ma part, à ce qu'elle me réprimande à la moindre occasion, à ce qu'elle me mette aussi mal à l'aise que possible. Au lieu de cela, elle semblait avoir peur de moi. Elle retira la clef de l'atelier du précieux trousseau qui pendait sur sa hanche, la rendit à Maria Thins et jamais plus elle n'ouvrit ni ne ferma la porte. Elle laissa son coffret à bijoux dans l'atelier, envoyant sa mère chercher ce dont elle avait besoin. Elle m'évitait dans la mesure du possible et, dès que je m'en fus rendu compte, je pris soin de l'éviter moi aussi.

Jamais elle ne mentionnait mon travail de l'après-midi dans l'atelier. Maria Thins devait lui avoir mis dans la tête que mon aide permettrait à son mari de peindre davantage et de nourrir et l'enfant qu'elle portait et ceux qu'elle avait déjà. Ayant pris à cœur les remarques de ce dernier concernant l'éducation des enfants, qui étaient, après tout, sa principale responsabilité, elle passait davantage de temps avec eux qu'auparavant. Encouragée par Maria Thins, elle entreprit même d'apprendre à lire et à écrire à Maertge et à Lisbeth.

Maria Thins était un être plus subtil, mais son attitude envers moi changea à son tour. Elle se mit à me traiter avec plus de respect. J'étais encore de toute évidence une domestique, mais elle ne me renvoyait pas aussi vite, ne feignait pas de ne pas me voir, comme c'était parfois le cas avec Tanneke. Elle ne serait pas allée jusqu'à me demander mon avis, mais elle m'aidait à me sentir moins exclue de la maisonnée.

Je fus également étonnée de voir Tanneke se radoucir à mon égard. Je finissais par croire qu'elle se complaisait à être en colère et à nourrir des rancunes contre moi, peut-être cela avait-il fini par l'épuiser… Peut-être aussi se disait-elle que mieux valait ne pas être contre moi maintenant qu'il avait pris ouvertement parti pour moi. Peut-être se disaient-ils tous cela. Quelle que fût la raison, elle cessa de me donner un surcroît de besogne en renversant ceci ou cela, elle cessa aussi de maugréer contre moi et de me décocher de féroces regards de côté. Elle ne me donna pas son amitié, mais il devint plus aisé de travailler avec elle.

C'était cruel, sans doute, mais j'avais l'impression d'avoir remporté une victoire sur elle. Elle était plus âgée et elle était dans la maison depuis beaucoup plus longtemps que moi, mais le fait qu'il me montrât certaine préférence comptait nettement plus que sa fidélité et son expérience. Elle aurait pu être très affectée par cette humiliation, mais elle prit mieux la défaite que je ne l'aurais pensé. Tanneke était au fond d'elle-même un être simple qui n'avait aucune envie de se compliquer la vie. La meilleure solution pour elle était donc de m'accepter.

Même si sa mère s'occupait davantage d'elle, Cornelia ne changea pas. Elle était la préférée de Catharina, sans doute parce que son caractère était le plus proche du sien, aussi Catharina ne s'attardait-elle guère à la dompter. Il lui arrivait de me regarder de ses yeux noisette, la tête inclinée, de sorte que ses boucles rousses s'agitaient autour de son visage. Me souvenant de ce que m'avait décrit Maertge, je pensai à cet air méprisant qu'avait affecté Cornelia tandis qu'on la fessait. Et je me dis à nouveau, comme le premier jour : elle me donnera du fil à retordre.

Je veillais discrètement à éviter autant Cornelia que j'évitais sa mère, ne souhaitant pas l'encourager. Je cachai le carreau de faïence brisé, mon beau col en dentelle, ouvrage de ma mère, et mon plus joli mouchoir brodé afin qu'elle ne s'en serve pas contre moi.

Il ne me traita pas différemment après l'incident du peigne. Quand je le remerciai d'avoir parlé en ma faveur, il secoua la tête comme pour chasser une mouche importune.

C'est moi qui le vis différemment, je me sentis son obligée. Je savais que s'il me demandait quoi que ce soit, je ne pourrais refuser. Je ne voyais pas ce qu'il pourrait me demander que je veuille lui refuser mais, néanmoins, je n'aimais pas la situation dans laquelle je me retrouvais.

Il m'avait également déçue, mais je n'aimais

pas revenir là-dessus. J'aurais préféré qu'il dît lui-même à Catharina que je l'aidais, montrant ainsi qu'il n'avait pas peur de le lui avouer, qu'il me soutenait.

Voilà ce que j'aurais voulu.

*

Un après-midi vers la mi-octobre, Maria Thins monta le trouver dans son atelier. Le portrait de l'épouse de Van Ruijven était presque achevé. Elle devait savoir que j'étais en train de travailler au grenier et que je pouvais l'entendre, mais elle lui parla ouvertement.

Elle lui demanda ce qu'il prévoyait de peindre après ce tableau. Voyant qu'il ne répondait pas, elle reprit : « Il faut que vous peigniez un plus grand tableau mettant en scène davantage de personnages, comme vous en peigniez autrefois. Pas une autre femme perdue dans ses pensées. Le jour où Van Ruijven viendra voir son tableau, vous devriez lui en suggérer un autre. Peut-être un dont le sujet fasse pendant à quelque chose que vous avez déjà peint pour lui. Il sera d'accord, comme d'habitude. Et il payera davantage pour celui-là. »

Il ne réagissait toujours pas.

« Nous nous enfonçons dans les dettes, attaqua Maria Thins. Il nous faut cet argent.

— Il peut demander que son épouse figure dans le tableau », dit-il. Sa voix était basse mais je pus saisir ses paroles, même si je ne compris que plus tard ce qu'il entendait par là.

« Et alors ?

— Non, pas ça.

— Nous nous inquiéterons de cela le moment venu, pas avant. »

Quelques jours plus tard, Van Ruijven et son épouse vinrent voir le tableau achevé. Dans la matinée, mon maître et moi préparâmes la pièce en vue de leur visite. Il rapporta à Catharina les perles et les bijoux, me laissant le soin de ranger le reste et sortir les chaises. Il déplaça ensuite le chevalet et le tableau, les mettant là où se trouvait le décor, et me pria d'ouvrir tous les volets.

Ce matin-là, j'aidai Tanneke à préparer un repas en leur honneur. Je ne pensais pas que je les verrais. À midi, quand ils arrivèrent, ce fut Tanneke qui monta porter le vin à l'atelier où ils étaient réunis. Une fois redescendue, elle annonça que c'était moi qui l'aiderais à servir le repas, Maertge étant d'âge à prendre place à leur table. « Ma maîtresse a décidé ça », précisa Tanneke.

Cela me surprit car, la dernière fois qu'ils étaient venus voir leur tableau, Maria Thins s'était efforcée de me tenir à distance de Van Ruijven. Toutefois, je me gardai d'en souffler mot à Tanneke. « Van Leeuwenhoek est-il là lui aussi ? préférai-je demander. Il me semble avoir entendu sa voix dans le couloir. »

Tanneke hocha la tête, l'air absent. Elle goûtait le faisan en train de rôtir. « Pas mauvais, murmura-t-elle, je peux aller la tête aussi haute que n'importe quelle cuisinière de chez Van Ruijven. »

Pendant qu'elle était à l'atelier, j'avais arrosé le

faisan de sauce et l'avais généreusement salé, car Tanneke lésinait sur le sel.

Quand ils furent passés à table, Tanneke et moi commençâmes à apporter les plats. Catharina me regarda, furieuse. Peu habile à cacher ses pensées, elle était horrifiée de me voir servir.

Mon maître n'en croyait pas ses yeux. Il lança un regard glacial à Maria Thins qui feignit l'indifférence derrière son verre de vin.

Toutefois, Van Ruijven arborait un grand sourire. «Ah! voici la servante aux grands yeux! s'exclama-t-il. Je me demandais où tu étais passée. Comment vas-tu, ma fille?

— Très bien, Monsieur, merci», murmurai-je, en posant une tranche de faisan sur son assiette et en m'éloignant aussi vite que possible, pas assez cependant puisqu'il se débrouilla pour passer la main le long de ma cuisse. Je la sentais encore quelques minutes plus tard.

Si l'épouse de Van Ruijven et Maertge ne s'aperçurent de rien, Van Leeuwenhoek, lui, remarqua tout, la rage de Catharina, l'agacement de mon maître, le haussement d'épaules de Maria Thins, la main baladeuse de Van Ruijven. Quand je le servis, il essaya de lire sur mon visage comme s'il cherchait à comprendre comment une simple domestique pouvait causer autant d'ennuis. Il n'y avait aucun reproche dans son expression, ce dont je lui sus gré.

Tanneke avait, elle aussi, remarqué le remous que j'avais causé. Pour une fois elle me vint en aide. Sans que nous ayons besoin de nous dire quoi que ce soit à la cuisine, elle se chargea du service, allant et venant avec la sauce, resservant le vin, passant les plats, tandis que je restais aux fourneaux. Je ne revins qu'une seule fois, avec elle, pour débarrasser la table. Tanneke s'occupa d'office du côté où était assis Van Ruijven, tandis que je retirais les assiettes des autres convives. Le regard de Van Ruijven me suivait partout.

Celui de mon maître aussi.

Je feignis de ne pas les remarquer et d'écouter Maria Thins. Elle parlait du prochain tableau de mon maître. «Vous avez apprécié la leçon de musique, n'est-ce pas? disait-elle. Que pourrait-on souhaiter de mieux que de faire suivre un tel tableau d'une autre composition ayant pour thème la musique? Après une leçon, pourquoi pas un concert, avec davantage de personnages, trois ou quatre musiciens, un public…

— Pas de public! interrompit mon maître. Je refuse de peindre des publics!» Maria Thins le regarda, incrédule.

«Allons, allons! lança amicalement Van Leeuwenhoek. Bien sûr qu'un public est moins intéressant que les musiciens eux-mêmes.»

J'appréciai de le voir ainsi défendre mon maître.

«Peu m'importent les publics, annonça Van Ruijven, mais j'aimerais y figurer. Je jouerai du luth.» Après une pause, il reprit : «Je veux qu'elle y figure, elle aussi.» Je n'eus point à le regarder pour savoir qu'il avait fait un signe de mon côté.

Tanneke agita discrètement la tête en direction de la cuisine et je m'esquivai avec les assiettes que j'avais retirées, lui laissant le soin de terminer.

J'aurais voulu regarder mon maître, mais n'osai. Alors que je sortais de la pièce, j'entendis Catharina lancer d'une voix enjouée : « La bonne idée ! Comme ce tableau où l'on vous voit avec la servante à la robe rouge Vous vous souvenez d'elle ? »

*

Un dimanche, ma mère décida de me parler alors que nous étions seules dans la cuisine. Assis dehors, mon père profitait du soleil de la fin octobre tandis que ma mère et moi préparions le repas. « Tu sais que je n'ai pas l'habitude d'écouter les ragots du marché, commença-t-elle, mais il est difficile de ne pas y prêter attention quand le nom de sa propre fille est mentionné. »

Je pensai tout de suite à Pieter fils. Rien de ce que nous avions pu faire dans cette ruelle ne prêtait à commérage, j'y avais veillé. « Je ne vois vraiment pas ce que vous voulez dire, mère », répondis-je en toute sincérité.

Ma mère ne put retenir une moue réprobatrice. « Le bruit court que ton maître va peindre ton portrait. » À croire que ces seuls mots avaient provoqué cette moue.

Je cessai de remuer ce qui cuisait dans la casserole.

« Qui raconte ça ? »

Ma mère soupira, hésitant à faire circuler des racontars. « Des femmes qui vendent des pommes. »

Voyant que je ne réagissais pas, elle imagina le pire. « Écoute, Griet, pourquoi ne m'en avais-tu rien dit ?

— Mais je n'en savais rien moi-même, mère. Personne ne m'en a soufflé mot ! »

Elle ne me croyait pas.

« C'est la vérité, insistai-je. Mon maître ne m'en a rien dit, Maria Thins ne m'en a rien dit. Je fais le ménage de son atelier, c'est tout. C'est bien tout ce que j'ai à voir avec ses tableaux. » Je ne lui avais jamais mentionné mon travail au grenier. « Comment préférez-vous croire de vieilles bonnes femmes qui vendent des pommes plutôt que votre fille ?

— Quand on parle de quelqu'un au marché, c'est, en général, qu'il y a une raison, même si celle-ci est déformée. » Ma mère alla chercher mon père. Elle ne reviendrait pas sur ce sujet aujourd'hui, mais je commençai à craindre qu'elle n'ait raison. Je serais la dernière à être prévenue.

Le lendemain, en me rendant au marché à la viande, je décidai de questionner Pieter père sur cette rumeur, n'osant en parler à son fils. Si ce commérage était parvenu aux oreilles de ma mère, sans doute était-il aussi parvenu aux siennes et je savais qu'il ne l'apprécierait guère. Même s'il ne me l'avait jamais dit, il était clair qu'il était jaloux de mon maître.

Pieter fils n'était pas à l'étal. Je n'eus pas à attendre longtemps avant que Pieter père fasse allusion à ces bavardages. « Qu'est-ce que j'apprends ? lança-t-il avec un petit sourire narquois en me voyant approcher. Alors, on va peindre ton portrait ? D'ici peu tu seras trop grande dame pour mon fils et ses semblables. Il est parti en boudant au marché aux bestiaux à cause de toi.

— Racontez-moi ce que vous avez entendu à mon sujet.

— Oh! Mademoiselle veut qu'on le lui raconte une fois de plus? » Il éleva la voix. «Devrais-je tourner cela en un joli conte pour faire la joie de quelques autres?

— Chut! » murmurai-je. Sous son air bravache, je sentis qu'il était en colère. «Dites-moi juste ce que vous avez entendu. »

Il baissa la voix : «Que la cuisinière de Van Ruijven prétend que tu vas poser pour un tableau en compagnie de son maître.

— Je ne sais rien de tout cela », déclarai-je avec fermeté, consciente que ces mots n'auraient pas plus d'effet sur lui qu'ils n'en avaient eu sur ma mère. Pieter père saisit une poignée de rognons. «Ce n'est pas à moi qu'il faut expliquer cela », reprit-il en les soupesant.

J'attendis quelques jours avant de m'en ouvrir à Maria Thins, curieuse de voir d'abord si quelqu'un m'en parlerait. J'allai la trouver un après-midi dans la salle de la Crucifixion. Catharina faisait la sieste et Maertge avait emmené ses sœurs au marché aux bestiaux. Tanneke était à la cuisine, elle surveillait Johannes et Franciscus, tout en cousant.

«Puis-je vous parler, Madame? dis-je à mi-voix.

— Que se passe-t-il, ma fille? » Elle alluma sa pipe, m'observant à travers la fumée. «Encore des problèmes? » Elle semblait lasse.

«Je ne sais pas, Madame, mais j'ai entendu raconter quelque chose d'étrange.

— Oh! nous en entendons tous un jour ou l'autre!.

— J'ai entendu dire que… que j'allais figurer dans un tableau, avec Van Ruijven. »

Maria Thins partit d'un petit rire. «Voilà certes une bien étrange nouvelle ! Les langues vont bon train au marché, pas vrai ? »

J'acquiesçai d'un signe de tête.

Elle se rassit dans son fauteuil et tira sur sa pipe. «Et toi, dis-moi, que penserais-tu de figurer dans un tableau de ce genre ? »

Je ne sus que répondre. «Ce que j'en penserais, Madame ? répétai-je, abasourdie.

— Je ne perdrais pas mon temps à poser la question à certaines personnes. Regarde Tanneke, par exemple. Quand il a fait son portrait, elle a posé béatement, versant du lait pendant des mois, sans laisser une pensée entrer dans cette tête, Dieu la bénisse ! Mais toi… Les pensées fourmillent dans ta tête, mais tu les gardes pour toi. J'aimerais bien les connaître. »

Je répondis la seule chose sensée qu'elle pût comprendre. «Je ne souhaite pas poser en compagnie de Van Ruijven, Madame. Je ne crois pas que ses intentions soient honorables. » Un verdict glacial.

«Ses intentions ne sont jamais honorables lorsqu'il s'agit de jeunes femmes. »

Je m'essuyai fébrilement les mains à mon tablier.

«Il semblerait que tu aies un champion prêt à défendre ton honneur, poursuivit-elle. Mon gendre paraît plus disposé à te peindre avec Van Ruijven que tu ne l'es, toi, à poser avec ce dernier. »

Je ne tentai pas de cacher mon soulagement.

« Toutefois, me prévint Maria Thins, Van Ruijven est son client et, qui plus est, il est riche et puissant, aussi ne pouvons-nous nous permettre de le désobliger.

— Que lui direz-vous, Madame ?

— J'y réfléchirai. En attendant, tu seras en butte aux racontars. N'y réponds pas, il ne faut surtout pas que Van Ruijven apprenne par ces commérages de marché que tu refuses de poser en sa compagnie. »

Je devais avoir l'air mal à l'aise. « Ne t'inquiète pas, ma fille, grommela Maria Thins en tapotant sa pipe sur la table pour en faire tomber les cendres. Nous en faisons notre affaire. De ton côté, sois discrète et fais ton travail, et pas un mot de cela à qui que ce soit.

— Oui, Madame. »

J'en parlai pourtant à une personne, sentant qu'il le fallait.

Il m'avait été assez aisé d'éviter Pieter fils. Il y avait, en effet, cette semaine-là, des ventes aux enchères de bestiaux qu'on avait engraissés tout l'été et tout l'automne à la campagne afin de les mener à l'abattoir au début de l'hiver. Pieter s'était rendu chaque jour à ces ventes.

L'après-midi qui suivit ma conversation avec Maria Thins, je m'esquivai, espérant le trouver au marché, juste au coin de l'Oude Langendijck. L'ambiance y était plus calme à cette heure-là que dans la matinée les jours d'enchères. En effet, beaucoup d'animaux avaient déjà été emmenés par leurs nouveaux propriétaires. Sous les platanes entourant le petit jardin public, des hommes comptaient leur argent, s'entretenaient des affaires qui avaient été négociées. Les feuilles des arbres avaient jauni, elles étaient tombées, se mêlant à la bouse et à l'urine, dégageant une odeur que je pus détecter bien avant d'arriver au marché.

Pieter fils était assis avec un autre homme devant une des tavernes du square, une chope de bière à la main. Il était en grande conversation, aussi ne remarqua-t-il pas que je me tenais silencieuse près de sa table. Ce fut son compagnon qui leva la tête et donna un coup de coude à Pieter pour lui signaler ma présence.

«J'aimerais vous parler un moment», m'empressai-je de dire pour ne pas donner à Pieter la chance de paraître étonné.

Son compagnon se leva immédiatement et me proposa de m'asseoir à sa place.

«Pourrions-nous marcher un peu? suggérai-je, tendant la main vers le petit jardin public.

— Bien sûr», répondit Pieter. Il salua son ami de la tête et traversa la rue derrière moi. À en juger par son expression, on ne pouvait dire s'il était ou non heureux de me voir.

«Comment se sont passées les ventes de la journée?» demandai-je, embarrassée, les menus propos n'étant pas mon fort.

Pieter haussa les épaules. Il me prit par le coude pour me faire éviter de marcher dans une bouse, puis il me relâcha.

Je ne pouvais plus attendre : «Au marché, il y a des bruits qui courent à mon sujet, dis-je.

— Il y a toujours des ragots sur chacun de nous

à un moment ou à un autre, répliqua-t-il d'un ton détaché.

— Ce que l'on raconte n'est pas exact, je ne figurerai pas dans un tableau avec Van Ruijven.

— Van Ruijven a un penchant pour vous. Mon père me l'a dit.

— Quoi qu'il en soit, je ne vais pas figurer dans un tableau avec lui.

— C'est un homme très puissant.

— Pieter, je vous demande de me croire.

— C'est un homme très puissant et, vous, vous êtes une servante. Qui donc, à votre avis, gagnera la partie ?

— Vous vous imaginez que je vais finir comme la servante à la robe rouge.

— Juste si vous buvez son vin. » Pieter me regardait calmement.

« Mon maître n'a pas l'intention de me peindre en compagnie de Van Ruijven », finis-je par dire au bout d'un moment, à regret, car j'avais décidé, dès le début, de ne pas mentionner mon maître.

« C'est bien. Et je ne veux pas non plus qu'il fasse votre portrait. »

Je m'arrêtai et fermai les yeux. La proximité de ces effluves animaux commençait à me faire défaillir.

« Vous êtes en train de vous faire prendre là où vous ne devriez pas être, Griet, dit Pieter, radoucissant sa voix. Leur monde n'est pas le vôtre. »

J'ouvris les yeux et reculai d'un pas. « Je suis venue vous expliquer que ces rumeurs sont fausses, et non pour que vous m'accusiez. Maintenant, je m'en veux de m'être donné cette peine.

— Non, vous auriez tort. Je vous crois, moi. » Il soupira. « Mais vous ne maîtrisez guère la situation et je suis sûr que vous vous en rendez compte, n'est-ce pas ? »

Voyant que je ne répondais pas, il reprit : « Si votre maître voulait peindre un tableau vous représentant avec Van Ruijven, croyez-vous vraiment que vous seriez en mesure de refuser ? »

C'était là une question que je m'étais posée et à laquelle je n'avais pas trouvé de réponse.

« Merci de m'avoir rappelé que je suis sans défense, répliquai-je d'un ton aigre-doux.

— Avec moi, vous ne le seriez pas. Nous aurions notre commerce, nous subviendrions à nos besoins, nous mènerions nos vies comme bon nous semblerait. N'est-ce pas ce que vous voulez ? »

Je le regardai, je regardai ses beaux yeux bleus brillants, ses boucles blondes, son visage passionné. J'étais une sotte d'hésiter.

« Je ne suis pas venue ici pour parler de cela. Je suis encore trop jeune. » Je me prévalus de la vieille excuse. Un jour je serais trop vieille pour m'en prévaloir.

« Je ne sais jamais ce que vous pensez, Griet, hasarda-t-il une nouvelle fois. Vous êtes si calme, si discrète. Vous ne dites jamais rien, mais vous n'en pensez pas moins. Je lis parfois dans vos yeux vos pensées secrètes. »

Je lissai ma coiffe, rattrapant avec mes doigts les mèches rebelles. « Tout ce que je veux dire, c'est qu'il n'y aura pas de tableau, déclarai-je, feignant de ne pas l'avoir entendu. Maria Thins me l'a promis, mais vous ne devez le dire à personne. Si au marché on vous parle de moi, ne relevez pas, n'essayez pas de me défendre. Sinon, Van Ruijven pourrait l'apprendre et cela se retournerait contre vous. »

Pieter hocha la tête, l'air malheureux, puis il envoya un coup de pied dans un tas de paille toute crottée. Il ne fera pas toujours preuve d'autant de bon sens, me dis-je. Un jour, il perdra patience.

Pour le récompenser, je me laissai emmener dans une courette entre deux maisons, à l'écart du marché aux bestiaux, et lui permis de caresser mon corps, ses paumes en épousant les courbes. J'essayai d'y trouver plaisir, mais les relents des bestiaux me dérangeaient encore.

Malgré ce que j'avais pu dire à Pieter, je n'étais pas rassurée par la promesse que m'avait faite Maria Thins que je ne figurerais pas dans le tableau. Elle avait beau être une femme redoutable, qui savait mener à bien les affaires et était consciente de sa situation sociale, elle n'était pas Van Ruijven. Je ne voyais pas comment ils auraient pu lui refuser ce qu'il voulait. Il avait voulu un portrait de son épouse tournée vers le peintre, et mon maître avait répondu à ses désirs. Il avait voulu un portrait de la servante à la robe rouge, il l'avait obtenu. S'il me voulait moi, pour quelle raison ne m'obtiendrait-il pas ?

*

Un jour, trois hommes que je n'avais jamais vus arrivèrent avec un virginal solidement arrimé à une voiture à bras. Un jeune garçon les suivait,

portant une viole de gambe plus grosse que lui.
Ces instruments n'appartenaient pas à Van Ruijven,
mais à l'un de ses parents, amateur de musique.
Toute la maisonnée se retrouva pour regarder ces
malheureux se battre pour monter le virginal dans
l'escalier aux marches raides. Cornelia se campa
en bas de celui-ci. Si, par malchance, ils avaient fait
tomber l'instrument, il aurait atterri directement
sur elle. J'avais envie de tendre la main pour la
faire reculer. S'il s'était agi d'un autre des enfants,
je n'aurais pas hésité. Au lieu de cela, je ne bou-
geai pas et ce fut Catharina qui finit par insister
pour qu'elle se mette dans un endroit plus sûr.

Ayant hissé l'instrument, ils l'emportèrent à
l'atelier, sous la supervision de mon maître. Sitôt
qu'ils furent repartis, celui-ci appela Catharina.
Maria Thins la suivit. Quelques instants plus tard,
j'entendis le son du virginal. Les filles s'assirent
sur les marches tandis que Tanneke et moi écou-
tions, debout dans le couloir.

« C'est Madame qui joue ou c'est votre maîtresse ? » demandai-je à Tanneke. Il semblait si
peu probable que ce fût l'une des deux que j'en
conclus que c'était peut-être lui que nous entendions et qu'il avait juste souhaité que Catharina
lui serve d'auditoire.

« C'est la jeune maîtresse, bien sûr, murmura
Tanneke. Sinon pourquoi lui aurait-il demandé
de monter ? C'est qu'elle joue bien, notre jeune
maîtresse. Elle jouait quand elle était enfant, mais
son père a gardé le virginal quand ma maîtresse et lui se sont séparés. N'as-tu donc jamais
entendu la jeune maîtresse se plaindre de ne

pas avoir les moyens d'acheter un instrument de musique?

— Non. » Je réfléchis un moment. « Croyez-vous qu'il fera son portrait? Pour ce tableau avec Van Ruijven? » Tanneke devait avoir entendu le bruit qui courait au marché, mais elle ne m'en avait dit mot.

« Oh! notre maître ne lui demande jamais de poser, elle est incapable de rester en place! »

Au cours des jours qui suivirent, il travailla à la composition du tableau. Il disposa une table et des chaises, souleva le couvercle de l'instrument, décoré d'un paysage de rochers et d'arbres avec un effet de ciel. Il recouvrit d'une nappe la table au premier plan et plaça la viole de gambe au-dessous de celle-ci.

Un jour, Maria Thins me demanda de venir la trouver dans la salle de la Crucifixion. « Écoute, ma fille, me dit-elle, j'aimerais que tu ailles faire quelques courses. Tu iras chez l'apothicaire chercher de la fleur de sureau et de l'hysope, Franciscus tousse maintenant qu'il recommence à faire froid. De là, tu te rendras chez la vieille Mary, la filandière, pour acheter de la laine, juste de quoi tricoter un col pour Aleydis. As-tu remarqué que le sien s'effiloche? »

Elle s'arrêta. On aurait dit qu'elle calculait le temps qu'il me faudrait pour aller d'un endroit à l'autre. « De là, tu passeras chez Jan Mayer pour lui demander quand son frère doit revenir à Delft. Il habite près de la tour Rietveld. C'est près de chez tes parents, n'est-ce pas? Tu pourras aller les trouver. »

Maria Thins ne m'avait jamais autorisée à rendre visite à mes parents en semaine. Je flairai quelque chose. «Van Ruijven doit-il venir cet après-midi, Madame?

— Arrange-toi pour qu'il ne te voie pas, répondit-elle l'air contrarié. Mieux vaudrait que tu sois absente, comme ça, s'il te réclame, nous pourrons lui dire que tu es sortie.»

J'avais envie de rire : devant Van Ruijven nous filions tous comme des lapins, y compris Maria Thins.

Ma mère fut étonnée de me voir cet après-midi-là. Par bonheur, une voisine lui rendait visite, l'empêchant ainsi de me harceler de questions. Mon père, pour sa part, n'était pas réellement intéressé, il avait beaucoup changé depuis mon départ et la mort d'Agnès. Son univers se limitait à sa rue, et il était rare qu'il m'interrogeât sur ce qui se passait à l'Oude Langendijck ou au marché, seuls les tableaux l'intéressaient encore.

«Mère, commençai-je lorsque nous nous assîmes au coin du feu, mon maître a entrepris le tableau au sujet duquel vous m'aviez posé des questions. Van Ruijven est venu le trouver aujourd'hui, il décide de la composition. Tous ceux qui doivent y figurer sont là-bas en ce moment.»

Notre voisine, une vieille femme à l'œil vif, qui raffolait des racontars du marché, me regarda comme si je venais de poser un chapon rôti devant elle. Ma mère fronça les sourcils, elle voyait où je voulais en venir.

Très bien, pensai-je, voilà qui mettra fin aux rumeurs.

*

Il n'était pas lui-même ce soir-là. Je l'entendis rabrouer Maria Thins pendant le souper. Il sortit et revint, sentant la taverne. Je montais me coucher au moment où il rentra. Il me regarda, son visage était las et rouge. Il ne semblait pas en colère, mais épuisé, tel l'homme qui vient de voir tout le bois qu'il lui faudra couper ou la servante qui se retrouve devant des monceaux de lessive.

Le lendemain, l'atelier ne me renseigna guère sur ce qui s'était passé le précédent après-midi. Deux chaises avaient été placées, l'une face au virginal, l'autre le dossier tourné vers le peintre. Un luth avait été posé sur la chaise et une boîte à violon sur la table à gauche. La viole de gambe attendait toujours dans l'obscurité, sous la table. À regarder la composition, il était difficile de savoir combien de personnages figureraient dans le tableau.

Maertge me raconta par la suite que Van Ruijven était venu chez eux, accompagné de sa sœur et de l'une de ses filles.

« Quel âge a cette fille ? ne puis-je m'empêcher de demander.

— Dix-sept ans, je crois. »

Mon âge.

Ils repassèrent quelques jours plus tard. À nouveau, Maria Thins m'envoya faire quelques courses et me conseilla d'aller me divertir hors de la maison, ce matin-là. J'aurais voulu lui rappeler que je ne pourrais pas passer mon temps dehors chaque fois qu'ils viendraient poser, il faisait trop froid pour flâner dans la rue et trop de travail m'attendait. Je me retins toutefois. Sans trop comprendre pourquoi, je sentais un changement imminent, ne sachant pas au juste ce qu'il entraînerait.

Cette fois, il ne m'était plus possible de retourner chez mes parents, ils auraient cru que quelque chose n'allait pas, et m'efforcer de leur prouver le contraire leur eût fait imaginer que la situation était pire qu'elle ne l'était, aussi décidai-je de me rendre à la faïencerie où Frans était en apprentissage. Je n'avais pas revu mon frère depuis qu'il m'avait interrogée au sujet des objets de valeur en la possession de mes maîtres. Ces questions m'avaient irritée, aussi ne m'étais-je pas donné la peine d'aller le revoir.

La gardienne ne me reconnut pas. Je lui demandai si je pouvais apercevoir Frans, elle haussa les épaules et disparut sans m'indiquer comment le trouver. Je pénétrai dans un bâtiment assez bas où des garçons de l'âge de Frans, assis sur des bancs face à de longues tables, peignaient des carreaux de faïence. Ils travaillaient à des motifs simples, n'ayant rien à voir avec la gracieuse élégance de ceux de mon père. La plupart d'entre eux ne touchaient même pas au sujet principal, se contentant de peindre les ornements aux angles des carreaux, les feuilles et autres fioritures, laissant le centre vide pour qu'un maître s'y applique.

Mon arrivée me valut un concert de sifflements stridents qui me donna envie de me boucher les oreilles. Je me dirigeai vers le premier garçon venu et lui demandai où se trouvait mon frère. Il rougit, baissant vivement la tête. Même si j'étais pour eux une diversion salutaire, aucun ne daigna répondre à ma question.

J'aperçus un autre bâtiment, plus petit, mais où il faisait plus chaud car il abritait le four. Frans y était seul, torse nu, dégoulinant de sueur, l'air sinistre. Les muscles de ses bras et de son torse s'étaient développés. Il devenait un homme.

Il avait protégé ses avant-bras et ses mains de bandelettes capitonnées qui lui donnaient l'air gauche, il fallait toutefois être adroit pour rentrer dans le four et en retirer, sans se brûler, ces plateaux couverts de carreaux de faïence. Je préférai ne pas l'appeler pour ne pas l'effrayer car il aurait pu laisser tomber un plateau. Il m'aperçut avant même que je dise quoi que ce soit, et il posa immédiatement le plateau qu'il avait dans les mains.

« Que fais-tu ici, Griet ? Notre mère ou notre père ne vont pas bien ?

— Non, rassure-toi, ils vont très bien, je suis juste venue te trouver.

— Oh ! » Frans défit les bandelettes autour de ses bras, il s'essuya le visage avec un chiffon et but une gorgée de bière. Il s'adossa au mur, roulant les épaules à la manière de ces hommes qui, après avoir déchargé un chaland, relâchent et étirent leurs muscles. C'était la première fois que je le voyais exécuter ce genre de mouvements.

« Tu continues à travailler au four ? Ils ne t'ont pas fait passer à autre chose ? À vernisser ou à peindre comme ces garçons dans l'autre bâtiment ? » Frans haussa les épaules.

« Pourtant ces garçons ont ton âge. Ne crois-tu

pas que… » Je ne pus finir ma phrase en voyant l'expression sur son visage.

« J'ai été puni, marmonna-t-il.

— Pourquoi ? Puni pourquoi ? »

Frans ne répondit pas.

« Écoute, Frans, tu dois me le dire, sinon je dirai à nos parents que tu as des ennuis.

— Je n'ai pas d'ennuis, se hâta-t-il de répondre. J'ai mis le patron en colère, c'est tout.

— Comment ça ?

— J'ai fait quelque chose que sa femme n'a pas apprécié.

— Qu'as-tu fait ? »

Frans hésita. « C'est elle qui a commencé, dit-il doucement. Elle s'est intéressée à moi, vois-tu ? Seulement lorsque, moi, je me suis intéressé à elle, elle est allée le raconter à son mari. Il ne m'a pas renvoyé parce que c'est un ami de notre père. Du coup, je me retrouve au four jusqu'à ce qu'il redevienne de meilleure humeur.

— Voyons, Frans ! Comment as-tu pu être aussi stupide ? Tu sais bien qu'elle n'est pas pour des gars comme toi ! Risquer de perdre ta place pour ça !

— Tu ne comprends pas ce que c'est, bredouilla Frans. Travailler ici, c'est épuisant et lassant. C'était juste une façon de me changer les idées, c'est tout. D'ailleurs toi, tu n'as pas le droit de juger, ton boucher et toi, vous vous marierez et ce sera la belle vie. C'est facile pour toi de me donner des conseils, quand tout ce que je vois ce sont des carreaux de faïence, rien que des carreaux de faïence, à longueur d'interminables journées.

Après tout, pourquoi n'aurais-je pas le droit d'admirer un joli visage quand j'en vois un ? »

J'aurais voulu protester, lui dire que je comprenais. La nuit, ne voyais-je pas parfois dans mes rêves des montagnes de linge sale qui jamais ne diminuaient malgré le mal que je me donnais pour les frotter, les faire bouillir et les repasser ?

« C'est elle qui est à l'entrée ? » préférai-je lui demander.

Frans haussa les épaules et reprit de la bière. Je revis l'air revêche de la femme. Comment pareil visage avait-il pu attirer Frans ?

« D'ailleurs, pourquoi es-tu là ? demanda-t-il. Ne devrais-tu pas être dans ton Coin des papistes ? »

J'avais préparé une excuse pour lui expliquer ma visite, je pensais lui dire qu'une course m'avait amenée dans ce quartier de Delft, mais mon frère me fit tellement pitié que je me surpris à lui raconter l'histoire de Van Ruijven et du tableau. C'était pour moi un soulagement de me confier à lui.

Il m'écouta avec attention. Mon récit terminé, il déclara : « Vois-tu, nous ne sommes pas si différents l'un de l'autre, face à l'intérêt que nous manifestent nos supérieurs.

— Seulement moi, je n'ai pas répondu aux attentes de Van Ruijven, et je n'ai aucune intention d'y répondre.

— Je ne te parle pas de Van Ruijven. » Avant d'ajouter, fine mouche : « Je parle de ton maître.

— Mon maître ? Que veux-tu dire ? » m'écriai-je.

Frans sourit. « Calme-toi, Griet, ne te mets pas dans tous tes états !

— Ça suffit! Qu'est-ce que tu sous-entends par là? Il n'a jamais…

— Il n'a pas à le faire. Ça saute aux yeux, il n'y a qu'à te regarder. Tu le veux. Tu peux cacher ça à tes parents et à ton boucher, mais pas à moi. Je te connais mieux que ça. »

Oui, il me connaissait mieux que ça…

J'ouvris la bouche mais il n'en sortit rien.

*

Nous étions en décembre et il faisait froid, mais je marchai d'un si bon pas, inquiète que j'étais pour Frans, que je regagnai le Coin des papistes bien avant l'heure prévue. Ayant chaud, je commençai à défaire mes châles pour me rafraîchir le visage. Je longeais l'Oude Langendijck quand j'aperçus Van Ruijven et mon maître qui se dirigeaient vers moi. J'inclinai la tête et traversai la rue de façon à me trouver du côté de mon maître, ce qui ne fit que m'attirer l'attention de Van Ruijven. Il s'arrêta, forçant mon maître à s'arrêter lui aussi.

« Salut, la fille aux grands yeux! lança-t-il en se tournant vers moi. On m'a raconté que tu étais sortie. Je crois plutôt que tu m'évites. Dis-moi, ma fille, comment t'appelles-tu?

— Griet, Monsieur », répondis-je, les yeux rivés sur les chaussures de mon maître. Elles étaient noires et lustrées, Maertge les ayant cirées sous ma surveillance, ce jour-là.

« Écoute, Griet, cherches-tu à m'éviter?

— Oh! non, Monsieur, je suis allée faire les courses. » Je lui montrai un seau rempli des divers achats que j'avais effectués pour Maria Thins avant ma visite à Frans.

« Dans ce cas, j'espère te voir davantage.

— Oui, Monsieur. » Deux femmes se tenaient derrière eux. Un coup d'œil furtif me laissa pressentir qu'il s'agissait de la fille et de la sœur qui posaient pour le tableau. La fille me dévisageait.

« J'espère que vous n'avez pas oublié votre promesse », dit Van Ruijven à mon maître.

Mon maître redressa brusquement la tête, tel un pantin. « Non, répondit-il au bout d'un moment.

— C'est bien. J'ose espérer que vous vous y mettrez avant notre prochaine séance de pose. » Le sourire de Van Ruijven me donna froid dans le dos.

Un long silence s'ensuivit. Je regardai mon maître. Il s'efforçait de garder son calme, mais je le sentais en colère.

« Oui », finit-il par dire, sans me regarder, les yeux fixés sur la maison d'en face.

Même si je ne compris pas cette conversation, je devinai qu'il s'agissait de moi. Je découvris le lendemain le fin mot de l'affaire.

Il m'appela à l'atelier dans la matinée. J'en conclus qu'il voulait que je prépare les couleurs, ayant prévu d'entreprendre le tableau du concert. Ne le trouvant pas à l'atelier, je montai tout droit au grenier. Le mortier était vide, rien ne m'attendait. Je redescendis l'échelle, me sentant plutôt bête.

Cette fois, il était là. Debout dans l'atelier, il regardait par la fenêtre.

« Griet, asseyez-vous, je vous prie », dit-il, me tournant le dos.

Je m'assis sur la chaise qui était près du virginal. Je ne le touchai pas, je n'avais jamais touché
d'instruments de musique, sauf pour les nettoyer.
Tout en attendant, j'étudiais les tableaux qu'il
avait accrochés sur le mur du fond, qui devait être
inclus dans la composition du concert. On apercevait un paysage sur la gauche et sur la droite un
tableau représentant trois personnes, une femme
jouant du luth, vêtue d'une robe au décolleté
généreux, un homme passant le bras autour de ses
épaules et une femme âgée. L'homme achetait les
faveurs de la jeune femme, la femme âgée tendait
la main pour saisir la pièce de monnaie qu'il lui
tendait. Ce tableau appartenait à Maria Thins, elle
m'avait dit qu'il s'appelait *L'Entremetteuse.*

« Pas cette chaise. » Il se détourna de la fenêtre.
« C'est celle sur laquelle s'assied la fille de Van
Ruijven. »

Celle sur laquelle je me serais assise si j'avais
posé.

Il rapprocha de son chevalet une des chaises
aux têtes de lion, la plaça de côté, tournée vers la
fenêtre. « Asseyez-vous ici.

— Que voulez-vous, Monsieur ? » demandai-je,
une fois assise. J'étais intriguée, nous ne nous
étions jamais assis l'un près de l'autre. Je trem-
blais, mais ce n'était pas de froid.

« Ne dites rien. » Il ouvrit un volet afin de laisser le
jour éclairer mon visage. « Regardez par la fenêtre. »
Il s'assit sur son tabouret, près du chevalet.

Je contemplai la tour de la Nouvelle-Église, ma
gorge se serra. Je sentis ma mâchoire se contrac-
ter et mes yeux s'ouvrir tout grands.

« Maintenant, regardez-moi. »

Je tournai la tête et le regardai par-dessus mon épaule droite.

Ses yeux s'immobilisèrent dans les miens et tout ce qui me vint à l'esprit ce fut que leur gris me rappelait l'intérieur d'une coquille d'huître.

Il semblait attendre quelque chose. Mon visage commença à refléter ma crainte de ne pouvoir le satisfaire.

« Griet », reprit-il avec douceur. Il n'eut point besoin d'en dire davantage, mes yeux s'emplirent de larmes. Je les retins, je savais faire maintenant.

« Oui. Ne bougez pas. »

Il allait peindre mon portrait.

1666

«Tu sens l'huile de lin.» Mon père semblait déconcerté. Il doutait que le simple ménage d'un atelier d'artiste pût imprégner mes vêtements, ma peau, mes cheveux de cette odeur. Et il avait raison. Devinait-il que l'huile se trouvait à présent dans la chambre où je dormais, que je posais durant des heures, absorbant ces effluves? Oui, il le devinait, mais il n'aurait pu l'affirmer. Sa cécité le privait de sa belle assurance, il se méfiait de ses pensées.

Un an plus tôt, j'aurais essayé de l'aider, de lui souffler des mots, de le cajoler pour le faire parler. Maintenant, je me contentais de le regarder se débattre en silence tel un scarabée tombé sur le dos qui ne parvient pas à se retourner.

Ma mère, elle aussi, avait deviné, bien qu'elle eût été incapable de dire quoi. Parfois son regard me fuyait. Quand je réussissais à le rencontrer j'y percevais un mélange de colère contenue, de curiosité et de chagrin. Elle essayait de comprendre ce qui était arrivé à sa fille.

Je m'étais habituée à l'odeur d'huile de lin, j'en gardais même un flacon près de mon lit. Le matin, en m'habillant, je le regardais à la lumière du jour pour en admirer la teinte : du jus de citron additionné d'une goutte de jaune de Naples.

C'est cette couleur que je porte à présent, eus-je envie de lui dire. Je suis vêtue de jaune sur le tableau qu'il est en train de peindre.

Soucieuse de faire diversion, je lui décrivis les autres tableaux auxquels travaillait mon maître.

Une jeune femme joue du virginal. Elle porte un corselet jaune et noir, celui du portrait de la fille du boulanger, une jupe de satin blanc et des rubans blancs dans les cheveux. Debout dans la partie incurvée de l'instrument, une autre femme chante, une partition à la main. Elle porte un peignoir vert garni de fourrure au-dessus d'une robe bleue. Entre les deux femmes, un homme est assis, il nous tourne le dos…

« Van Ruijven, interrompit mon père.

— Oui. On ne voit que son dos, ses cheveux et sa main posée sur le manche d'un luth.

— Il en joue bien mal, s'empressa d'ajouter mon père.

— Oui, très mal. Voilà pourquoi il nous tourne le dos : pour nous cacher qu'il n'est même pas capable de tenir son luth correctement. »

Rasséréné, mon père eut un petit rire. Il était toujours ravi d'entendre qu'un riche pouvait être un piètre musicien.

Il n'était pas toujours aussi facile de lui rendre sa bonne humeur. Les dimanches passés avec ma famille étaient devenus si pénibles que je commençais à souhaiter la présence de Pieter fils à nos repas. Il devait avoir remarqué les regards inquiets que me jetait ma mère, les commentaires acerbes de mon père, nos silences pesants, si rares entre parents et enfant. Pieter ne se permettait aucune remarque à leur sujet. Je ne le voyais jamais ni sourciller ni écarquiller les yeux, mais, à l'occasion, il n'hésitait pas à dire ce qu'il avait à dire. Il taquinait gentiment mon père, flattait ma mère, me souriait.

Il s'abstenait de me demander pourquoi je sentais l'huile de lin. Il ne semblait pas se soucier de ce que je pouvais lui dissimuler. Il avait décidé de me faire confiance.

C'était un bon garçon.

Cependant, je ne pouvais m'empêcher de regarder chaque fois ses mains pour voir s'il avait du sang sous les ongles.

Il devrait les tremper dans de l'eau salée, pensais-je. Un jour je le lui dirais.

Si bon garçon fût-il, il commençait à s'impatienter. Le dimanche, dans la ruelle menant au canal de Rietveld, je sentais sa fièvre, même s'il ne disait rien. Il serrait mes cuisses plus fort que nécessaire, pressait sa paume contre mon dos, me plaquant contre son bas-ventre dont je percevais le renflement sous les nombreuses épaisseurs de tissu. Il faisait si froid que nos caresses n'effleuraient pas nos peaux, elles en restaient aux plis et replis de la laine, aux contours imprécis de nos membres.

Les cajoleries de Pieter ne m'inspiraient pas toujours du dégoût. Parfois, quand je regardais le ciel par-dessus son épaule et trouvais dans les

nuages des couleurs autres que le blanc, ou que
je m'imaginais en train de broyer du blanc de
céruse ou du massicot, j'éprouvais comme une
sensation de chaleur dans mes seins et dans mon
ventre. Je me pressais alors contre lui. Il appréciait toute réaction de ma part. Il ne remarquait
pas que j'évitais de regarder son visage et ses
mains.

Au soir de ce fameux dimanche aux relents
d'huile de lin, où j'avais vu mes parents si intri-
gués et si malheureux, Pieter m'emmena dans la
ruelle. Là, il se mit à me tâter les seins et à me pin-
cer les mamelons à travers ma robe. Soudain, il
s'interrompit, me lança un regard espiègle, passa
ses mains sur mes épaules, puis le long de mon
cou. Je n'eus pas le temps de réagir que ses doigts
se glissaient déjà sous ma coiffe et dans mes cheveux.

Je retins ma coiffe de mes deux mains.

« Non ! »

Pieter me sourit, ses yeux brillaient comme s'il
avait regardé trop longtemps le soleil. Il avait réussi
à dégager une de mes mèches et tirait dessus.

« Très bientôt, je te verrai tout entière, Griet.
Tu cesseras d'être un secret pour moi. »

Laissant tomber la main sur mon bas-ventre, il
se colla contre moi.

« Le mois prochain, tu auras dix-huit ans, alors,
je parlerai à ton père. »

Je reculai de quelques pas. J'avais l'impression
de me trouver dans une pièce obscure, surchauf-
fée, étouffante.

« Je suis encore très jeune. Trop jeune pour ça. »

Pieter haussa les épaules.

« Toutes les filles n'attendent pas d'être plus âgées. Et puis, ta famille a besoin de moi. »

C'était la première fois qu'il mentionnait la pauvreté de mes parents, leur dépendance vis-à-vis de lui, une dépendance qui devenait aussi la mienne. À cause d'elle, mon père et ma mère ne voyaient pas d'inconvénient à accepter la viande qu'il leur offrait et à me laisser traîner avec lui dans une ruelle le dimanche.

Je fronçai les sourcils. Qu'il me rappelât que nous étions ses obligés me contrariait.

Pieter sentit qu'il avait commis un impair. Pour se faire pardonner, il remit ma mèche sous ma coiffe, puis il me caressa la joue.

« Je te rendrai heureuse, Griet, tu verras. »

Après son départ, je me promenai le long du canal, malgré le froid. On avait cassé la glace pour ouvrir un passage aux bateaux, mais une fine couche s'était reformée à la surface. Dans notre enfance, Frans, Agnès et moi lancions des pierres sur la mince pellicule de glace jusqu'à ce que celle-ci ait disparu sous l'eau. Cela me semblait bien lointain.

*

Un mois plus tôt, il m'avait demandé de monter à l'atelier.

« Je serai au grenier », lançai-je à la cantonade.

Tanneke garda les yeux fixés sur sa couture.

« Avant de t'en aller, remets du bois sur le feu », m'ordonna-t-elle.

Les filles faisaient de la dentelle sous la surveillance de Maertge et de Maria Thins. Dotée de patience et de doigts agiles, Lisbeth s'en tirait très bien. Aleydis était encore trop jeune pour ce travail délicat, Cornelia, elle, n'avait pas assez de patience. Le chat se prélassait près de la cheminée, aux pieds de Cornelia qui, de temps à autre, se penchait et agitait un bout de fil devant lui. Sans doute espérait-elle que l'animal finirait par déchirer son ouvrage avec ses griffes.

Après avoir alimenté le feu, je contournai Johannes qui s'amusait avec une toupie sur le carrelage glacial de la cuisine. Au moment où je sortais de la pièce, il la fit tourner si vite qu'elle alla finir sa course dans l'âtre. Et le pauvre Johannes de pleurer tandis que Cornelia riait et que Maertge, armée de pinces, essayait de retirer la toupie des flammes.

«Chut! Vous allez réveiller Catharina et Franciscus!» dit Maria Thins.

Ils ne l'entendirent pas.

Je me glissai hors de la pièce, soulagée d'échapper à ce vacarme, malgré le froid glacial qui m'attendait dans l'atelier.

La porte était fermée. Tandis que je m'en approchais, je pressai mes lèvres l'une contre l'autre, lissai mes sourcils, passai mes doigts le long de mes joues comme si je tâtais une pomme pour voir si elle était mûre. Après avoir hésité un instant devant la lourde porte de bois, je frappai doucement. Silence. Je savais pourtant qu'il était là : il m'attendait.

C'était le jour du nouvel an. Il y avait presque

un mois qu'il avait posé les premières touches de mon portrait, rien de plus. Ni taches rouges pour indiquer les formes, ni « fausses » couleurs, ni glacis, ni rehauts. La toile vierge était d'un blanc jaunâtre. Je la voyais chaque matin en faisant le ménage.

Je frappai plus fort.

Il ouvrit la porte, l'air contrarié, ses yeux évitant les miens.

« Ne frappez pas, Griet. Entrez juste sans faire de bruit. »

Se tournant, il revint à son chevalet, sur lequel la toile attendait ses couleurs.

Je refermai doucement la porte, assourdissant ainsi le bruit des enfants dans la grande salle, puis je me dirigeai vers le milieu de la pièce. Maintenant que le grand moment était enfin venu, je me sentais étrangement calme.

« Vous m'avez demandée, Monsieur ?

— Oui. Mettez-vous là-bas. »

Il désigna le coin où il avait placé les autres femmes. La table qu'il utilisait pour le tableau du concert était encore là, mais il avait retiré les instruments. Il me tendit une lettre.

« Lisez », ordonna-t-il.

Après avoir déplié la feuille de papier, je me penchai dessus, tout inquiète qu'il puisse s'apercevoir que je feignais seulement de déchiffrer cette écriture inconnue.

En fait, la feuille était blanche. Je levai la tête pour le lui dire mais m'arrêtai. Avec lui, mieux valait souvent ne rien dire.

Je me penchai à nouveau sur la lettre.

«Prenez plutôt ça», dit-il en me tendant un livre.

Relié de cuir, celui-ci avait le dos craquelé. Je l'ouvris au hasard, étudiai une page. Je ne reconnus aucun des mots.

Il me demanda de m'asseoir, puis de me remettre debout, tenant le livre, les yeux tournés vers lui. Il reprit le livre, le remplaça par un pichet blanc au couvercle d'étain et me dit de faire semblant de verser un verre de vin. Il me pria ensuite de rester là à regarder par la fenêtre. Tout cela sans jamais se défaire de son air perplexe, comme s'il avait oublié la fin d'une histoire qu'on lui avait racontée.

«Les vêtements, c'est ça le problème», murmura-t-il.

Je compris tout de suite. Il me faisait prendre des poses de dame alors que j'étais habillée en servante. Je pensai à la veste jaune, au corselet jaune et noir, et me demandai lequel des deux il me demanderait de passer. Au lieu de me séduire, cette perspective me mettait mal à l'aise, non seulement parce qu'il me serait impossible de cacher à Catharina que je portais ses vêtements, mais accomplir des gestes aussi peu familiers que tenir des livres, des lettres ou me servir un verre de vin, m'embarrassait. Malgré toute mon envie de sentir la douce fourrure de la cape autour de mon cou, ce n'était pas ma façon habituelle de me vêtir.

«Monsieur, finis-je par dire, vous devriez peut-être me demander de faire d'autres choses. Le genre de choses que fait une servante.

— Lesquelles, par exemple ? » demanda-t-il en levant les sourcils, les bras croisés.

Je dus attendre que ma mâchoire cesse de trembler avant de pouvoir répondre. Nous revoyant, Pieter et moi, serrés l'un contre l'autre dans la ruelle, ma gorge se serra.

« Eh bien, coudre. Balayer, passer la serpillière. Aller chercher de l'eau. Laver les draps. Couper le pain. Faire les vitres.

— Vous aimeriez que je vous représente avec votre balai ?

— Comment vous répondre, Monsieur ? Ce n'est pas mon tableau. »

Il fronça les sourcils.

« Non, ce n'est pas le vôtre. »

On aurait dit qu'il se parlait à lui-même.

« Non, je n'aimerais pas que vous me peigniez avec mon balai, dis-je, surprise par mes propres paroles.

— Vous avez bien raison, Griet. Je ne vous peindrais pas un balai à la main !

— Mais je ne peux pas porter les vêtements de votre épouse. »

Il y eut un long silence.

« Non, c'est vrai, dit-il, mais je refuse de vous représenter en servante.

— Comment alors voulez-vous me représenter, Monsieur ?

— Telle que je vous ai vue la première fois, Griet. Seule. »

Il approcha une chaise du chevalet, face à la fenêtre du milieu. Je m'assis. Je savais que ce serait là ma place. Il allait retrouver la pose qu'il m'avait demandé de prendre un mois plus tôt, quand il avait décidé que je lui servirais de modèle.

« Regardez par la fenêtre », dit-il.

Je contemplai au-dehors la grisaille hivernale et, me souvenant du jour où j'avais remplacé la fille du boulanger, j'essayai de ne rien voir pour apaiser mon esprit. Voilà qui était difficile car je ne pouvais m'empêcher de penser à mon maître et à moi, assise en face de lui.

La cloche de la Nouvelle-Église sonna deux coups.

« Maintenant tournez lentement la tête vers moi. Non, pas les épaules ! Juste la tête. Doucement. Ça y est ! Un tout petit peu plus pour que... Ça y est ! Ne bougez plus. »

J'obéis.

Il me fut d'abord impossible de croiser son regard, car j'avais l'impression d'être assise près d'un feu qui soudain s'embrase. Au lieu de cela, je fixais son menton décidé, ses lèvres minces.

« Voyons, Griet, vous ne me regardez pas. »

Je m'efforçai de lever mes yeux vers les siens. À nouveau, je ressentis comme une brûlure, mais je supportai en silence l'épreuve qu'il m'imposait.

Bientôt, j'eus moins de mal à le regarder dans les yeux. Il me regardait comme s'il ne me voyait pas, comme s'il voyait quelqu'un ou quelque chose d'autre. Comme s'il regardait un tableau.

Il étudie la lumière sur mon visage et non pas mon visage lui-même, me dis-je. Voilà toute la différence.

J'aurais presque pu ne pas être là. Une fois que

j'en eus pris conscience, je fus capable de me détendre un peu. Puisqu'il ne me voyait pas, je ne le voyais pas moi non plus. Ma pensée se mit à vagabonder. Je songeai au civet de lièvre que nous avions mangé au déjeuner, au col de dentelle que Lisbeth m'avait donné, à une histoire que Pieter fils m'avait racontée la veille. Puis, je ne pensai plus à rien. Mon maître se leva deux fois pour modifier la position de l'un des volets. À plusieurs reprises, il alla chercher divers pinceaux et couleurs dans son placard. J'observais ses mouvements comme si, de la rue, je regardais à travers la fenêtre ce qui se déroulait dans la pièce.

La cloche de l'église sonna trois coups. Je battis des paupières, surprise qu'une heure eût déjà passé. J'avais l'impression d'être envoûtée.

Je le regardai, il avait les yeux rivés sur moi. Il me regardait. Alors que nous nous dévisagions, une onde de chaleur me traversa le corps. Je n'en continuai pas moins à soutenir son regard. Enfin, il se détourna et s'éclaircit la voix.

« Ça suffira pour aujourd'hui, Griet. J'ai mis quelques os au grenier, je vous demande de les broyer. »

J'acquiesçai de la tête et m'esquivai, le cœur battant. Il peignait mon portrait.

*

« Poussez votre coiffe en arrière, pour dégager votre visage, me dit-il un jour.

— En arrière, pour dégager mon visage ? » répétai-je niaisement. Je regrettai aussitôt.

Il préférait que j'obéisse en silence. Ou, si je parlais, que cela en valût vraiment la peine.

Il ne répondit pas. J'écartai de ma joue le bord de ma coiffe qui était de son côté. La pointe amidonnée m'érafla le cou.

«Encore un peu, dit-il. Je veux voir le contour de votre visage.»

Après un instant d'hésitation, j'obéis. Son regard descendit le long de ma joue.

«Montrez-moi votre oreille.»

Cela me contrariait, mais je n'avais pas le choix.

Je glissai ma main sous ma coiffe, m'assurant que mes cheveux étaient bien en place, rentrant quelques mèches derrière mon oreille. Puis je tirai ma coiffe en arrière, révélant le bas de mon oreille.

En dépit de son silence, son expression évoquait un soupir. Je surpris un frémissement dans ma gorge que je m'efforçai de réprimer.

«Votre coiffe, dit-il. Enlevez-la.

— Non, Monsieur.

— Non.

— Ne me demandez pas ça, Monsieur.»

Je relâchai ma coiffe, elle retomba sur mon oreille et ma joue. Je regardai le sol, ces carreaux gris et blancs devant moi, propres et bien alignés.

«Vous ne voulez pas retirer votre coiffe?

— Non.

— Et pourtant, vous ne voulez pas que je vous représente en servante avec votre balai et votre coiffe, ni en dame vêtue de satin, de fourrure et frisée au fer.»

Je gardai le silence. Je ne pouvais pas lui montrer mes cheveux. Je n'étais pas le genre de fille à rester tête nue.

Il remua sur sa chaise, puis il se leva. Je l'entendis entrer dans la réserve. Il en revint, les bras chargés d'étoffes qu'il laissa tomber sur mes genoux.

«Voyez ce que vous pourrez tirer de ça, Griet. Fabriquez-vous une coiffure avec un de ces bouts d'étoffe. Une coiffure qui ne vous donnera l'air ni d'une servante ni d'une dame.»

J'étais incapable de dire s'il était fâché ou amusé. Il quitta l'atelier, fermant la porte derrière lui.

En triant ces morceaux d'étoffe, je découvris trois coiffes, trop fines et trop petites pour moi. Je retrouvai là des chutes de tissu, dans les tons jaunes, marron, bleus et gris, restes de robes et de vestes que Catharina s'était confectionnées.

Je ne savais que faire. Je laissai mon regard errer autour de moi comme si l'atelier recelait une réponse. Mes yeux tombèrent sur le tableau de *L'Entremetteuse*. On y voyait une jeune femme, tête nue, les cheveux retenus par des rubans, et une vieille femme qui, elle, avait enroulé, en l'entrecroisant, une sorte de turban autour de sa tête. Peut-être est-ce cela qu'il attend de moi, me dis-je. Peut-être est-ce ainsi que se coiffent les femmes qui ne sont ni des dames, ni des servantes, ni qui que ce soit d'autre.

Je choisis une bande d'étoffe marron et l'emportai à la réserve où il y avait un miroir. J'enlevai ma coiffe et, prenant pour modèle la coiffure de la vieille femme du tableau, j'enveloppai ma tête de ce bandeau, du mieux que je pus. J'avais curieuse allure.

Je *devrais* le laisser me représenter avec mon balai, me dis-je. L'orgueil m'a rendue vaniteuse.

Quand il revint et vit mon accoutrement, il se mit à rire. Je ne l'avais pas souvent entendu rire, de temps à autre avec les enfants, une fois avec Van Leeuwenhoek. Je fronçai les sourcils. Je n'aimais pas qu'on se moque de moi.

« J'ai fait ce que vous m'avez demandé », protestai-je.

Il reprit son sérieux.

« Vous avez raison, Griet. Excusez-moi. Votre visage, maintenant que j'en vois un peu plus, est si… »

Il s'interrompit. Je me suis toujours demandé ce qu'il avait voulu dire. Il se tourna vers le tas d'étoffes que j'avais laissé sur ma chaise.

« Pourquoi avez-vous choisi du marron, alors qu'il y avait tant d'autres couleurs ? »

Je ne voulais pas reparler de servantes ni de dames. Je ne voulais pas lui rappeler que les bleus et les jaunes étaient réservés à ces dernières.

« C'est la couleur que je porte d'habitude », me contentai-je de répondre.

Il sembla lire ma pensée.

« Tanneke portait du bleu et du jaune quand j'ai fait son portrait, il y a quelques années, rétorqua-t-il.

— Je ne suis pas Tanneke, Monsieur.

— Ça, c'est certain. »

Fouillant dans toutes ces étoffes, il en sortit une bande longue et étroite d'étoffe bleue.

« Je voudrais malgré tout que vous essayiez ceci. »

Je regardai le tissu.

« Il n'y en a pas assez pour me couvrir la tête.

— Alors, prenez aussi ce morceau-là. »

Il ramassa un bout de tissu jaune bordé du même bleu et me le tendit.

J'emportai à contrecœur les étoffes dans la réserve et, debout devant le miroir, j'essayai à nouveau de m'en faire une coiffure. Je nouai le tissu bleu sur mon front, puis j'enroulai le jaune plusieurs fois autour de mon crâne, jusqu'à ce que celui-ci soit entièrement couvert. Je rentrai l'extrémité sur le côté, j'arrangeai quelques plis, lissai la bande bleue sur mon front et retournai dans l'atelier.

Il était en train de lire, aussi ne me vit-il pas me rasseoir. Je repris la même pose. Au moment où je tournai la tête pour regarder par-dessus mon épaule gauche, il leva les yeux. Au même instant, l'extrémité du tissu jaune se défit et tomba sur mon épaule.

« Oh ! » murmurai-je, craignant que l'étoffe en glissant ne laissât voir mes cheveux.

Elle resta en place. Seule l'extrémité de l'étoffe jaune pendait. Mes cheveux restèrent cachés.

« Bien, dit-il alors. C'est parfait, Griet. Parfait. »

*

Il refusa de me montrer le tableau. Il le posa sur un autre chevalet, de biais par rapport à la porte, et m'interdit de le regarder. Je promis de lui obéir, mais certains soirs, couchée dans mon lit, j'avais envie de m'envelopper d'une couverture et d'aller en cachette y jeter un coup d'œil. Il n'en saurait rien.

Mais il devinerait. Il ne pouvait me regarder, assise là jour après jour, sans deviner que je lui avais désobéi. Je ne pouvais, ni ne voulais, lui cacher quoi que ce fût.

Je redoutais aussi de découvrir la façon dont il me voyait. Mieux valait que cela reste un mystère.

Les pigments qu'il me demanda de mélanger ne me fournirent aucun indice. Noir, ocre, blanc de céruse, jaune de Naples, outremer, laque rouge, j'avais déjà préparé ces couleurs à d'autres occasions. Il aurait aussi bien pu les utiliser pour le tableau du concert.

Il travaillait rarement à deux toiles en même temps. Il n'aimait pas passer de l'une à l'autre, mais cela lui permettait cette fois de cacher plus aisément qu'il faisait mon portrait. Peu de gens le savaient. Van Ruijven était de ceux-là. C'était, bien sûr, à sa demande que mon maître avait entrepris ce tableau. Mon maître avait dû accepter que j'y figure seule pour ne pas avoir à me représenter en compagnie de Van Ruijven. Ce dernier posséderait donc mon portrait.

Cette idée me déplaisait. Tout comme elle devait, je pense, déplaire à mon maître.

Maria Thins connaissait elle aussi l'existence de ce tableau dont elle avait sans doute négocié les conditions avec Van Ruijven. Allant et venant à sa guise dans l'atelier, elle pouvait regarder mon portrait tout à loisir, privilège qui m'était refusé. Parfois, elle me lorgnait du coin de l'œil avec une expression bizarre qu'elle ne parvenait pas à dissimuler.

Je soupçonnai Cornelia de connaître elle aussi l'existence de ce tableau. Un jour, je la surpris à un endroit où elle n'avait rien à faire : dans l'escalier menant à l'atelier. Je lui demandai pourquoi elle se trouvait là, elle refusa de me répondre. Plutôt que de la traîner chez Maria Thins ou Catharina, je la laissai partir. Je préférai ne pas provoquer d'incident, surtout pendant qu'il travaillait à mon portrait.

Van Leeuwenhoek en avait été informé. Un jour, il apporta sa chambre noire, qu'il installa de manière qu'ils puissent tous deux me regarder. Il ne sembla pas surpris de me voir assise sur ma chaise. Mon maître devait l'avoir prévenu. Il regarda mon étrange coiffure, mais ne se livra à aucun commentaire.

Ils se servirent de l'appareil à tour de rôle. J'avais appris à rester assise sans bouger ni penser, sans me laisser distraire par le regard de mon maître. Cela m'était plus difficile avec cette boîte noire braquée sur moi. Pas d'yeux, de visage ou de corps tourné vers moi, seulement une boîte et une robe noire drapant un dos bossu. Je me sentais mal à l'aise. Je ne savais plus au juste de quelle façon ils me regardaient.

Il me fallait toutefois reconnaître que c'était flatteur d'être examinée ainsi par deux messieurs, même si je ne voyais pas leurs visages.

Mon maître quitta la pièce pour aller chercher un morceau de chiffon assez doux pour nettoyer la lentille. Dès qu'il eut entendu le pas de son ami dans l'escalier, Van Leeuwenhoek me dit à voix basse :

« Prenez garde, ma chère.

— Que voulez-vous dire, Monsieur ?

— Vous n'êtes pas sans savoir qu'il peint votre portrait pour satisfaire Van Ruijven. L'intérêt que vous porte ce dernier incite votre maître à vous protéger. »

J'acquiesçai de la tête, secrètement contente d'entendre ce que je soupçonnais.

« Restez en dehors de leurs histoires. Vous pourriez en pâtir. »

Je continuai à garder la pose requise pour le tableau. Je secouai malgré moi les épaules, comme pour me débarrasser d'un châle.

« Il ne me voudra jamais aucun mal, Monsieur.

— Dites-moi, chère enfant, connaissez-vous vraiment les hommes ? »

Me sentant rougir, je détournai la tête. Je revis mes étreintes dans la ruelle avec Pieter fils.

« La rivalité rend les hommes possessifs. L'intérêt que vous témoigne votre maître est dû en partie à celui que vous porte Van Ruijven. »

Je gardai le silence.

« Votre maître est un homme exceptionnel, poursuivit Van Leeuwenhoek. Ses yeux valent des monceaux d'or, mais parfois il voit ce monde tel qu'il voudrait qu'il soit, et non tel qu'il est vraiment. Il ne comprend pas que son idéalisme puisse affecter son entourage. Il ne pense qu'à lui-même et à son travail, et non pas à vous. Vous devez donc veiller à… »

Il s'interrompit, les pas de mon maître résonnaient dans l'escalier.

«Veiller à quoi, Monsieur? chuchotai-je.

— À rester vous-même.»

Levant la tête, je le regardai dans les yeux.

«À rester une servante, Monsieur?

— Non, ce n'est pas ce que je voulais dire. Les femmes qu'il peint deviennent prisonnières de son monde. Vous pourriez vous y perdre.»

Mon maître entra dans l'atelier.

«Vous avez bougé, Griet, dit-il.

— Excusez-moi, Monsieur.»

Une fois de plus, je repris la pose.

*

Catharina était enceinte de six mois lorsqu'il entreprit de peindre mon portrait. Déjà bien grosse, elle se déplaçait lentement, se tenant aux murs, s'agrippant aux dossiers des sièges, s'y laissant tomber lourdement, à l'occasion, en soupirant. À la voir, cette grossesse semblait très pénible, ce qui m'étonnait, car ce n'était pas la première. Même si elle ne se plaignait pas haut et fort, elle donnait l'impression que chaque geste était pour elle une punition. Je n'avais pas remarqué ce comportement quand elle attendait Franciscus mais, à l'époque, je venais d'arriver chez eux, et je ne voyais pas grand-chose au-delà du tas de linge sale que j'avais à laver chaque matin.

À mesure qu'elle s'arrondissait, Catharina se repliait sur elle-même. Elle continuait à s'occuper des enfants avec l'aide de Maertge, à s'intéresser à la tenue de la maison, à nous donner des ordres, à Tanneke et à moi, à faire des courses avec Maria

Thins. Une partie d'elle-même était cependant ailleurs, avec le bébé qu'elle portait. Elle se montrait moins dure, moins consciemment blessante. Elle vivait au ralenti et, si maladroite fût-elle par nature, elle cassait moins d'objets.

Une chose m'inquiétait, qu'elle découvrît mon portrait. Par bonheur, elle avait peine à gravir l'escalier menant à l'atelier, aussi y avait-il peu de chances qu'elle en ouvrît soudain la porte et nous surprît, moi sur ma chaise, lui devant son chevalet. En outre, comme nous étions en hiver, elle préférait rester assise devant le feu avec les enfants, Tanneke et Maria Thins ou somnoler sous un tas de couvertures et de fourrures.

Le réel danger, c'était qu'elle l'apprît par Van Ruijven. Parmi ceux qui connaissaient l'existence du portrait, il était le plus bavard. Il venait régulièrement à la maison poser pour le tableau du concert. Lors de ses visites, Maria Thins ne m'envoyait plus faire des courses, ne me disait plus de me cacher. Cela eût été impossible, le nombre de courses que j'étais susceptible de faire étant restreint. Elle devait aussi se dire que, satisfait à l'idée d'avoir le tableau, Van Ruijven me laisserait tranquille.

Elle se trompait. Il venait parfois me surprendre quand je lavais ou repassais du linge dans la buanderie ou quand j'aidais Tanneke à la cuisine. Passe encore ses visites quand j'avais de la compagnie, ou quand Maertge, Tanneke ou même Aleydis étaient avec moi. Il se contentait alors de me lancer un « Bonjour, ma petite ! » de sa voix mielleuse. Toutefois si j'étais seule, ce qui était souvent le cas quand je suspendais le linge dans la cour pour qu'il profite pendant quelques minutes d'un pâle soleil d'hiver, Van Ruijven se glissait dans cet espace clos et me tripotait derrière un drap ou une chemise de mon maître que je venais d'accrocher. Je le repoussais aussi poliment qu'une servante peut se permettre de repousser un Monsieur. Il parvint malgré tout à se familiariser avec la forme de mes seins et de mes cuisses à travers mes vêtements. Il me disait des choses que je m'efforçais d'oublier, des mots que je ne répéterais jamais à personne.

Après sa séance de pose, il allait toujours saluer Catharina. Sa fille et sa sœur attendaient patiemment qu'il eût fini de bavarder et de conter fleurette. Même si Maria Thins lui avait recommandé de ne souffler mot du tableau à Catharina, il était incapable de garder un secret. Comblé à l'idée de posséder mon portrait, il y faisait parfois allusion en présence de Catharina.

Un jour, alors que je lavais le couloir, je l'entendis demander :

« Quel modèle choisiriez-vous pour votre mari s'il pouvait peindre n'importe qui au monde ?

— Oh ! je ne pense jamais à ce genre de choses, répondit Catharina en riant. Il peint ce qu'il peint.

— Je n'en suis pas si sûr… »

Van Ruijven s'efforçait tellement de jouer au malin que même Catharina ne pouvait manquer de relever l'allusion.

« Que voulez-vous dire ? demanda-t-elle.

— Oh, rien, rien du tout. Mais vous devriez lui demander un portrait. Il acceptera peut-être. Il pourrait peindre l'un de vos enfants, Maertge, par exemple. Ou votre charmante personne. »

Catharina garda le silence. À en juger par la rapidité avec laquelle Van Ruijven changea de sujet, il avait conscience d'avoir commis une bévue.

Un autre jour, alors que Catharina lui demandait s'il aimait poser pour le tableau, il répondit :

« Pas autant que si c'était en compagnie d'une jeune et jolie fille. Mais je sais que, de toute façon, je l'aurai bientôt et, pour le moment, je dois me contenter de ça. »

Catharina ne releva pas cette remarque, ce qu'elle n'aurait pas manqué de faire quelques mois plus tôt. Peut-être ces paroles n'avaient-elles éveillé en elle aucun soupçon puisqu'elle ignorait tout de mon portrait. J'étais horrifiée. Je répétai les mots de Van Ruijven à Maria Thins.

« As-tu écouté aux portes, ma fille ? me demanda la vieille dame.

— Je... »

Il me fut impossible de nier.

Maria Thins eut un sourire amer.

« Enfin, je te surprends à te conduire comme toutes les servantes, à ce qu'on dit. Sans doute ne tarderas-tu pas à voler les petites cuillères en argent. »

Je tressaillis. Comment pouvait-elle se montrer aussi dure, surtout après l'incident des peignes qui mettait en cause Cornelia ? Je n'avais pas le choix, j'étais son obligée, je devais lui permettre ces mots cruels.

« Mais tu as raison : la bouche de Van Ruijven a autant de mal à rester fermée que la bourse d'une putain, poursuivit-elle. Je lui parlerai à nouveau. »

Lui parler, toutefois, ne servit à rien si ce n'est à l'inciter à redoubler les allusions devant Catharina. Maria Thins veilla désormais à rester dans la chambre auprès de sa fille pour l'inciter à retenir sa langue lorsqu'il s'arrêtait pour la saluer.

J'ignorais comment réagirait Catharina le jour où elle découvrirait l'existence de mon portrait. Et cela ne manquerait pas d'arriver. Sinon chez elle, du moins chez Van Ruijven. Un soir où elle dînerait chez lui, elle lèverait les yeux et me verrait sur un mur, la fixant du regard.

*

Il ne travaillait pas tous les jours à mon portrait. Il avait aussi entrepris le tableau du concert, avec ou sans Van Ruijven et ses compagnes. En leur absence, il peignait le décor ou me demandait de poser à la place de l'une des femmes : la jeune fille assise devant le virginal ou la chanteuse tenant une partition. Je ne portais pas leurs vêtements. Mon maître avait simplement besoin d'une silhouette. Parfois, les deux femmes venaient sans Van Ruijven. C'est alors qu'il travaillait le mieux. Van Ruijven était un modèle difficile. Je l'entendais quand je travaillais au grenier. Il ne tenait pas en place, voulait parler, jouer du luth. Mon maître se montrait aussi patient avec lui qu'avec un enfant, mais parfois je percevais à son ton de voix qu'il se rendrait ce soir-là à la taverne et en reviendrait les yeux brillants comme des boutons d'argent. Je posais pour l'autre tableau trois ou quatre fois par semaine, ces séances duraient une heure ou deux. Je n'aimais rien autant dans la semaine que ces instants où il n'avait d'yeux que pour moi. La pose était difficile, regarder de côté pendant de longs moments me donnait mal à la tête, mais peu m'importait. J'acceptais aussi de bouger sans cesse la tête, de façon que la bande de tissu jaune se balançât sur mon épaule et qu'il pût me peindre comme si je venais de me tourner vers lui. Je lui obéissais en tout.

Pourtant, il était malheureux. Février passa, mars arriva avec ses frimas ensoleillés, il était toujours aussi malheureux. Il y avait près de deux mois qu'il travaillait à mon portrait et, bien que ne l'ayant pas vu, je l'imaginais presque terminé. Il ne me demandait plus de préparer de grosses quantités de couleurs, n'en utilisant que très peu, bougeant à peine son pinceau pendant les séances. J'avais cru avoir compris ce qu'il voulait de moi, mais voici que je n'en étais plus si sûre. Parfois, il restait juste assis à me contempler, comme s'il attendait quelque réaction de ma part. En ces moments-là, il était plus homme que peintre et il m'était difficile de le regarder.

Un jour, alors que j'étais assise sur ma chaise, il me dit soudain :

« Ce portrait satisfera Van Ruijven, mais pas moi. »

Je ne sus que répondre. N'ayant pas vu le tableau, j'étais incapable de l'aider.

« Me permettez-vous d'y jeter un coup d'œil, Monsieur ? »

Il me lança un regard étrange.

« Peut-être puis-je vous aider », ajoutai-je, regrettant aussitôt mes paroles.

Je craignis de m'être montrée trop hardie.

« Si vous le voulez », finit-il par répondre.

Je me levai et me plaçai derrière lui. Il resta assis, immobile. J'entendais sa respiration lente et régulière.

Ce tableau était différent de ses autres toiles. Seules y figuraient ma tête et mes épaules, sans table, ni rideaux, ni fenêtres, ni houppette pour adoucir l'ensemble et disperser l'attention. Il m'avait représentée avec les yeux grands ouverts. La lumière tombait sur mon visage, en laissant le côté gauche dans l'ombre. Je portais du bleu, du jaune et du marron. Avec le bout d'étoffe autour de ma tête, je ne me ressemblais plus, mais ressemblais à une autre Griet venue d'une autre ville, et, qui sait, d'un autre pays. Le fond noir donnait l'impression que j'étais seule, même si, de toute évidence, je regardais quelqu'un. J'avais l'air d'attendre un événement dont je doutais qu'il arrivât jamais.

Il avait raison, le tableau satisferait peut-être Van Ruijven, mais il y manquait quelque chose.

Je compris avant lui ce qu'il manquait. Percevant ce qui faisait défaut, cette petite touche de lumière dont il s'était servi pour aguicher l'œil dans d'autres toiles, je frissonnai. Et ce sera la fin, me dis-je.

Je ne me trompais pas.

*

Cette fois, je n'essayai pas de l'aider comme je l'avais fait jadis pour le tableau représentant l'épouse de Van Ruijven en train d'écrire une lettre.

Je ne me glissai pas dans l'atelier pour changer quoi que ce soit, pour déplacer la chaise sur laquelle j'étais assise ou pour ouvrir davantage les volets. Je ne drapai pas différemment les étoffes bleues et jaunes et ne dissimulai pas le haut de ma chemise. Je ne me mordis pas les lèvres pour les rendre plus rouges, pas plus que je ne rentrai les joues. Je ne sortis pas non plus les couleurs dont j'imaginais qu'il se servirait.

Je me contentai de poser pour lui et de broyer et rincer les couleurs de son choix. Il finirait bien par s'en apercevoir.

Cela prit plus longtemps que je ne l'aurais cru. Il fallut deux séances de pose pour qu'il s'aperçoive de ce qui manquait, il peignait avec un air insatisfait et me renvoyait rapidement.

La réponse vint de Catharina. Un après-midi, Maertge et moi cirions les chaussures dans la buanderie, tandis que les autres filles, réunies dans la grande salle, regardaient leur mère se parer avant de se rendre à une fête donnée à l'occasion d'une naissance. Aux petits cris de joie que poussèrent Aleydis et Lisbeth, je compris que Catharina avait sorti ses perles.

J'entendis alors le pas de mon maître dans le couloir, puis un silence, puis des voix étouffées. Au bout d'un moment, il m'appela : « Griet, apportez un verre de vin à mon épouse. »

Je posai sur un plateau le pichet blanc et deux verres, au cas où il aurait voulu se joindre à elle, puis je portai le tout dans la grande salle. En entrant, je me heurtai à Cornelia, debout dans l'embrasure de la porte. Je réussis à rattraper le pichet, les verres se heurtèrent contre ma poitrine, mais ils ne se cassèrent pas. Avec un petit sourire narquois, Cornelia s'écarta pour me laisser passer.

Catharina était assise à la table avec sa houppette, son poudrier, ses peignes et sa boîte à bijoux. Elle avait mis ses perles, sa robe en soie verte, modifiée de façon à cacher son ventre de femme enceinte. Je posai un verre près d'elle et lui servis à boire.

« Voulez-vous aussi un verre de vin, Monsieur ? » demandai-je, en levant la tête. Il était adossé au bahut près du lit, contre les rideaux de soie, qui, je le remarquai pour la première fois, étaient d'une étoffe assortie à la robe de Catharina. Ses yeux allaient et venaient, de moi à Catharina. Sur son visage, on retrouvait le regard du peintre.

« Petite sotte, vous avez renversé du vin sur ma robe ! » Catharina s'écarta de la table. Du revers de la main, elle chassa quelques gouttes rouges qui avaient éclaboussé sa robe.

« Pardonnez-moi, Madame. Je cours chercher un torchon humide pour éponger ça !

— Oh ! ne vous inquiétez pas. Je ne peux pas supporter de vous voir vous agiter. Sortez d'ici, c'est tout. »

En reprenant le plateau, je lançai un regard furtif à mon maître. Il avait les yeux fixés sur la perle à

l'oreille de son épouse. Tandis qu'elle tournait
son visage pour se poudrer, la perle se balançait,
jouant au gré de la lumière des fenêtres du devant.
Elle miroitait comme les yeux de Catharina, nous
incitant à regarder son visage.

« Je dois descendre un moment, dit-il à Catharina. Cela ne me prendra pas longtemps. »

Ça y est. Cette fois, me dis-je, il a sa réponse.

Le lendemain après-midi, lorsqu'il me demanda
de monter à l'atelier, je ne ressentis pas mon
enthousiasme habituel. Pour la première fois, je
redoutai ce moment. Ce matin-là, la lessive m'avait
paru particulièrement pénible, mes mains n'avaient
pas eu la force de l'essorer convenablement. J'allais
et venais lentement entre la buanderie et la cour,
m'asseyant plus d'une fois pour me reposer. Maria
Thins me surprit donc assise au moment où elle
venait chercher un poêlon en cuivre. « Que se passe-
t-il, ma fille ? Serais-tu souffrante ? » me demanda-
t-elle.

Je me relevai d'un bond. « Non, Madame, je suis
juste un peu fatiguée.

— Fatiguée, tiens ? Voilà qui ne sied pas à une
servante, surtout le matin. » Elle me regardait d'un
air incrédule.

Je plongeai les mains dans l'eau froide et en
ressortis une chemise de Catharina. « Y a-t-il des
courses que vous souhaiteriez que je fasse cet
après-midi, Madame ?

— Des courses ? Cet après-midi ? Je ne pense
pas. N'est-il pas étrange que tu poses cette question alors que tu es fatiguée ? » Elle plissa les yeux.
« Dis-moi, ma fille, tu n'aurais pas fait une bêtise,

par hasard ? Van Ruijven ne serait pas venu te surprendre alors que tu te trouvais seule, j'espère ?

— Non, Madame. » À vrai dire, il avait essayé
deux jours plus tôt, mais j'avais réussi à lui
échapper.

« Quelqu'un serait-il venu vous trouver là-haut ? »
demanda Maria Thins à voix basse, ponctuant cela
d'un signe de tête en direction de l'atelier.

« Non, Madame. » Je fus un moment tentée de
lui parler de la boucle d'oreille, mais je me contentai d'ajouter : « J'ai dû manger quelque chose qui
ne me convenait pas, c'est tout. »

Maria Thins haussa les épaules et s'éloigna. Elle
ne me croyait toujours pas, mais elle avait dû se
dire que cela n'avait pas d'importance.

Cet après-midi-là, je montai sans hâte l'escalier,
m'arrêtant à la porte de l'atelier. Ce ne serait pas
comme les autres fois où j'avais posé pour lui. Il
allait me demander quelque chose et j'étais son
obligée.

Je poussai la porte. Assis devant son chevalet, il
étudiait le bout d'un de ses pinceaux. Lorsqu'il
me regarda, je vis sur son visage une expression que je n'y avais encore jamais vue : il était
inquiet.

C'est ce qui me donna le courage de parler
ainsi. J'allai me placer près de ma chaise, la main
reposant sur une des têtes de lion. « Monsieur,
commençai-je en m'agrippant bien fort à la sculp-
ture dure, inexpressive. Je ne peux pas faire ça.

— Faire quoi, Griet ? » Son étonnement était
sincère.

« Ce que vous allez me demander de faire. Je ne

peux pas en porter. Une servante, ça ne porte pas de perles. »

Il me fixa du regard un long moment, puis il secoua plusieurs fois la tête. « Vous êtes vraiment imprévisible ! Vous n'avez pas fini de me surprendre. »

Je laissai glisser mes doigts autour du nez et de la gueule du lion, remontant le long du museau jusqu'à la crinière, lisse et protubérante. Ses yeux suivaient mes doigts.

« Vous savez que le tableau a besoin de cette lumière que reflète la perle. Elle le complète », murmura-t-il.

Je le savais, bien sûr. Je n'avais pas regardé le tableau très longtemps, car me voir ainsi produisait sur moi un effet trop bizarre, mais j'avais perçu immédiatement qu'il avait besoin de la perle. Sans elle, il n'y avait que mes yeux, ma bouche, la garniture de ma chemise, l'ombre derrière mon oreille, des détails séparés et distincts, la perle en ferait un tout. Elle compléterait le tableau.

Elle m'enverrait aussi à la rue. Je savais qu'il n'emprunterait une boucle d'oreille ni à Van Ruijven, ni à Van Leeuwenhoek, ni à personne. Il avait repéré la perle de Catharina, il me la ferait porter. Il se servait pour ses tableaux de ce qu'il voulait, sans tenir compte des conséquences. Van Leeuwenhoek m'avait prévenue…

Le jour où Catharina reconnaîtrait sa boucle d'oreille sur le tableau, elle exploserait.

J'aurais dû le supplier de ne pas causer ma perte.

«Vous peignez ce tableau pour Van Ruijven, répliquai-je, pas pour vous. Cela a-t-il si grande importance? Vous avez dit vous-même qu'il en serait satisfait.»

Ses traits se durcirent, je compris que mieux aurait valu que je me taise.

«Je ne cesse jamais de travailler à un tableau si je sens qu'il y manque encore quelque chose, peu importe à qui il est destiné, maugréa-t-il. Ce n'est pas ainsi que je travaille.

— Non, Monsieur», dis-je, la gorge serrée, les yeux fixés sur le sol dallé. Quelle sotte! pensai-je, ma mâchoire se contracta.

«Allez vous préparer.»

J'inclinai la tête et me hâtai vers le débarras où je rangeais les étoffes bleu et jaune. Jamais je n'avais aussi vivement ressenti sa désapprobation. Je ne pensais pas être capable d'y faire face. J'enlevai ma coiffe et, sentant que le ruban qui retenait mes cheveux se dénouait, je le retirai. Je tendais la main pour tenter de rassembler mes cheveux quand j'entendis claquer une des dalles disjointes de l'atelier. J'étais pétrifiée. Jamais il n'était entré dans le débarras quand je me changeais. Jamais il ne m'avait demandé cela.

Je me retournai, les mains dans les cheveux. Il se tenait sur le seuil de la porte et me regardait.

Je baissai les mains. Mes cheveux retombèrent sur mes épaules brunes comme champs à l'automne. Personne d'autre que moi ne les avait jamais vus.

«Vos cheveux», dit-il. Sa colère s'en était allée.

Enfin, il éloigna son regard de moi.

*

Maintenant qu'il avait vu mes cheveux, maintenant qu'il m'avait vue telle que j'étais, je n'avais plus l'impression qu'il me restait quelque précieux trésor à garder pour moi seule. Je pouvais me sentir plus libre, sinon avec lui, du moins avec quelqu'un d'autre. Désormais, peu importait ce que je faisais ou ne faisais pas. Ce soir-là, je me sauvai de la maison pour aller retrouver Pieter fils dans l'une des tavernes près du marché à la viande, où les bouchers venaient boire. Ne prêtant aucune attention aux sifflements ni aux commentaires, j'allai droit vers lui et lui demandai de me suivre. Il posa sa bière, ouvrit de grands yeux et sortit derrière moi. Le prenant alors par la main, je l'emmenai dans une ruelle voisine. Une fois là, je remontai ma jupe et le laissai faire ce que bon lui semblait. Enlaçant son cou de mes bras, je me cramponnai tandis qu'il se glissait en moi à petits coups rythmés. Il me fit mal, mais en me revoyant dans l'atelier avec mes cheveux épars sur les épaules, je ressentis une certaine émotion qui ressemblait au plaisir.

Plus tard, de retour au Coin des papistes, je me lavai avec du vinaigre.

Quand je revis le tableau, je notai qu'il y avait ajouté une fine mèche de cheveux, elle dépassait de l'étoffe bleue, juste au-dessus de mon œil gauche.

*

Lors de la séance de pose qui suivit, il ne mentionna pas la boucle d'oreille. Il ne me la tendit pas, comme je l'avais craint. Il ne modifia pas non plus ma position et il ne s'arrêta pas de peindre.

Il n'entra pas non plus dans le débarras pour revoir mes cheveux.

Il resta longtemps assis, mélangeant avec son couteau les couleurs sur sa palette. Il y avait là du rouge et de l'ocre, mais la peinture qu'il mélangeait était surtout blanche. Il y ajouta des touches de noir, travaillant le tout lentement et avec soin, le tranchant du couteau scintillant dans la peinture grise.

« Monsieur ? » commençai-je.

Il me regarda, son couteau immobile.

« Il m'est arrivé de vous voir peindre sans que le modèle soit présent, ne pourriez-vous pas peindre la boucle d'oreille sans que je la porte ? »

Le couteau à palette demeurait immobile. « Somme toute, vous aimeriez que j'imagine que vous portez la perle et que je peigne ce que j'imagine ?

— Oui, Monsieur. »

Il baissa les yeux, regardant la peinture, le couteau recommença à aller et venir sur la palette. Je crus apercevoir un léger sourire sur son visage. « Je veux vous voir porter la boucle d'oreille.

— Mais vous savez ce qui se passera, Monsieur.

— Ce que je sais, c'est que le tableau sera achevé. »

Vous causerez ainsi ma perte, pensais-je. Mais une fois de plus je ne pus me déterminer à le lui dire. «Que pensera votre épouse en voyant le tableau terminé ? » préférai-je lui demander aussi hardiment que je le pouvais.

«Elle ne le verra pas. Je le donnerai directement à Van Ruijven. » C'était la première fois qu'il admettait qu'il me peignait en cachette et que Catharina désapprouverait.

«Vous n'aurez à la porter qu'une seule fois, reprit-il, comme pour m'apaiser. Je l'apporterai à votre prochaine séance de pose, dans une semaine. Un après-midi ! Catharina n'aura même pas le temps de s'apercevoir de sa disparition.

— Mais, Monsieur, répondis-je, je n'ai pas les oreilles percées. »

Il fronça légèrement les sourcils. «Eh bien, il vous faudra faire le nécessaire. »

C'était là, de toute évidence, une affaire de femme, qui ne lui incombait pas. Il tapota le couteau et l'essuya avec un chiffon. «Et maintenant, allons-y. Baissez un peu le menton. »

Il me contempla un instant. «Passez la langue sur vos lèvres, Griet ! »

Je la passai.

«Gardez la bouche ouverte. »

Cette requête me surprit tellement que ma bouche en resta ouverte. Je rentrai des larmes. Une femme honnête n'était jamais représentée la bouche ouverte.

À croire qu'il était dans la ruelle quand j'y avais retrouvé Pieter.

Vous avez causé ma perte, pensai-je. Je passai encore une fois la langue sur mes lèvres.

«C'est bien », dit-il.

*

Je ne voulais pas le faire moi-même. La douleur ne me gênait pas, mais je refusais d'approcher une aiguille de mon oreille.

Si j'avais pu choisir quelqu'un pour le faire, c'eût été ma mère, toutefois celle-ci n'eût jamais accepté sans en connaître la raison. Et l'eût-elle connue, qu'elle en eût été horrifiée.

Je ne pouvais pas non plus demander à Tanneke, ni à Maertge.

J'envisageai de poser la question à Maria Thins. Peut-être ignorait-elle encore le détail de la boucle d'oreille, mais elle l'apprendrait bien assez tôt. Je ne pouvais cependant m'y résoudre, refusant de la voir ainsi participer à mon humiliation.

La seule personne susceptible de le faire et de comprendre serait donc Frans, aussi je m'esquivai le lendemain après-midi, emportant un porte-aiguilles, cadeau de Maria Thins. La femme à la mine rébarbative qui contrôlait l'accès à la faïen-cerie me regarda avec un sourire narquois quand je demandai à voir mon frère :

« Il y a belle lurette qu'il est parti, bon débar-ras ! lança-t-elle, savourant ces mots.

— Parti ? parti où ? »

Elle haussa les épaules. « Du côté de Rotterdam, à ce qu'on m'a dit. Et après, qui sait, peut-être par-courra-t-il les mers pour y chercher fortune, s'il ne va pas finir ses jours entre les pattes d'une pute de Rotterdam ! » Ces derniers mots m'incitèrent à la regarder de plus près. Elle attendait un enfant.

En brisant le carreau de faïence qui nous représentait Frans et moi, Cornelia ignorait que l'avenir confirmerait cette fracture, que Frans se détacherait de moi et de ma famille. Le reverrai-je jamais, pensais-je. Et que diront nos parents ? Je me sentis plus seule que jamais.

Le lendemain, à mon retour du marché aux poissons, je m'arrêtai chez l'apothicaire. Maintenant ce dernier me connaissait, il m'appelait même par mon prénom. « Alors, que lui faut-il aujourd'hui ? demanda-t-il. De la toile ? Du vermillon ? De l'ocre ? De l'huile de lin ?

— Il n'a besoin de rien, répondis-je, mal à l'aise. Ma maîtresse non plus. Je suis venue… » Un court instant, j'envisageai de lui demander de me percer l'oreille. Il paraissait un homme discret qui n'irait pas le raconter et ne me poserait pas de questions.

Je ne pouvais toutefois demander pareil service à un étranger. « J'ai besoin de quelque chose qui engourdisse la peau, dis-je.

— Qui engourdisse la peau ?

— Oui, comme de la glace.

— Et pourquoi voulez-vous engourdir votre peau ? »

Je haussai les épaules et ne répondis pas, étudiant les flacons posés sur les étagères derrière lui.

« De l'essence de girofle », finit-il par dire avec un soupir, tendant la main pour prendre un flacon derrière lui. « Frottez-en quelques gouttes sur l'endroit sensible et attendez quelques minutes. Attention, l'effet ne dure pas longtemps.

— J'en voudrais un petit peu, s'il vous plaît.

— Et qui payera pour ça ? Votre maître ? C'est très cher, vous savez. Ça vient de loin. » Il y avait dans sa voix un mélange de reproche et de curiosité. « J'ai l'argent. Je n'en veux qu'un petit peu. » Sortant une bourse de mon tablier je comptai les précieux florins sur la table. Un flacon minuscule me coûta deux jours de gages. J'avais emprunté un peu d'argent à Tanneke et lui avais promis de la rembourser le dimanche suivant, jour où je recevrais mes gages.

Ce dimanche-là, quand je tendis à ma mère mes gages sur lesquels cette somme avait été prélevée, je lui racontai que j'avais brisé une glace à main et que j'avais dû dédommager.

« Cela te coûtera plus de deux jours de gages de remplacer ça, gronda-t-elle. Pourquoi te regardais-tu dans un miroir ? Comme tu es négligente !

— Oui, concédai-je. J'ai été très négligente. »

*

J'attendis jusqu'à une heure tardive où j'étais sûre que tout le monde dormait. J'avais peur que l'on ne me surprenne avec mon aiguille, mon miroir et mon essence de clou de girofle, bien qu'en général personne ne montât à l'atelier une fois qu'il était fermé à clef pour la nuit. Je me plaçai près de la porte, l'oreille aux aguets. J'entendis au-dessous Catharina arpenter le couloir. Elle avait du mal à dormir ces temps-ci, son corps était trop encombrant pour qu'elle pût trouver une position confortable. Une voix d'enfant, celle d'une fillette, me parvint alors, elle s'efforçait de parler tout bas mais avait peine à feutrer son timbre haut perché. Cornelia était avec sa mère. Enfermée dans l'atelier, je n'entendais pas ce qu'elles se racontaient et ne pouvais me glisser jusqu'en haut des marches pour écouter plus attentivement.

Dans sa chambre à côté du débarras, Maria Thins s'activait elle aussi. La maison était en état d'agitation et cela me rendait moi aussi agitée. Je me forçai à m'asseoir sur ma chaise à la tête de lion jusqu'à ce que le calme règne. Je n'avais pas sommeil. Jamais je ne m'étais sentie aussi éveillée.

Catharina et Cornelia finirent par retourner se coucher et, dans la pièce à côté, Maria Thins cessa ses allées et venues froufroutantes. Tandis que la maison s'apaisait, je restai assise sur ma chaise. Il m'était plus facile de demeurer assise que d'entreprendre ce que j'avais prévu. Ne pouvant plus retarder le moment, je me levai et commençai par jeter un coup d'œil sur le tableau. Tout ce que je voyais, c'était ce grand vide, à l'endroit où la boucle d'oreille devrait se trouver. Il m'incombait de le remplir. Je pris ma chandelle, allai chercher le miroir dans le débarras et grimpai au grenier. Posant ensuite le miroir sur la table du mortier, je le calai contre le mur et plaçai la chandelle à côté. Je sortis alors mon porte-aiguilles et j'approchai alors de la flamme la pointe de l'aiguille la plus fine. J'ouvris ensuite le flacon d'essence d'huile de clou de girofle, m'attendant à ce qu'il s'en échappe des relents de moisi et de feuilles pourries comme en dégagent souvent les

remèdes. Au lieu de cela, l'odeur était douce et
étrange, elle rappelait les gâteaux au miel oubliés
au soleil. Elle venait de pays lointains, d'endroits
où Frans pourrait se rendre sur ses bateaux. J'en
secouai quelques gouttes sur un chiffon et tamponnai le lobe de mon oreille gauche. L'apothicaire avait raison. Quelques minutes plus tard,
lorsque je touchai le lobe, j'eus l'impression
d'être allée me promener par temps froid, sans
me protéger les oreilles d'un châle.

Je sortis l'aiguille de la flamme, laissant la
pointe, d'un rouge brillant, virer peu à peu à un
orange terni puis au noir. Je me penchai vers le
miroir, mes yeux étaient embués. Ils scintillaient
de peur, à la lueur de la chandelle.

Dépêche-toi, me dis-je. Tu ne gagneras rien à
attendre. Je tirai très fort sur le lobe pour bien le
tendre et, d'un seul geste, transperçai ma chair
avec l'aiguille.

J'ai toujours voulu porter des perles, me dis-je,
juste avant de m'évanouir…

*

Chaque soir, je me tamponnai l'oreille, puis
j'introduisais une aiguille un peu plus grosse dans
le trou pour qu'il ne se referme pas. La douleur
était supportable, jusqu'au jour où le lobe s'in-
fecta et enfla, j'eus beau alors me tamponner
l'oreille à l'essence de clou de girofle, mes yeux
ruisselaient de larmes sitôt que je passais l'aiguille.
Je me demandais comment je parviendrais à porter la boucle d'oreille sans m'évanouir à nouveau.

J'appréciais que ma coiffe me couvrît les oreilles, car elle cachait ainsi mon lobe boursouflé. Il m'élançait dès que je me penchais au-dessus de la lessiveuse bouillonnante, que je broyais les couleurs ou que j'assistais au service à l'église avec Pieter et mes parents.

Il m'élançait quand Van Ruijven me surprit un matin alors que je mettais les draps à sécher dans la cour. Il essaya alors de m'enlever ma chemise en la faisant passer par-dessus mes oreilles pour découvrir mes seins.

« Je ne te conseille pas de lutter contre moi, ma fille, murmura-t-il tandis que je m'écartais. Tu n'y prendras que plus de plaisir. Et puis, tu sais, de toute façon tu seras à moi le jour où j'aurai ce tableau. » Il me poussa contre le mur et avança les lèvres à hauteur de ma poitrine, tirant sur mes seins pour les dégager de la robe.

« Tanneke ! » appelai-je de toutes mes forces, espérant, hélas ! en vain, qu'elle était rentrée plus tôt de la boulangerie.

« Que faites-vous ? »

Cornelia nous regardait depuis l'embrasure de la porte. Qui m'aurait dit que je puisse être un jour heureuse de la voir ?

Van Ruijven leva la tête et recula. « Nous nous amusons à un petit jeu, ma chère enfant, répliqua-t-il, sourire aux lèvres. Rien qu'un petit jeu. Tu y joueras à ton tour quand tu seras plus grande. » Il arrangea sa cape, et devança Cornelia dans la maison.

Mon regard ne croisa pas celui de Cornelia. Je rentrai ma chemise et lissai ma robe, les mains tremblantes. Quand je levai enfin la tête, Cornelia avait disparu.

*

Au matin de mon dix-huitième anniversaire, je me levai et fis, comme à l'habitude, le ménage de l'atelier. Le tableau du concert était terminé. Dans quelques jours, Van Ruijven viendrait le voir et il l'emporterait. Bien que ce ne soit plus dans mes attributions, j'époussetai avec soin ce qui avait servi au décor du tableau, essuyant le virginal, le violon, la viole de gambe, passant un chiffon humide sur le tapis de table, astiquant les montants des chaises, balayant les dalles grises et blanches.

Je n'aimais pas ce tableau autant que les autres qu'avait peints mon maître, même s'il était censé avoir davantage de valeur avec ses trois personnages. Je préférais ses tableaux représentant des femmes seules, ils étaient plus purs, moins compliqués. Je m'aperçus que je ne voulais pas regarder trop longtemps ce concert, ni même chercher à comprendre ce que pensaient ses personnages.

Je me demandais quel serait son prochain tableau.

Je mis de l'eau à chauffer et demandai à Tanneke, occupée à laver les marches et les dalles devant la maison, ce qu'elle voulait à la boucherie. « Des côtes de bœuf, répondit-elle, s'appuyant sur son balai. Pourquoi pas quelque chose de bon ? » Elle frotta le bas de son dos en ronchonnant. « Ça m'empêchera de penser à mes maux !

— Votre dos recommence à vous faire souf-frir ? » dis-je, m'efforçant de lui montrer un peu de compassion. À vrai dire, Tanneke avait tou-jours mal au dos, c'était ça la vie de servante !

Maertge m'accompagna au marché à la viande, ce dont je ne me plaignis pas. Depuis le fameux soir dans la ruelle, j'étais gênée de me retrouver seule avec Pieter fils, ne sachant trop comment il se comporterait à mon égard. S'il me voyait avec Maertge, il se tiendrait sur ses gardes.

Pieter fils n'était pas là, son père m'accueillit avec un grand sourire. « Ah ! la demoiselle à l'anni-versaire ! s'écria-t-il. Dis, c'est un grand jour pour toi ! »

Maertge me regarda, étonnée. Je n'avais pas mentionné à la famille que c'était mon anniver-saire, n'ayant aucune raison de le faire.

« Je ne vois vraiment pas en quoi c'est un grand jour, rétorquai-je.

— Ce n'est pas ce que m'a dit mon fils. Il a dû s'absenter. Il avait quelqu'un à voir. » Pieter père m'adressa un clin d'œil. Mon sang se glaça dans mes veines. Il disait quelque chose sans le dire, quelque chose que j'étais présumée com-prendre.

« Les meilleures côtes de bœuf que vous ayez, demandai-je, décidant de ne pas relever.

— Pour célébrer, donc ? » Pieter père n'était pas homme à se décourager, il était plutôt de ceux qui s'acharnent.

Je ne répondis pas. J'attendis simplement qu'il me serve, puis je mis la viande dans mon seau et m'en allai.

« Dites-moi, Griet, c'est vrai que c'est votre anniversaire ? me demanda tout bas Maertge quand nous sortions du marché.

— Oui.

— Quel âge avez-vous ?

— Dix-huit ans.

— Pourquoi c'est un grand jour, dix-huit ans ?

— Ce n'est pas vrai. Vous ne devriez pas l'écouter, c'est un sot. »

Maertge ne paraissait pas convaincue. Moi non plus. Les paroles de Pieter père avaient déclenché quelque curieux mécanisme dans ma tête.

Je passai la matinée à rincer et faire bouillir le linge. Mon esprit s'activait tandis que je surveillais la lessiveuse bouillonnante. Je me demandai où se trouvait Frans et si mes parents avaient appris son départ de Delft. Je me demandai, ce que Pieter père avait sous-entendu plus tôt et où était Pieter fils. Je pensai à ce soir-là dans la ruelle. Je pensai à mon portrait, me demandant quand il serait achevé et ce qu'il adviendrait alors de moi. Pendant tout ce temps, mon oreille m'élançait, la douleur était lancinante dès que je remuais la tête.

C'est Maria Thins qui vint me chercher.

« Laisse là ton linge, ma fille, l'entendis-je me dire par-derrière. Il veut que tu montes. » Elle se tenait sur le pas de la porte, agitant quelque chose dans sa main.

Je me levai, troublée. « Maintenant, Madame ?

— Oui, maintenant. Ne fais pas ta timide avec moi, ma fille ! Tu sais très bien pourquoi. Catharina est sortie ce matin, ce qui est rare ces temps-ci, maintenant que son terme est proche. Donne-moi ta main. »

Je m'essuyai la main à mon tablier et la lui tendis. Maria Thins fit glisser deux boucles d'oreilles dans ma paume.

« Emporte-les là-haut. Fais vite. »

Je ne pus bouger. Je tenais deux perles, grosses comme des noisettes, en forme de gouttes d'eau. Elles étaient d'un gris argenté, même au soleil, à l'exception d'une touche de lumière blanche, éblouissante. Il m'était déjà arrivé de toucher des perles, quand je les montais à l'épouse de Van Ruijven, les lui passais autour du cou ou les plaçais sur la table, mais je n'en avais jamais tenu qui me fussent destinées.

« Dépêche-toi, ma fille, grommela Maria Thins, impatiente. Catharina pourrait bien revenir plus tôt que prévu. »

Je me précipitai en trébuchant dans le couloir, laissant la lessive non essorée, puis je grimpai l'escalier sous les yeux de Tanneke qui rapportait de l'eau du canal et sous ceux d'Aleydis et Cornelia qui jouaient aux billes dans l'entrée. Toutes trois me regardèrent.

*

« Où allez-vous ? me demanda Aleydis, ses yeux gris brillant de curiosité.

— Au grenier, répondis-je doucement.

— Pouvons-nous monter avec vous ? lança Cornelia d'un ton sarcastique.

— Non.

— Poussez-vous, les filles, vous m'empêchez de passer.» Tanneke les bouscula, son visage était sombre.

La porte de l'atelier était entrouverte. J'entrai, les lèvres serrées, l'estomac noué. Je refermai la porte derrière moi.

Il m'attendait. Je lui tendis la main et laissai tomber les boucles d'oreilles dans sa paume.

Il me sourit. «Allez mettre votre turban.»

J'allai me changer dans le débarras. Il ne vint pas regarder mes cheveux. En revenant, je lançai un coup d'œil au tableau de *L'Entremetteuse* accroché au mur. L'homme souriait à la jeune femme comme s'il tâtait des poires au marché pour voir si elles étaient mûres. Je frémis.

Il tenait une boucle d'oreille par son fil métallique. Elle captait la lumière de la fenêtre, la reflétant en une minuscule facette d'un blanc éblouissant.

«Tenez, Griet.» Il me tendit la perle.

«Griet! Griet! Quelqu'un veut vous voir!» Maertge appelait d'en bas.

Je passai la tête par la fenêtre. Il vint se placer à côté de moi et nous regardâmes ensemble.

Pieter fils se tenait dans la rue, au-dessous de nous. Il leva la tête et nous aperçut tous deux à la fenêtre.

«Descendez, Griet! cria-t-il. Je veux vous parler.» Il ne paraissait pas prêt à s'éloigner.

Je m'éloignai de la fenêtre. «Pardonnez-moi, Monsieur, dis-je à voix basse. Ça ne sera pas long.» Je me précipitai dans le débarras, retirai les turbans et remis ma coiffe. Il était toujours là, à la

fenêtre, me tournant le dos, quand je traversai
l'atelier.

Assises en rang sur le banc, les filles regardaient
Pieter avec de grands yeux, lui les regardait aussi.

«Allons au coin de la rue», murmurai-je, en me
dirigeant vers Molenpoort. Au lieu de me suivre,
Pieter resta planté là, les bras croisés.

«Qu'aviez-vous sur la tête quand vous étiez là-
haut?» demanda-t-il.

Je m'arrêtai et me retournai. «Ma coiffe.

— Non, c'était bleu et jaune.»

Cinq paires d'yeux nous observaient, les filles
sur le banc et lui à la fenêtre. Tanneke apparut
soudain sur le pas de la porte, cela fit donc six
paires d'yeux.

«Je vous en supplie, Pieter, allons un peu plus
loin, soufflai-je tout bas.

— Ce que j'ai à dire peut être dit devant tout le
monde. Je n'ai rien à cacher.» Il rejeta la tête en
arrière, ses boucles blondes retombant derrière
ses oreilles.

Je voyais que rien ne le ferait taire. Il dirait
devant eux tous ce que je redoutais qu'il ne dise.

Pieter n'éleva pas la voix, mais nous l'entendîmes tous. «J'ai parlé ce matin à votre père et il
m'a donné son consentement pour que nous
nous mariions, maintenant que vous avez dix-huit
ans. Vous pouvez partir d'ici et venir chez moi.
Aujourd'hui même.»

Je me sentis rougir, était-ce de colère ou de
honte, je ne savais. Tous attendaient ma réaction.

Je respirai bien à fond. «Ce n'est pas l'endroit
approprié pour parler de ce genre de choses,

répondis-je d'un ton sévère. Pas dans la rue comme ça. Vous avez commis une erreur en venant ici.» Je n'attendis pas sa réponse, mais quand je me retournai pour rentrer dans la maison, il avait l'air accablé.

«Griet!» supplia-t-il.

Je bousculai Tanneke, qui dit tout bas quelque chose, si bas que je ne fus pas sûre de l'avoir bien entendue. «Putain.» Je montai en courant à l'atelier. Il était encore à la fenêtre quand je fermai la porte. «Je vous demande pardon, Monsieur, dis-je. Je vais retirer ma coiffe.»

Il ne se retourna pas. «Il est toujours là», dit-il.

Quand je ressortis du débarras, je me rendis à la fenêtre en veillant toutefois à ne pas me tenir trop près de celle-ci, soucieuse d'éviter que Pieter ne me revoie avec ma tête enturbannée de jaune et de bleu.

Mon maître ne regardait plus dans la rue, il contemplait la tour de la Nouvelle-Église. Je jetai un coup d'œil furtif : Pieter s'en était allé.

Je repris ma place sur la chaise à têtes de lion et j'attendis.

Quand il se tourna enfin vers moi, son regard était impénétrable, je savais moins que jamais ce qu'il pensait.

«Vous allez donc nous quitter, dit-il.

— Oh! Monsieur, je ne sais pas. Ne prêtez pas attention à des paroles échangées comme ça dans la rue.

— L'épouserez-vous?

— S'il vous plaît, ne me posez pas de questions sur lui.

— Non, sans doute ne devrais-je pas. Allons, mettons-nous au travail. »

Il tendit la main vers le placard derrière lui, attrapa une boucle d'oreille et me la tendit.

«Je veux que vous fassiez cela vous-même. » Je n'aurais pas cru que je pouvais avoir autant d'aplomb.

Lui non plus. Il parut étonné, ouvrit la bouche, mais il n'en sortit rien.

Il s'approcha de ma chaise. Mes mâchoires se contractèrent mais je parvins à garder la tête immobile. Il tendit la main et toucha doucement mon oreille.

Je haletais comme si j'avais retenu ma respiration sous l'eau.

Il frotta le lobe enflé entre le pouce et l'index, puis il l'étira. De l'autre main, il glissa le fil métallique dans le trou et le poussa au travers. Une douleur brûlante me transperça, m'emplissant les yeux de larmes.

Il ne retira pas la main. Ses doigts effleurèrent mon cou et ma mâchoire. Il remonta le long de mon visage jusqu'à ma joue puis, de son pouce, il effaça mes larmes. Il passa ensuite ce dernier sur ma lèvre inférieure. Je le léchai. Il était salé. Je fermai les yeux, il retira ses doigts. Quand je les rouvris, il était retourné à son chevalet et tenait sa palette.

Assise sur ma chaise, je l'observai par-dessus mon épaule. Mon oreille me brûlait, le poids de la perle tirait sur le lobe. Je ne pouvais penser qu'à ses doigts sur mon cou, son pouce sur mes lèvres.

Il me regarda mais il ne se remit pas à peindre. Je me demandai à quoi il pensait.

Il finit par tendre à nouveau la main pour saisir quelque chose derrière lui. «Vous devez porter l'autre aussi», déclara-t-il en prenant la seconde boucle d'oreille et en me la tendant.

Pendant un moment, je ne pus dire un mot. Je voulais qu'il pense à moi et non pas au tableau.

«Pourquoi? répondis-je enfin. On ne peut pas la voir sur le tableau.

— Vous devez porter les deux, insista-t-il. C'est grotesque de n'en mettre qu'une.

— Mais l'autre oreille n'est pas percée, bredouillai-je.

— Dans ce cas, il faudra que vous fassiez le nécessaire.»

Je tendis la main et pris la boucle d'oreille. C'est pour lui que je le fis. Je sortis mon aiguille et l'essence de clou de girofle et perçai mon autre oreille. Sans pleurer, sans défaillir, sans pousser un cri. Je posai ensuite toute la matinée. Il peignit la boucle d'oreille qu'il pouvait voir, et je sentis tel un feu dans mon autre oreille, la perle qu'il ne pouvait pas voir.

La lessive qui trempait dans la cuisine avait refroidi, l'eau était devenue grise. Tanneke allait et venait bruyamment à la cuisine, dehors les filles criaient et nous, derrière notre porte close, nous étions assis et nous regardions. Et il peignait.

Quand il posa enfin son pinceau et sa palette, je ne changeai pas de position, même si j'avais mal aux yeux à force de regarder sur le côté. Je ne voulais pas bouger.

« C'est fini », dit-il, d'une voix sourde. Il se détourna et entreprit de nettoyer sa palette avec un chiffon. Je regardai le couteau, il était couvert de peinture blanche.

« Retirez les boucles d'oreilles et remettez-les à Maria Thins quand vous descendrez », ajouta-t-il.

Je me mis à pleurer en silence. Je me levai, me dirigeai vers le débarras sans le regarder et je retirai l'étoffe bleu et jaune enroulée autour de ma tête. J'attendis un moment, les cheveux sur les épaules, mais il ne vint pas. Maintenant que le tableau était achevé, il ne voulait plus de moi.

Je me plaçai devant le petit miroir pour enlever les boucles d'oreilles. Les trous de mes lobes saignaient, je les tamponnai avec un bout de tissu, puis j'attachai mes cheveux avant de les couvrir, et de couvrir mes oreilles, avec ma coiffe, laissant les pointes de celle-ci pendre sous mon menton.

Quand je revins, il était parti. Il m'avait laissé la porte de l'atelier ouverte. L'idée me vint un moment de regarder le tableau afin de voir ce qu'il avait fait. Afin de le voir terminé, la boucle d'oreille en place. Je décidai d'attendre le soir, je serais libre alors de l'étudier à loisir, sans avoir à craindre que quelqu'un ne pût entrer.

Je traversai l'atelier et refermai la porte derrière moi. Je devais le regretter puisque je ne pus jamais regarder le tableau achevé.

*

Catharina rentra quelques minutes à peine après que j'eus rendu les boucles d'oreilles à

Maria Thins, qui les rangea aussitôt dans le coffret à bijoux, je courus ensuite à la cuisine aider Tanneke à préparer le repas. Je remarquai qu'elle ne me regardait pas en face mais de côté, secouant parfois la tête.

Il fut absent au dîner, il était sorti. La table débarrassée, je retournai dans la cour rincer la lessive. Il me fallut aller rechercher de l'eau propre et la mettre à chauffer. Tandis que je travaillais, Catharina faisait la sieste dans la grande salle. De son côté, Maria Thins fumait et écrivait des lettres dans la salle de la Crucifixion. Assise à l'entrée, Tanneke cousait. Perchée sur le banc, Maertge faisait de la dentelle. Près d'elle, Aleydis et Lisbeth triaient leur collection de coquillages.

Je ne vis pas Cornelia.

J'étais en train de suspendre un tablier quand j'entendis Maria Thins demander : « Où vas-tu ? » Ce fut le ton de sa voix plutôt que ce qu'elle disait qui me fit interrompre mon travail. Elle semblait inquiète.

Je me glissai dans le couloir. Maria Thins était au pied de l'escalier, la tête tournée vers le haut. Debout à l'entrée, Tanneke ne lâchait pas sa maîtresse du regard. J'entendis les marches craquer et les halètements de Catharina se hissant péniblement dans l'escalier.

À ce moment, je compris ce qui allait arriver, à elle, à lui, à moi.

Cornelia est là, me dis-je. Elle emmène sa mère voir le tableau.

J'aurais pu couper court aux affres de l'attente. J'aurais pu partir, sans même me retourner, laissant la lessive inachevée. Mais je ne pouvais bouger. J'étais clouée sur place, comme Maria Thins, au bas de l'escalier. Elle aussi savait ce qui allait se passer et elle ne pouvait l'empêcher.

Je m'effondrai, Maria Thins me vit, mais elle ne dit mot, continuant à regarder, perplexe, ce qui arrivait là-haut. Le bruit dans l'escalier cessa alors et nous entendîmes le pas pesant de Catharina se dirigeant vers l'atelier. Maria Thins se précipita en haut, je restai à genoux, trop épuisée pour me relever. Tanneke, debout dans l'entrée, empêchait la lumière de passer. Elle me regardait, les bras croisés, le visage sans expression.

Peu après retentit un cri de rage, des voix s'élevèrent alors, qui furent vite étouffées.

Cornelia descendit. « Maman veut que papa revienne à la maison », annonça-t-elle à Tanneke.

Tanneke recula et se tourna vers le banc. « Va chercher ton père à la Guilde, ordonna-t-elle à Maertge. Dépêche-toi, dis-lui que c'est important. »

Cornelia regarda autour d'elle. En me voyant, son visage s'éclaira. Je me relevai et me rendis dans la cour. Je n'avais d'autre choix que suspendre la lessive et attendre.

À son retour, je crus un moment qu'il allait venir me trouver dans la cour, cachée au milieu des draps qui séchaient. Il ne le fit pas. Je l'entendis dans l'escalier, puis plus rien.

Je m'adossai au mur de brique voluptueusement tiède et levai la tête. C'était une belle journée. Le ciel, sans nuages, était d'un bleu ironique. C'était une de ces journées où les enfants s'ébrouent dans les rues en criant à tue-tête, où les amoureux franchissent les portes de la ville et, laissant là les moulins à vent, s'en vont marcher le long des canaux, où les vieilles s'asseyent au soleil en fermant les yeux. Sans doute mon père était-il assis sur le banc devant la maison, le visage tourné vers la chaleur. Demain, il gèlerait peut-être, mais aujourd'hui, c'était le printemps.

Ils envoyèrent Cornelia me chercher. Quand elle apparut entre les vêtements qui séchaient et me regarda avec un cruel petit sourire, j'eus envie de la gifler comme en ce premier jour où j'étais venue travailler chez eux. Je me retins, restant assise, les mains sur les genoux, les épaules courbées, à la regarder exhiber sa joie. Le soleil jouait sur ses mèches d'or, héritées de sa mère, qui striaient ses cheveux roux.

« On vous demande là-haut, annonça-t-elle d'un ton solennel. Ils veulent vous voir. » Là-dessus, elle fit demi-tour et rentra en sautillant dans la maison.

Je me baissai pour épousseter mes chaussures puis, me redressant, remis ma jupe en place, lissai mon tablier et tirai bien fort sur les cordons de ma coiffe, vérifiant qu'aucune mèche folle ne dépassât. Je passai la langue sur mes lèvres, respirai à fond et suivis Cornelia.

Catharina avait pleuré. Elle avait le nez rouge, les yeux gonflés. Elle était assise sur le tabouret qu'il approchait, en général, de son chevalet. Cette fois, il avait été repoussé contre le mur et le bahut où il rangeait ses pinceaux et son couteau à palette. À ma vue, elle se redressa, en imposant de toute sa taille. Bien qu'elle me dévisageât, elle ne

dit rien. Elle pressa les bras sur son ventre et grimaça.

Debout, à côté du chevalet, Maria Thins paraissait sobre mais impatiente, on aurait cru que des
affaires plus importantes l'attendaient.

Il se tenait à côté de son épouse, le visage sans
expression, les mains sur les côtés, les yeux sur le
tableau. Il attendait que quelqu'un commence,
que ce soit Catharina, Maria Thins ou moi.

Je vins me placer sur le seuil de la porte. Cornelia rôdait derrière moi. De l'endroit où j'étais, je
ne voyais pas le tableau.

Maria Thins parla enfin.

« Eh bien, ma fille, votre maîtresse veut savoir
comment vous en êtes arrivée à porter ces boucles
d'oreilles. » Elle dit cela comme si elle ne s'attendait pas que je réponde.

J'étudiai son visage flétri par les ans. Elle n'allait
pas admettre qu'elle m'avait aidée à me procurer
les boucles d'oreilles. Lui non plus, c'était évident.
Je ne savais que dire. Aussi préférai-je me taire.

« Auriez-vous volé la clef de mon coffret à bijoux
et pris mes boucles d'oreilles ? » À l'entendre, on
aurait dit que Catharina essayait de se convaincre
de ce qu'elle avait dit. Sa voix tremblait.

« Non, Madame. » Même si cela eût facilité les
choses pour tout le monde, je ne pouvais me décider à dire que je les avais volées.

« Ne mentez pas. Les servantes, ça vole tout le
temps ! Vous avez pris mes boucles d'oreilles !

— Vous font-elles défaut à ce moment,
Madame ? »

Catharina parut troublée, tant de m'entendre

poser une question que par la question elle-même. De toute évidence, elle n'avait pas regardé dans son coffret à bijoux depuis qu'elle avait vu le tableau. Elle ignorait si les boucles d'oreilles s'y trouvaient ou non. Une chose était sûre, elle n'aimait pas que les questions viennent de moi. «Taisez-vous, sale voleuse! Ils vous jetteront en prison! siffla-t-elle. Et vous ne verrez pas de sitôt la lumière du soleil!» Elle grimaça à nouveau. Quelque chose n'allait pas.

«Mais, Madame…

— Voyons, Catharina, ne vous mettez dans tous vos états, dit-il, m'interrompant. Van Ruijven emportera le tableau dès qu'il sera sec, vous n'aurez plus à y penser.»

Lui non plus ne voulait pas me parler. Personne ne semblait vouloir m'adresser la parole. Je me demandais pourquoi ils m'avaient ordonné de monter alors qu'ils tremblaient de peur à l'idée de ce que je pourrais dire.

J'aurais pu dire : «Et que pensez-vous de toutes ces heures qu'il a passées à me regarder tandis qu'il peignait ce tableau?»

J'aurais pu dire : «Et que pensez-vous de votre mère et de votre mari qui ont agi dans votre dos pour vous tromper?» J'aurais pu dire aussi, tout simplement : «Votre mari m'a touchée ici, dans cette pièce.»

Ils n'avaient pas idée de ce que j'aurais pu dire.

Catharina n'était pas dupe. Elle savait bien que les boucles d'oreilles n'étaient qu'un prétexte. Elle voulait y voir le véritable motif, elle essayait de le faire croire sans y parvenir. Elle se tourna vers son mari. « Pourquoi, demanda-t-elle, n'avez-vous jamais fait mon portrait ? »

Tandis qu'ils se dévisageaient, je remarquai qu'elle était plus grande que lui et, d'une certaine façon, plus robuste.

« Les enfants et vous n'appartenez pas à ce monde, dit-il. Vous n'êtes pas censés y appartenir.

— Et elle, elle y appartient ? » cria Catharina d'un ton perçant, en agitant la tête dans ma direction.

Il ne répondit pas. J'aurais souhaité que Maria Thins, Cornelia et moi fussions dans la salle de la Crucifixion ou au marché. Il s'agissait là d'une de ces affaires entre un homme et son épouse, et ne regardant qu'eux seuls.

« Et avec *mes* boucles d'oreilles ? »

Il se tut à nouveau, ce qui ne fit qu'accroître la rage de Catharina. Elle secoua la tête, ses boucles blondes frémissant autour de ses oreilles. « Non, je n'admettrai pas cela sous mon toit, déclara-t-elle. Jamais je ne l'admettrai ! » Elle regardait autour d'elle, en proie à une vive agitation. Lorsque son regard s'arrêta sur le couteau à palette, un frisson me parcourut. Je fis un pas au moment où elle s'approcha du bahut et saisit le couteau. Je m'arrêtai, n'ayant idée de ce qu'elle allait faire.

Lui le savait. Il connaissait son épouse. Il la suivit alors qu'elle s'approchait du tableau. Elle fut rapide, mais il anticipa son geste, l'attrapant par le poignet au moment où elle brandissait vers le tableau la pointe de diamant du couteau. Il l'arrêta à l'instant où la lame allait toucher mon œil. De l'endroit où je me tenais, je pouvais voir l'œil grand ouvert, un scintillement de boucle d'oreille qu'il venait d'ajouter et le miroitement de la lame suspendue devant le tableau. Catharina se débattait, il ne lâcherait pas son poignet tant qu'elle n'aurait pas laissé tomber le couteau. Elle poussa un grognement. Lançant le couteau, elle se cramponna alors à son ventre. Le couteau glissa sur les dalles jusqu'à mes pieds, puis il se mit à tournoyer de plus en plus lentement, sous nos regards effrayés, et finit par s'arrêter, sa lame pointée vers moi.

Il m'incombait de le ramasser. N'incombait-il pas aux servantes de ramasser les affaires de leurs maîtres et de les ranger ? Je levai la tête, nos yeux se rencontrèrent, mon regard soutint un long moment son regard gris. Je sus que ce serait la dernière fois. Je ne regardai personne d'autre.

Dans ses yeux, je pouvais lire du regret.

Je ne ramassai pas le couteau. Je me retournai, sortis de la pièce, descendis l'escalier, franchis le seuil, bousculant Tanneke. Une fois dans la rue, je m'en allai sans regarder les enfants qui devaient être assis sur le banc, ni Tanneke qui devait maugréer car je l'avais poussée, ni les fenêtres de l'atelier derrière lesquelles il pourrait se tenir. Je me mis à courir. Je descendis l'Oude Langendijck, traversai le pont menant à la place du Marché.

Seuls les voleurs ou les enfants s'en vont en courant.

Parvenue au centre de la place, je m'arrêtai à l'intérieur du cercle de dalles au milieu duquel se trouvait l'étoile à huit branches. Chaque branche pointait vers une direction que je pouvais suivre.

Je pouvais retourner chez mes parents.

Je pouvais aller trouver Pieter au marché à la viande et lui dire que j'acceptais de l'épouser.

Je pouvais aller chez Van Ruijven, il m'accueillerait avec un grand sourire.

Je pouvais me rendre chez Van Leeuwenhoek et lui demander d'avoir pitié de moi.

Je pouvais me rendre à Rotterdam pour essayer d'y retrouver Frans.

Je pouvais m'en aller seule vers quelque lointain endroit.

Je pouvais retourner au Coin des papistes.

Je pouvais me rendre à la Nouvelle-Église afin de prier Dieu de me guider.

Je pouvais me mettre au milieu du cercle et tourner, tourner tout en réfléchissant.

Une fois que j'aurais fait mon choix, le choix que je savais devoir faire, je placerais minutieusement les pieds sur la pointe de la branche et suivrais d'un pas ferme la direction qu'elle m'indiquerait.

1676

Quand je levai la tête et l'aperçus, je faillis lâcher mon couteau. Cela faisait dix ans que je ne l'avais pas vue. Elle n'avait guère changé, peut-être s'était-elle un peu étoffée. Sur sa joue, des cicatrices étaient venues s'adjoindre aux vieilles marques de variole. Maertge, qui passait parfois à l'étal, m'avait raconté l'accident : un rôti de mouton l'avait éclaboussée d'huile brûlante.

Rôtir la viande n'avait jamais été son fort.

Elle se tenait à quelque distance, aussi était-il difficile de dire si elle était vraiment venue dans l'intention de me voir. Je sentais que ce ne pouvait être par simple hasard. Pendant dix ans, elle s'était arrangée pour m'éviter dans une ville qui n'était pourtant pas bien grande. Jamais je ne l'avais croisée, ni au marché, ni au marché à la viande, ni même le long des canaux. Je dois toutefois avouer que je ne me promenais pas souvent du côté de l'Oude Langendijck.

Elle s'approcha à contrecœur de l'étal. Je posai mon couteau, essuyai mes mains tachées de sang à mon tablier. «Bonjour, Tanneke, dis-je avec calme, comme si nous venions de nous quitter. Comment allez-vous?

— Madame veut te voir, dit-elle d'un ton abrupt, en fronçant les sourcils. Il faut que tu viennes à la maison cet après-midi.»

Il y avait bien des années que l'on ne m'avait pas parlé sur ce ton. Les clients demandaient une chose ou l'autre, mais c'était différent, libre à moi de refuser si je n'aimais pas leur façon de s'adresser à moi.

«Comment va Maria Thins? demandai-je, m'efforçant d'être polie. Et comment va Catharina?

— Aussi bien que possible, compte tenu de ce qui s'est passé.

— Je suis sûre qu'ils s'en sortiront.

— Ma maîtresse a dû vendre des biens, mais elle s'en est bien tirée. Les enfants n'en souffriront pas.» Comme autrefois, Tanneke ne pouvait s'empêcher de chanter les louanges de Maria Thins à qui voulait l'entendre, quitte à être trop prodigue de détails.

Deux clientes étaient arrivées, elles attendaient leur tour derrière Tanneke. Une part de moi-même aurait préféré être seule avec Tanneke, j'en aurais profité pour lui poser des questions, pour l'inciter à me donner d'autres détails, à m'en dire bien davantage à propos d'autres sujets. Une autre part de moi-même, ce bon sens auquel je me cramponnais depuis tant d'années, ne voulait rien avoir à faire avec elle. Je ne voulais rien entendre de tout cela.

Les deux clientes changèrent de côté tandis

que Tanneke restait là, plantée devant l'étal. Elle fronçait toujours les sourcils, mais son visage s'était radouci. Elle jaugeait les coupes de viande posées devant elle.

« Aimeriez-vous acheter quelque chose ? » demandai-je.

Ma question la tira de sa stupeur. « Non », marmonna-t-elle.

Ils achetaient maintenant leur viande à l'autre bout du marché. Sitôt que j'avais commencé à travailler avec Pieter, ils avaient changé, du jour au lendemain, sans s'acquitter de leurs dettes. Ils nous devaient encore quinze florins que Pieter ne leur avait jamais réclamés. « C'est le prix que j'ai payé pour toi, disait-il parfois pour me taquiner. Maintenant, je connais le prix d'une servante. »

Je ne riais pas en l'entendant dire ça.

Je sentis une petite main tirer sur mon vêtement, je regardai. Le petit Frans m'avait trouvée, il s'accrochait à ma jupe. Je caressai sa tête, aux boucles aussi blondes que celles de son père. « Ah ! te voilà ! m'exclamai-je. Où sont Jan et ta grand-mère ? »

Il était trop jeune pour me le dire, mais j'aperçus ma mère et mon fils aîné qui se frayaient un passage jusqu'à moi à travers les étals.

Le regard de Tanneke allait et venait entre mes fils, soudain son visage se durcit. Elle me lança un œil plein de reproche, sans me faire toutefois partager ses pensées. Elle recula, écrasant le pied de la femme derrière elle. « N'oublie pas de passer cet après-midi », ordonna-t-elle. Là-dessus elle disparut sans me donner le temps de répondre.

Ils avaient maintenant onze enfants. Maertge et les ragots du marché m'en avaient tenue informée. Catharina avait cependant perdu le bébé qu'elle avait mis au monde le jour de l'incident du tableau et du couteau à palette. Dans l'impossibilité de descendre jusqu'à son lit, elle avait dû accoucher dans l'atelier. Le bébé était arrivé avec un mois d'avance, il était chétif. Il était mort peu de temps après la fête célébrant sa naissance. J'avais appris que Tanneke m'en tenait pour responsable.

J'avais pendant quelque temps imaginé son atelier avec le sang de Catharina par terre, me demandant comment il arrivait encore à y peindre. Jan courut vers son petit frère et l'entraîna dans un coin, où ils jouèrent avec un os, se le renvoyant avec le pied. «Qui était-ce?» demanda ma mère. Elle n'avait jamais rencontré Tanneke.

«Une cliente», répliquai-je. Je m'efforçais de la protéger contre ce qui pourrait la perturber. Depuis la mort de mon père, elle était devenue aussi méfiante que chien sauvage à l'égard de tout ce qui était nouveau ou différent et à l'égard de tout changement.

«Elle n'a rien acheté, remarqua ma mère.

— Non, nous n'avions pas ce qu'elle voulait.» Je me tournai vers la cliente suivante sans donner à ma mère le temps de me poser d'autres questions.

Pieter et son père apparurent, portant à eux deux un flanc de bœuf. Après l'avoir laissé tomber sur la table par-derrière l'étal, ils s'armèrent de leurs couteaux. Jan et le petit Frans abandon-

nèrent l'os avec lequel ils s'amusaient et se préci-
pitèrent pour les regarder. Ma mère recula, elle ne
s'était jamais accoutumée à voir autant de viande.
« Je m'en vais, dit-elle en reprenant son seau.

— Pourriez-vous surveiller les garçons cet
après-midi ? J'ai des courses à faire.

— Où vas-tu ? »

Je sourcillai. J'avais déjà fait remarquer à ma
mère qu'elle posait trop de questions. Avec l'âge,
elle était devenue suspicieuse, là où elle n'avait
aucune raison de l'être. Cette fois, pourtant, alors
qu'il y avait quelque chose à lui cacher, je me trouvai étrangement calme. Je ne lui répondis pas.

Ce fut plus aisé avec Pieter. Il se contenta de
jeter un coup d'œil vers moi tout en poursuivant
ce qu'il était en train de faire. Je lui fis un signe
de tête. Il avait appris depuis belle lurette à ne pas
me poser de questions, tout en sachant que j'étais
parfois cachottière. Ainsi, pendant notre nuit de
noces, ne me posa-t-il aucune question lorsqu'il
s'aperçut, en retirant ma coiffe, que j'avais les
oreilles percées.

Les trous s'étaient cicatrisés depuis longtemps.
Il ne restait plus que deux minuscules boules de
chair que je ne sentais qu'en pinçant mes lobes.

*

Deux mois s'étaient écoulés depuis que j'avais
appris la nouvelle. Depuis deux mois, je pouvais
donc aller et venir dans Delft sans me demander si
je le verrais ou non. Au cours des années, il m'était
arrivé une fois ou l'autre de l'apercevoir au loin

tandis qu'il se rendait à la Guilde ou en revenait, de le croiser près de l'auberge de sa mère ou lorsqu'il allait chez Van Leeuwenhoek, près du marché à la viande. Jamais je ne m'étais approchée de lui et je ne saurais dire s'il m'avait vue. Il marchait dans la rue ou traversait la place, regardant au loin, ni par arrogance ni de propos délibéré, mais comme s'il évoluait dans un univers différent.

Au début, cela me fut très dur. Dès que je l'apercevais, je restais clouée sur place où que je me trouve, j'étais pétrifiée, je ne pouvais plus respirer. Il me fallait cacher ma réaction à Pieter père autant qu'à Pieter fils, la cacher à ma mère et aux commères du marché.

Je crus longtemps que je comptais peut-être encore pour lui.

Au bout d'un certain temps, je finis par admettre qu'il s'était toujours davantage soucié de mon portrait que de moi-même. Il me fut plus facile d'accepter cela après la naissance de Jan. Avec l'arrivée de mon fils, mon centre d'intérêt était devenu ma famille, comme jadis elle l'avait été avant que je sois placée comme servante. Jan prenait tellement de mon temps qu'il ne m'était plus possible de regarder autour de moi. Avec un bébé dans les bras, je n'allais plus consulter l'étoile à huit branches, curieuse de savoir où elles aboutissaient. Quand j'apercevais mon ancien maître de l'autre côté de la place, mon cœur ne se serrait plus, je ne pensais plus perles ni fourrures, je n'éprouvais plus le besoin de revoir ses tableaux.

Il m'arrivait de croiser dans la rue les autres membres de la famille, Catharina, les enfants,

Maria Thins. Catharina et moi nous détournions l'une de l'autre. Cornelia m'examinait, l'air déçu, car elle n'avait pas réussi à m'anéantir. Lisbeth était fort occupée avec les garçons, trop jeunes pour se souvenir de moi. Quant à Aleydis, elle me rappelait son père, ses yeux gris furetaient autour sans jamais se poser près d'elle. Au bout de quelque temps arrivèrent d'autres enfants. Je ne les connaissais plus, ou je ne les reconnaissais qu'à leurs yeux rappelant ceux de leur père ou à leurs cheveux rappelant ceux de leur mère.

Seules Maertge et Maria Thins répondaient à mes salutations. Maria Thins se contentait d'un bref signe de tête quand elle me voyait, quant à Maertge, elle s'esquivait du marché à la viande pour venir me trouver. Ce fut elle qui me rapporta mes trésors, mon carreau de faïence brisé, mon livre de prières, mes cols et mes coiffes. Ce fut elle aussi qui m'apprit au fil des années la mort de la mère du maître, comment il avait dû reprendre la gestion de l'auberge, la façon dont leurs dettes s'accumulaient, l'accident de Tanneke avec l'huile brûlante.

Ce fut elle encore qui, un jour, m'annonça toute guillerette : « Papa est en train de peindre mon portrait de la manière dont il a peint le vôtre. Moi toute seule, regardant par-dessus mon épaule. Ce sera les deux seuls tableaux qu'il aura peints ainsi. »

Pas tout à fait de la même manière, pensai-je. Pas tout à fait… Je fus étonnée qu'elle connût l'existence de ce tableau, me demandant même si elle l'avait vu.

Je devais me montrer prudente avec elle. Longtemps elle n'avait été qu'une fillette, aussi ne me sentais-je pas libre de lui poser trop de questions sur sa famille. Je devais attendre avec patience qu'elle m'apporte des bribes de nouvelles. Une fois qu'elle fut en âge de me parler plus librement, je n'étais plus vraiment intéressée par sa famille, ayant désormais la mienne.

Pieter tolérait ses visites, mais je me rendais compte qu'elle le mettait mal à l'aise. Il fut soulagé le jour où elle épousa le fils d'un marchand de soie. Elle espaça alors ses visites et changea de boucher.

Voici qu'au bout de dix années on m'appelait dans la maison dont j'étais partie de façon si soudaine.

Deux mois plus tôt, je coupais de la langue de bœuf quand j'entendis une cliente qui attendait son tour dire à une autre cliente : « Oui, pensez donc ! Mourir et laisser onze enfants et une veuve face à de telles dettes ! »

Je levai la tête, le couteau entailla ma paume. Je ne ressentis aucune douleur jusqu'à ce que je demande : « De qui parlez-vous ? » et que la femme me réponde : « Le peintre Vermeer est mort. »

*

Je brossai mes ongles avec une vigueur toute particulière quand je finis à l'étal. Il y avait bien longtemps que j'avais renoncé à les avoir impeccables, ce qui amusait Pieter père. « Tu vois, tu as fini par t'habituer à avoir des traces de sang sous les ongles, tout comme tu as fini par t'habituer aux mouches, se plaisait-il à dire. Maintenant que tu as un peu vécu, tu peux voir qu'il n'y a pas de raison d'avoir toujours les mains propres. Elles se resalissent, c'est tout. La propreté n'est pas aussi importante que tu le croyais à l'époque où tu étais servante, pas vrai ? » Il m'arrivait pourtant d'écraser de la lavande et de la cacher sous ma chemise afin de masquer l'odeur de viande qui semblait coller à moi, même lorsque j'étais loin du marché à la viande.

Il y avait bien des choses auxquelles j'avais dû m'habituer.

Je changeai de robe, mis un tablier propre et une coiffe tout juste empesée. Je continuais à porter ma coiffe comme avant, sans doute n'avais-je guère changé depuis le jour où j'avais fait mes débuts de servante. Si ce n'est que mes yeux n'étaient plus aussi grands ouverts ni aussi innocents.

Nous avions beau être en février, ce n'était pas les grands froids. Il y avait beaucoup de monde sur la place du Marché, nos clients, nos voisins, des connaissances qui ne manqueraient pas de remarquer mes premiers pas le long de l'Oude Langendijck en dix ans. Il me faudrait éventuellement dire à Pieter que je m'y étais rendue. Je ne savais pas encore s'il me faudrait lui mentir quant à la raison de ma visite.

*

Je traversai la place, puis le pont menant à l'Oude Langendijck. Je marchai d'un pas décidé, soucieuse de ne pas attirer l'attention, je tournai au coin et remontai la rue. Ce n'était pas loin, en moins d'une minute j'étais chez eux, même si cela me parut une éternité. J'avais l'impression de me rendre dans une ville étrangère où je n'avais pas mis les pieds depuis des années.

Il faisait doux, la porte était ouverte et des enfants étaient assis sur le banc. J'en comptai quatre, deux garçons et deux filles. Ils étaient alignés là comme leurs sœurs aînées, le jour de mon arrivée, dix ans plus tôt. L'aîné s'amusait à faire des bulles de savon comme Maertge, il posa son bâtonnet en me voyant. Il paraissait avoir dix ou onze ans. Au bout d'un moment, je compris que c'était sans doute Franciscus, même si je ne retrouvai guère en lui le bébé que j'avais connu. Mais j'avoue qu'à l'époque les bébés ne m'intéressaient pas vraiment. Je ne reconnus pas les autres, sauf pour les avoir croisés en ville avec leurs aînées. Tous me dévisagèrent.

Je m'adressai à Franciscus : « Ayez la gentillesse de dire à votre grand-mère que Griet voudrait la voir. »

Franciscus se tourna vers l'aînée des deux filles. « Beatrix, va chercher Maria Thins. »

La fillette se leva d'un bond et disparut dans la maison. Je revis la façon dont jadis Maertge et Cornelia s'étaient bousculées pour annoncer mon arrivée, et je souris intérieurement.

Les enfants continuèrent à me dévisager.

« Je sais qui vous êtes, déclara Franciscus.

— Cela m'étonnerait que vous vous souveniez de moi, la dernière fois que je vous ai vu, vous n'étiez qu'un bébé. »

Il ne prêta pas attention à ma remarque, il suivait son idée : « Vous êtes la dame du tableau. »

J'ouvris de grands yeux, Franciscus eut un sourire triomphant. « Oui, c'est vous, même si sur le tableau vous ne portez pas de coiffe mais un turban bleu et jaune.

— Où est ce tableau ? »

Ma question parut l'étonner. « Chez la fille de Van Ruijven, bien sûr. Il est mort l'an dernier, vous savez. »

J'avais appris la nouvelle au marché non sans certain soulagement secret, même si Van Ruijven m'avait laissée tranquille après mon départ. Je craignais toujours de le voir apparaître avec son sourire mielleux et ses mains baladeuses. « Comment avez-vous vu le tableau, s'il est chez Van Ruijven ?

— Papa lui avait demandé de le lui prêter quelque temps, expliqua Franciscus. Le lendemain de la mort de papa, maman l'a fait rapporter à la fille de Van Ruijven. »

Les mains tremblantes, je rajustai ma mante.

« Il avait souhaité revoir le tableau ? réussis-je à demander d'une toute petite voix.

— Oui, ma fille. » Maria Thins venait d'arriver, elle se tenait sur le seuil. « Je puis te dire que cela n'a pas arrangé les choses ! Mais il était dans un tel état que nous n'avons pas osé le lui refuser, pas même Catharina. » Elle n'avait pas changé. Elle ne vieillirait jamais. Un jour elle s'endormirait et ne se réveillerait pas.

J'acquiesçai d'un signe de tête. « Je partage votre chagrin et vos soucis, Madame.

— Oui, reconnaissons que la vie est pure folie.

Pour peu que l'on vive assez longtemps, plus rien ne vous étonne. »

Ne sachant comment réagir à ce genre de propos, je me contentai de dire : « Vous désiriez me voir, Madame ?

— Non, c'est Catharina qui veut te voir.

— Catharina ? » Ma voix trahit ma surprise. Maria Thins eut un sourire aigre-doux. « Tu ne sauras donc jamais garder pour toi ce que tu penses, ma fille ? Qu'importe, je suis sûre que tu t'entends bien avec ton boucher de mari, s'il n'exige pas trop de toi. »

J'ouvris la bouche pour répondre, mais la refermai aussitôt.

« C'est bien. Tu apprends. Catharina et Van Leeuwenhoek sont dans la grande salle. Il est l'exécuteur testamentaire, vois-tu. »

À vrai dire, je ne voyais rien… je voulus lui demander ce qu'elle entendait par là et la raison de la présence de Van Leeuwenhoek, mais je n'osai pas. « Oui, Madame », me contentai-je de répondre.

Maria Thins partit d'un petit rire sarcastique. « Jamais nous n'avons eu autant d'ennuis avec une servante ! » marmonna-t-elle, secouant la tête avant de disparaître dans la maison.

Je pénétrai dans l'antichambre. Il y avait encore des tableaux aux murs. J'en reconnus certains, d'autres pas. Je m'attendais plus ou moins à me retrouver parmi les natures mortes et les marines, mais, bien sûr, je n'y étais pas.

Je jetai un coup d'œil du côté de l'escalier menant à son atelier et m'arrêtai, mon cœur se serra. Me retrouver dans cette maison, avec son atelier au-dessus de ma tête, c'en était trop pour moi, même si je savais qu'il n'était pas là. Toutes ces années, je m'étais efforcée de ne pas repenser aux heures passées à broyer les couleurs auprès de lui, assise près de la fenêtre, le regardant me regarder. Pour la première fois en deux mois, je prenais pleinement conscience qu'il était mort. Qu'il était mort et jamais plus ne peindrait. Il n'avait pas laissé beaucoup de tableaux. Il n'avait jamais peint aussi vite que l'auraient souhaité Maria Thins et Catharina...

Une jeune fille qui était dans la salle de la Crucifixion passa la tête dans l'antichambre. Je respirai à fond et avançai jusqu'à elle. Cornelia avait à peu près l'âge auquel j'avais été placée comme servante. Au cours de ces dix années, ses cheveux roux avaient foncé, ils étaient coiffés avec simplicité, sans rubans ni nattes. Avec le temps, je la trouvais moins menaçante. À vrai dire, elle me fit presque pitié. Son visage reflétait une perfidie peu seyante à une fille de son âge.

Je me demandai ce qu'il adviendrait d'elle, ce qu'il adviendrait d'eux tous. Tanneke avait beau être persuadée que sa maîtresse saurait arranger les affaires, j'avais entendu raconter au marché qu'ils n'avaient pas payé le boulanger depuis trois ans et qu'à la mort de mon maître ce dernier s'était montré compatissant envers Catharina, acceptant un tableau en remboursement de la dette. Pendant un court instant, je me demandai si Catharina allait me donner à moi aussi un tableau, en remboursement de ce qu'elle devait à Pieter.

Cornelia s'éclipsa, j'entrai dans la grande salle. Celle-ci n'avait guère changé depuis l'époque où je travaillais chez eux. Les tentures en soie verte autour du lit avaient passé. Le bahut aux serrures incrustées d'ivoire était toujours là, ainsi que la table, les fauteuils en cuir espagnol et les portraits de leurs familles respectives. Tout semblait plus vieux, plus poussiéreux, plus mal en point, les dalles rouges et brunes étaient craquelées, et, par endroits, il en manquait même.

Le dos à la porte, les mains derrière lui, Van Leeuwenhoek étudiait un tableau représentant des soldats en train de boire dans une taverne. Il se retourna et inclina la tête en me voyant, toujours aussi aimable et courtois.

Catharina était assise devant la table. Contrairement à ce que j'attendais, elle n'était pas vêtue de noir. Je ne sais si elle avait ou non cherché à me provoquer, mais elle portait la veste jaune bordée d'hermine qui paraissait, elle aussi, défraîchie, comme si elle avait été trop souvent portée. Des accrocs aux manches avaient été mal raccommodés et les mites en avaient rongé la fourrure par endroits. Néanmoins, Catharina jouait son rôle de maîtresse de maison élégante. Elle s'était coiffée avec soin, s'était poudrée et avait mis son collier de perles.

Son visage n'égalait pas son élégance. Toute la poudre du monde n'aurait pu cacher sa colère froide, sa réticence, sa crainte. Elle ne voulait pas me rencontrer, mais elle n'avait pas le choix.

« Vous désiriez me voir, Madame ? » Il me parut souhaitable de m'adresser directement à elle, même si je regardais Van Leeuwenhoek tandis que je lui parlais.

« Oui. » Catharina ne me pria pas de m'asseoir comme elle l'eût fait pour toute autre femme. Elle me laissa debout.

Il y eut un silence gêné, elle étant assise et moi debout, attendant qu'elle commence. Il était clair qu'elle faisait un gros effort sur elle-même pour parler. Van Leeuwenhoek se balançait d'un pied sur l'autre.

Je n'essayai pas de l'aider, je ne vois d'ailleurs pas comment j'aurais pu. Je regardai ses mains remuer des papiers sur la table, caresser les bords de son coffret à bijoux qui était contre son coude, saisir la houppette à poudre pour la poser à nouveau. Elle s'essuya les mains à un morceau d'étoffe blanche.

« Vous n'êtes pas sans savoir que mon mari est mort il y a deux mois, n'est-ce pas ? dit-elle enfin.

— Je l'ai appris, Madame, oui. J'ai été très peinée de l'apprendre. Dieu ait son âme ! »

Catharina ne parut pas comprendre mes pauvres paroles. Elle ramassa une fois de plus la houppette, passant les doigts entre les poils.

« Voyez-vous, c'est la guerre avec la France qui nous a mis dans cette situation. À cette époque, même Van Ruijven ne voulait plus acheter de tableaux. Ma mère avait du mal à encaisser les loyers. Il fut contraint de rembourser l'hypothèque sur l'auberge de sa mère. Par conséquent, il n'était pas étonnant que la vie soit devenue aussi difficile. »

Une explication de la raison de leur endettement était bien la dernière chose que j'attendais de Catharina. Quinze florins n'était pas une bien grosse somme, aurais-je voulu lui dire. Pieter vous en a fait grâce, n'y pensez plus. Je n'osai toutefois pas l'interrompre.

« Et puis il y avait les enfants. Vous rendez-vous compte de la quantité de pain que mangent onze enfants ? » Elle me lança un rapide coup d'œil, puis elle contempla à nouveau la houppette.

Ils dévorent en trois ans la valeur d'un tableau, répondis-je en silence. La valeur d'un très beau tableau, aux yeux d'un boulanger compatissant.

J'entendis claquer une dalle dans le couloir et un froufrou de robe qu'une main réprimait. Cornelia est encore en train d'épier, pensai-je. Elle aussi a son rôle à jouer dans ce drame.

J'attendis, retenant mes questions.

Van Leeuwenhoek parla enfin. « Voyez-vous, Griet, lorsqu'il y a un testament, commença-t-il d'une voix grave, il est nécessaire de procéder à l'inventaire du patrimoine afin d'évaluer les biens, compte tenu des dettes. Catharina souhaiterait toutefois commencer par régler certaines affaires personnelles. » Il lança un coup d'œil à Catharina. Elle continuait à jouer avec la houppette.

Ils ne s'apprécient pas plus qu'avant, me dis-je. Ils ne seraient même pas dans la même pièce s'ils pouvaient l'éviter.

Van Leeuwenhoek prit une feuille de papier qui était sur la table. « Il m'a adressé cette lettre dix jours avant sa mort », me dit-il puis, se tournant vers Catharina, il poursuivit : « Mais il vous incombe de le faire car c'est à vous qu'elles appartiennent, et non point à lui ou à moi. En tant qu'exécuteur de son testament, je ne devrais même pas être ici présent pour servir de témoin, mais c'était un ami, aussi aimerais-je voir son souhait exaucé. »

Catharina lui arracha le papier des mains. « Mon mari avait bonne santé, vous le savez, me dit-elle. Il n'a été vraiment souffrant qu'un jour ou deux avant sa mort. Ce sont ces dettes qui l'ont mis dans tous ses états. »

J'avais peine à imaginer mon maître dans tous ses états…

Catharina regarda la lettre. Après un coup d'œil en direction de Van Leeuwenhoek, elle ouvrit son coffret à bijoux. « Il a demandé que vous ayez ceci. » Elle prit les boucles d'oreilles, hésita un instant et les posa sur la table.

Près de m'évanouir, je fermai les yeux, posant le bout des doigts sur le dossier de la chaise pour me stabiliser.

« Je ne les ai jamais reportées, déclara Catharina d'un ton amer. Je ne pouvais plus. »

J'ouvris les yeux. « Je ne peux pas prendre vos boucles d'oreilles, Madame.

— Pourquoi pas ? Il vous est déjà arrivé une fois de les prendre et puis, de toute façon, il ne vous appartient pas de décider. Il l'a décidé pour vous. Et pour moi. Elles sont à vous maintenant, prenez-les. »

J'hésitai, puis je tendis la main et les pris. Elles étaient fraîches et lisses au toucher, telles que je me les rappelais, et dans leur galbe gris et blanc un univers se trouvait reflété.

Je les pris.

« Et maintenant, allez, ordonna Catharina d'une

voix qu'étouffaient des larmes rentrées. J'ai fait ce qu'il a demandé. Je n'en ferai pas davantage. » Elle se leva, chiffonna le papier et le jeta au feu. Elle le regarda partir en flammes en me tournant le dos.

Elle me faisait vraiment pitié. Même si elle ne put le voir, je la saluai respectueusement de la tête, puis je saluai Van Leeuwenhoek, qui me répondit par un sourire. «Veillez à rester vous-même», m'avait-il recommandé, des années plus tôt. Je me demandai si j'y avais veillé, ce n'était pas toujours aisé de le savoir.

Je m'esquivai, serrant bien fort mes boucles d'oreilles, faisant craquer les dalles disjointes.

Cornelia se tenait dans le couloir. Sa robe brune avait été raccommodée à plusieurs endroits, elle n'était pas aussi propre qu'elle aurait pu l'être.

Je l'effleurai en passant, elle me dit tout bas, cupide : «Vous pourriez me les donner. » Ses yeux rapaces riaient.

Je tendis la main et la giflai.

*

De retour à la place du Marché, je m'arrêtai près de l'étoile qui se trouvait au centre et contemplai les perles dans ma main. Je ne pouvais pas les garder. Qu'en ferais-je ? Je ne pouvais dire à Pieter comment elles étaient arrivées en ma possession, il aurait fallu que je lui explique tout ce qui s'était passé, il y avait si longtemps. Et puis, je ne pouvais les porter : ce genre de bijoux ne seyait pas plus à l'épouse d'un boucher qu'à une servante.

Je fis plusieurs fois le tour de l'étoile et me dirigeai vers une boutique dont j'avais entendu parler mais dans laquelle je n'étais jamais entrée, elle était cachée dans une ruelle derrière la Nouvelle-Église. Jamais je n'aurais mis les pieds dans ce genre d'endroit dix ans plus tôt.

L'homme avait pour commerce les secrets. Je savais qu'il ne me poserait aucune question et ne raconterait à personne que j'étais venue le trouver. Ayant vu défiler d'innombrables trésors, il ne s'intéressait plus à leur petite histoire. Il regarda les boucles d'oreilles à la lumière, les mordilla, sortit les examiner au jour.

«Vingt florins», conclut-il.

J'approuvai de la tête, pris les pièces qu'il me tendait et m'en fus sans me retourner.

Il resterait cinq florins dont je ne pourrais expliquer l'existence. Je retirai cinq pièces que je serrai bien fort dans ma paume. Je les cacherais là où Pieter et ses fils ne les trouveraient pas, dans un endroit inattendu, connu de moi seule.

Jamais je ne les dépenserais.

Pieter serait heureux avec le reste de l'argent. La dette désormais réglée, je ne lui aurais rien coûté. Une servante, ça ne coûtait rien.